LA PASSION,
GINETTE

DU MÊME AUTEUR

QUESTIONS À LA CHANSON, avec Georges Moustaki, Stock, 1973.

ECOUTE MA DIFFÉRENCE, Grasset, 1978.

MARIELLA RIGHINI

LA PASSION, GINETTE

roman

FRANCE-AMÉRIQUE

© *Éditions Grasset & Fasquelle, 1983.*

© *Éditions France-Amérique, 1983.*

Édité et distribué par
France-Amérique
170 Benjamin Hudon
Montréal, H4N 1H8
Tél.: (514) 331 85 07

ISBN: 2-89001-168-2.

1

Véronique — *J'étais sûre que c'était vous. A la sonnerie du téléphone je vous ai reconnu. Inutile de raccrocher. Vous auriez l'air de quoi, maintenant? Laissez-moi plutôt un mot sur ce répondeur-enregistreur et dès mon retour je vous rappellerai. Promis. Juré.*

Lorenza — *Véronique, l'herbe bleue, la belle plante officinale? Ici Lorenza la Magnifique. Rappelle d'urgence.*

Lorenza — *Véro! Véro! Il y a le feu en la demeure. Un feu de la Saint-Jean qui a tourné au brasier. Appelle dès que tu rentres.*

Lorenza — *Tu es là ou tu n'es pas là? Je peste contre ton engin.*

Barbara — *Véro! Rentre vite changer ton message. Il est rayé depuis le temps. C'est Barbara.*

Lorenza — *Lorenza, quatrième appel. Et dernier. Promis. Juré. Tu l'auras voulu. Je périrai par les flammes.*

2

Véronique — *Alors, quoi de neuf ? Plein de choses, j'imagine. Donc pas de raccrochade. Juste un mot sur ce répondeur pour l'instant, et la suite tout à l'heure. C'est moi qui vous...* Allô, oui ! J'allais sortir...

Lorenza — Et moi, t'assassiner.

V. — En pleine folie meurtrière, ma douce.

L. — Tu n'imagines pas ce qui...

V. — Oh, si ! Vacances siciliennes ! L'innamoramento dans les îles Lipari ! Orage magnétique à Panarea. Electrocution dans l'île sans lumière. Incendie de forêt sur une terre sans eau. La belle Toscane érotisée par la Sicile. Croisière fatale dans l'archipel volcanique. J'y suis. C'est *l'Avventura*.

L. — Du tout. L'irréparable s'était déjà produit. Juste avant mon départ avec Serge.

V. — L'irréparable ?

L. — En être à compter les jours en cette période si rare où le temps est en suspens, où les soirs et les matins se confondent, où les heures se mêlent, où les semaines n'ont plus d'identité, où les repères se

8

perdent, où on a envie de casser sa montre sur un rocher et de noyer son agenda dans les eaux d'encre. En être à se répéter : après-demain, demain, aujourd'hui, dans un mois, jour pour jour...

V. — Attends. Si je comprends bien : retrouvailles avec ton mystérieux personnage un mois plus tard. Autour du 15 août, donc, si mes calculs sont exacts. Tu es partie vers le 15 juillet, non ?

L. — Tu y es. « 17 août 22 heures Roissy vol AZ 1352 en provenance de Palerme ». Voilà ce que j'ai noté à son attention au dos d'une photo de moi. Eblouissante, provocante. Plan américain, sourire florentin, cheveux éthiopiens, jambes scandinaves...

V. — Une photo signée Serge...

L. — Naturellement. Au dos de ce chef-d'œuvre, donc, cette légende télégramme en forme de rendez-vous. Et de défi. Pas d'épanchements. Du précis et de l'efficace.

V. — Des chiffres et des lettres. L'ébauche d'un destin...

L. — C'est lui qui m'en a donné l'idée, la dernière fois qu'on s'est entendus. « Si je suis à Paris le 17 août, je viens te cueillir à l'aéroport. » Il savait que je reviendrais seule. L'heure ? Le numéro de vol ? Impossible de me les rappeler. Les billets ? Pas moyen de mettre la main dessus. Agitation extrême, confusion totale au moment de nos adieux

9

téléphoniques. D'où l'idée du portrait-tableau d'affichage. Qui lui rafraîchirait le souvenir et lui chaufferait l'attente. Un cocktail de feu avec glaçons. Glamour et management. Je ne me reconnais plus.

V. — Voici la nouvelle Lorenza, cynique aventurière...

L. — Contradictoire, oui. Inconséquente. Partir avec un homme pour rêver d'un autre. Traverser l'île aux câpres distraite, absente. Exclusivement occupée à vivre mon rêve et à rêver ma vie. Sursautant chaque fois qu'un intrus s'avise de m'en distraire. Irritable, agaçante, capricieuse. Incapable de capter le présent, de saisir l'instant, de jouir du moment. Je traîne une insatisfaction chronique, un vague mal d'être. Entièrement concentrée sur le 17 août 22 heures à Roissy. Ça en devient obsessionnel. Il est là, derrière la porte coulissante, son rire de bandit prêt à exploser, une flamme jaune qui s'échappe de son regard plissé. Il m'a vue. Je ne le regarde pas. Tenir quelques minutes encore. Avancer, hiératique, dans la foule. Tendre, imperturbable, mon passeport. Prendre le temps de le ranger. Ne lever les yeux qu'à la dernière extrémité. M'immobiliser alors, m'irradier d'un sourire, lâcher de chaque côté mes bagages à main et m'élancer éperdue. Non. Burlesque. Ne pas oublier qu'à ses yeux je suis star. Impératif : le rester. Tout reprendre à zéro. Dix fois par jour je fais, refais, défais le

10

scénario des retrouvailles. Je répète avec la rigueur d'une pro la descente d'avion de la troublante voyageuse en provenance de Palerme. J'ai un mois devant moi pour régler costume, maquillage, coiffure.

V. — Là, je te retrouve.

L. — Un mois pour satiner par de longues siestes mes traits de madone.

V. — T'as raison, Ginette.

L. — Un mois pour me laisser intégralement dorer. Un mois pour tester ce qui me flatte, ce qui m'avantage, ce qui m'embellit. Oui, mais toutes mes affaires seront crados. Laver, repasser la tenue choisie juste avant le départ. J'opte pour du lin paglia e fieno, comme les pâtes panachées paille et foin avalées la veille. Fraîcheur suave et juste ce qu'il faut de froissement pour ne pas avoir l'air de sortir d'un paquet cadeau. En trente et un jours mes cheveux auront encore poussé. Ils ne seront que plus fous. Ne pas oublier de les passer au brou de noix la veille. Mieux, le jour même. Eclat et flamboyance garantis. Maquillage dans l'avion, pendant l'atterrissage. Non, juste avant. Le crayon contour des lèvres risque de déraper. Et s'il n'était pas là à l'arrivée ? Avoir fantasmé comme une malade sur cet instant divin, ce confetti de paradis, l'avoir isolé du contexte, abstrait du réel, l'avoir chargé de tous mes élans, mes pulsions, mes désirs, l'avoir intensément prévu, pré-senti, pré-vécu, et

11

passer finalement à côté. Régulièrement je m'inflige des frayeurs. « Si je suis à Paris le 17... » a-t-il pris soin de préciser. Une échappatoire ? Qu'aurait-il de plus important à faire ailleurs que de venir me prendre ? On ne manque pas une si somptueuse occasion. On laisse tout tomber pour aller accueillir la magnifica Lorenza. L'évidence. Mais s'il ne venait pas, que faire ? L'appeler ? Jamais. Et s'il se montrait décevant ? S'il ne ressemblait pas à celui que je mythifie ? Je l'ai peu vu après tout. Je retiens quelque chose d'insolent dans le regard, de provocant dans le sourire. Quelques rides autour de la bouche. C'est tout. Imperceptiblement, son image s'éloigne, ses traits s'estompent. Au début je le trouvais trop présent, trop oppressant. Je sens maintenant qu'il m'échappe. Je le retiens et il se défile entre les mailles du souvenir. Laisse-le donc filer, tu ne t'en porteras que mieux. Rien à faire, le désir ne me lâche pas. Cette charge qui élève à la puissance P la magie d'une rencontre, les délices d'une découverte. Désir, fulgurance, irradiation. Urgence impérieuse qui mobilise toutes tes énergies à son service exclusif. Ondes, courants qui te propulsent d'emblée sur la même galaxie.

V. — La même galère !

L. — Tu anticipes. A Panarea je ne connaissais encore ni l'une ni l'autre. Seulement l'antichambre. Les délices-tortures du désir différé, compressé, exacerbé jusqu'au délire. La morsure aux tripes qui

12

te surprend, imprévisible, au tournant d'une rêverie. L'hallucination qui te tétanise. Sur la plage, une voix méthodique qui s'exprime laborieusement dans un français approximatif fait une réflexion anodine sur le bâtard de Serge. « J'ai à peu près le même chien à Düsseldorf. » Je lève des paupières distraites et qui vois-je ? Lui.

V. — Lui, toujours lui. Lui qui ? Il a un nom, lui.

L. — Karl. Karl Steiner. Je le vois, là devant moi. Karl en plus mûr, plus imposant. Moi qui doutais de ne pouvoir le reconnaître ! Un Hollandais enseveli sous un échafaudage de sacs à dos, sacs de couchage, sacs de voyage, entre dans le contre-jour d'une gelateria. Il avance et qui revois-je ? Karl, encore. En plus frêle, plus rouquin. Cet air félin, sauvage, effronté, repérable entre dix mille. Qui me branche aussitôt, m'électrise, m'allume.

V. — Plus atteinte que je ne le craignais.

L. — Au bout de quinze jours, je me décrispe peu à peu, je me délie, je m'étale. Je commence à vivre mes vacances insulaires au lieu de les somnambuler. Le désir-tenaille desserre sa prise. Et voilà qu'il se dégonfle, se décharge, s'évente, s'essouffle. Périmé d'avoir dépassé la date limite. Refroidi sans avoir été consommé. Désir désinvesti, désir désaffecté. Ruine jamais habitée.

V. — Drôle d'idée, tout de même, de programmer une rencontre à un mois de distance.

L. — Pour moi surtout, qui mise sans arrêt sur

13

l'imprévu, l'inattendu. Qui passe ma vie à la déprogrammer. Qui tourne le dos à ceux qui balisent leur avenir. Qui n'apprécie que ceux qui savent me surprendre. Qui ne tiens à Serge que parce que, justement, au bout de cinq ans il arrive encore à m'étonner. Curieux, oui, d'avoir voulu accrocher, fixer ce désir si singulier à une date, un lieu. Peur sans doute que cette rareté ne s'échappe. Besoin de l'enfermer, de le conserver, de le fixer. Au risque de le briser, pour l'avoir rendu trop rigide. Ou de l'user, à force d'y frotter mes rêveries. Je suis à Panarea reliée à Roissy par un élastique qui se tend, se tend. A moins qu'il ne se détende, qu'il ne se distende. A moins qu'il ne craque et que d'un bond sec il ne me ramène à moi, si ce n'est à Serge. C'est précisément ce qui est arrivé. Au milieu du séjour, coup de théâtre !

V. — Je t'arrête, Lorenza. Tes histoires d'élastique me passionnent, mais il faut que je fonce. Je sortais au moment où tu m'as appelée.

L. — Pardonne-moi, Véro. Je n'ai déliré que sur moi. Et toi, ça va au moins ?

V. — Quand je ne dis rien, c'est que ça va. Bien, très bien même. J'ai une pêche d'acier. Quelle heure est-il ? Bon je ne suis plus à un quart d'heure près maintenant. Tu m'as eue. Vite, ton coup de théâtre et je me sauve.

L. — J'étais irrémédiablement seule à Panarea. Seule avec mes souvenirs, mes fantasmes, mes rêveries, mes divagations. Je débordais de félicité-anxiété non partagée. Personne sur qui déverser mon trop-plein. Impossible de t'avoir au bout du fil. Il ne me restait qu'une soupape anti-implosion : écrire. Tout ce que je viens de te condenser en digest téléphonique, avec force flash-back et projections sur l'avenir, plus tout ce que je ne t'ai pas raconté, ma rencontre avec Karl, notamment, plus tout ce que je ne te dirai probablement jamais, eh bien, je l'ai mis vert sur blanc.

V. — Quoi qu'il arrive, où qu'elle soit, à la plage comme à la ville, Lorenza ne peut écrire qu'à l'encre émeraude.

L. — Chaque fois qu'à mon immense soulagement Serge s'écartait quelque peu de mon rayon immédiat, je sortais mon carnet. Furtive, fébrile, je remplissais feuillet sur feuillet, que j'arrachais au fur et à mesure et enfouissais à l'ombre de ma chambre sous ma pile de T-shirts. Mon mille-feuilles s'épaississait clandestinement. Un matin je descends la première vers la crique au bout de l'île. Serge est occupé à démonter son fusil de chasse sous-marine. Il en a pour un bon moment. Devant moi, enfin, une vaste plage de temps pour me délecter de mes brûlantes rêveries. De longues heures pour me compresser et me décompresser, charger et décharger le mental. Serge tarde à descendre. Personne pour me distraire de mon obsession première, pour encombrer ma seule ligne

15

d'horizon. Les heures filent, libres de toute intrusion. Serge n'est toujours pas là. Je laisse ma première journée solitaire s'étirer à l'extrême, savourant la rareté de ce temps plein de Karl. Je remonte, provisoirement rassasiée et décidée, pour une fois, à passer une douce soirée avec mon compagnon. « Serge ! Serge ! » Je l'appelle d'une voix enjouée. Silence crépusculaire à la villa. Personne. Je pousse la porte de ma chambre. Horreur et putréfaction ! Mon mille-feuilles défait et épars voltige dans le courant d'air par-dessus les tiroirs renversés et mes affaires éparpillées sur toute la surface de la pièce. Serge surgit, sinistré, de l'ombre et des décombres. « Ici se terminent nos vacances, proclame-t-il. Je quitte Panarea demain matin. » Ma réaction me stupéfie. Je m'entends éclater d'un rire feu d'artifice qui, une fois retombé, fait place à un calme olympien. « Mais enfin, Serge, qu'est-ce que ça signifie ? » Il froisse quelques feuillets dans son poing et me les jette à la figure. Ma maîtrise est totale. « Tu ne prends pas ça au sérieux, j'espère. » Et sans réfléchir, je lui sors, avec une assurance qui me souffle : « Tu n'as rien compris. Ce que tu viens de mettre à feu et à sang est l'ébauche de mon prochain roman. » Il hurle, incrédule : « Tu es folle amoureuse ! Tu l'as écrit noir sur blanc ! » Et moi, imperturbable : « Vert sur blanc. Et alors ? Ne mélange pas tout. C'est du roman. De la fiction. La réalité c'est Panarea, c'est ce soir, c'est toi et moi. »

16

Un temps d'arrêt puis, diaboliquement cohérente, je l'accable de la scène grandiloquente de l'écrivain persécuté. « Et d'abord, de quel droit oses-tu me lire ? » Je ne force pas. Je suis sincèrement outragée. Roman ou pas roman. « Censure ça s'appelle ! Voilà ce qui me manquait pour me bloquer définitivement. La censure à domicile ! » « Ton roman-photo m'est tombé entre les mains par hasard. Je cherchais mon trousseau de clés. » « Lamentable ! Déjà j'écrivais clandestinement. Je dissimulais mes notes. Indigne ! Humiliant ! Dorénavant, je ne pourrai plus aligner deux misérables mots sans craindre d'être espionnée ! Suspectée jusque dans mon imaginaire ! Qui disait qu'un viol est un meurtre ? Bravo, c'est réussi ! Tu as tué en moi quelque chose qui ne revivra plus ! Tu m'as dépossédée de mes fantasmes, tu les as souillés de ton sale regard, tu les as achevés de tes sarcasmes ! »

V. — Il a marché ?

L. — Je ne le saurai jamais. Il a été infiniment plus subtil que je ne le pensais. Il y a cru, ou il a feint d'y croire. Difficile à dire. Il ne m'en a plus jamais reparlé.

V. — La suite demain, Lorenza. Je t'appelle à la première heure. Ou ce soir, si je ne rentre pas à une heure indécente.

3

Barbara — Tu as une bonne voix, Véro. Quelle fête de t'entendre !

Véronique — C'est un scandale ce que je vais te dire, Barbara. Je suis la femme à qui tout sourit. Dans ma peinture, ma maison, ma tête, ma peau je me sens bien. Fascinant. Je n'arrive même pas à l'énoncer. Je suis entièrement comblée et totalement disponible. Plénitude et ouverture. Un bien-être qui m'emplit et qui me porte.

B. — C'est si rare de pouvoir dire ça. C'est tellement peu ce que j'entends autour de moi. Cette pêche...

V. — Si je pouvais leur en filer un quartier...

B. — En commençant par moi. Remarque, tu me donnes de l'espoir. Il y a six mois tu ne parlais pas comme ça.

V. — Il m'aura fallu tout ce temps pour m'en sortir.

B. — C'est rapide.

V. — C'est lent. Il est vrai qu'on passe plus facilement de la vie à la mort que de la mort à la vie. Tu n'imagines pas ce que j'étais devenue.

18

B. — Surtout ne te retourne pas en arrière.

V. — J'ai l'impression d'avoir vécu sept ans dans un sarcophage. Mon égyptologue de Gérard m'avait momifiée.

B. — Ça conserve.

V. — Absolument. J'ai rajeuni de sept ans. Je me retrouve comme à vingt-cinq, au moment où j'ai rencontré mon embaumeur. J'ai tellement été au bout de ce processus mortifère que j'en sors presque neuve. Avec des réserves d'énergie, de force, d'enthousiasme insoupçonnées. Tout m'émeut, tout me ravit. Je suis une framboise congelée qui se dégivre.

B. — Miam! Et tes nouvelles amours?

V. — Tumultueuses. Une grande agitation autour de moi. Je vis d'une façon totalement différente. J'aime d'une façon prodigue, plurielle, profuse. Je donne beaucoup de joie à ceux qui m'entourent. Et ils m'en rendent au centuple.

B. — La liberté te va bien. Tu la portes avec aisance, avec chic, avec gueule.

V. — C'est ma deuxième peau.

B. — Tu l'as dans la peau. Elle t'habite. Elle transparaît jusque dans ta façon de te mouvoir. De rejeter tes blondeurs cendrées à l'arrière en levant ton nez, droit de défi. De plaquer l'ironie de tes yeux d'eau sur les visages les plus impénétrables, les plus fuyants. De relaxer tes postures jusqu'à la limite du lascif. Je me souviens de la première fois

19

que je t'ai vue. Tu es arrivée seule à cette fête où tu ne connaissais personne. Très bacallienne, avec l'oreille impudiquement dégagée, la mèche crantée. Hyper-calme, tu as traversé la foule des gesticulateurs, agitateurs et autres branleurs. Et d'un mouvement d'une liberté inouïe, tu t'es étendue sur le dos, membres abandonnés et cheveux épars. Je t'ai observée. Ce n'était pas une pose. C'était ton langage profond. Une façon audacieuse d'être toi jusqu'au bout de tes phalanges, au milieu de tous ces gens qui s'essayaient, qui s'essoufflaient à avoir l'air de. Tu as toujours eu une forte propension à l'indépendance. Actuellement, elle est flagrante. On ne s'est pas vues pendant ta période égyptienne. J'ai du mal à comprendre comment tu as pu consentir à ta mise au tombeau.

V. — Moi la première. Je peux aussi te retourner la question, Barbara. Contrainte pour contrainte, l'Egypte pharaonique vaut bien la Hongrie totalitaire.

B. — A cette différence près que ton histoire remonte déjà à l'Antiquité, si j'ose, alors que la mienne est on ne peut plus actuelle. J'ai cru qu'en insufflant un peu d'oxygène à ce régime oppressant je le sauverais de l'étranglement. Au bout de cinq ans de vie à deux en autarcie, toutes frontières fermées et toutes libertés confisquées, j'étouffais avec Laszlo. Un besoin fou de m'aérer. De prendre un visa de sortie pour respirer ailleurs. J'ai pensé qu'un peu d'air neuf dans notre couple contraint, compressé, lui éviterait l'explosion sanglante. Erreur. Laszlo a mal vécu mes voyages dans le monde libre. Même les plus innocents. Il ne s'y attendait pas, il ne comprenait pas. Il avait le sentiment d'être abandonné, trahi. Dépossédé de tout ce qui lui revenait, croyait-il, de droit. Il a été pris de panique de perdre son bien. Son pouvoir absolu. Ses privilèges exorbitants sur moi.

V. — La peur est le ferment de tous les totalitarismes.

B. — Il a riposté par un durcissement du régime. Intimidation. Répression. Suspicion. Il est devenu flic, procureur, juge, bourreau. Crise ouverte. Secousses multiples entrecoupées d'accalmies. Apaisements déchirés de nouveaux soulèvements.

V. — Ça peut durer des millénaires.

B. — Pas sûr. Il y a encore un an, chaque fois qu'un conflit éclatait entre nous, je ne voyais qu'une issue au bout, la paix. Maintenant, à chaque reprise des hostilités, j'envisage d'emblée la solution finale.

V. — Tu as déjà rompu vingt fois.

B. — Quatre.

V. — C'est pareil.

B. — Quelle que soit la rupture choisie, que je dissolve, que je défasse, que je brise, que je casse, ça ne peut pas se faire en une fois. Je me sépare de Laszlo par à-coups. Coups de gueule, coups de tête, coups de foudre. Le dernier sera le bon.

V. — Bilan, cinq ans d'enfermement dans un cocon de soie insidieusement tissé autour de toi. Un an de tentatives désespérées d'empêcher l'envol de la chrysalide, de chasse au filet, d'arrachage d'ailes. Je connais.

B. — Plus il essaye de me mettre sous cloche, plus je me débats, plus je papillonne.

V. — Tu ferais mieux de t'envoler une bonne fois pour toutes. Au fait, combien de drames dans ton Dodécanèse ?

B. — Deux seulement. Je redoutais le pire en partant pour Amorgos. Je craignais que cette retraite insulaire ne marquât la fin de notre histoire. Partir sur une île coupée de tout révèle, accuse ce qui, ailleurs, peut se camoufler dans le fouillis du quotidien. Ça isole les difficultés, ça grossit les incompatibilités. Ça précipite les divorces. Tout avait d'ailleurs très mal commencé. Ce qui aurait pu n'être qu'une farce a tourné à la tragédie antique. Billets égarés et retrouvés au bout de quarante minutes de recherches frénétiques dans les quatre-vingt-dix poches des triples gilets de pêcheur de Laszlo. Décollage retardé de cent vingt minutes et correspondance ratée à Rome. Itinéraire maritime modifié sans plus d'explications et traversée prolongée de dix-neuf heures. Chaque contretemps est en soi un motif de heurts. Auxquels s'ajoutent d'inexplicables rebuffades, d'inconcevables engueulades,

des exigences inouïes, des ordres infondés dictés d'un ton cassant, excédé. Et moi, pauvre crétine, qui espère encore sauver nos vacances. Sans vraiment y croire. Moi qui souffre, qui enrage et qui, d'un mot charmeur, d'un ton rieur, d'un geste gracieux, essaye de modifier le cours catastrophique des événements. Et lui qui, pour toute réponse, m'accable de sa froideur sèche en pleine canicule. Intenable. Plombant. Plus je suis conciliante, plus il est convaincu du bien-fondé de son comportement tyrano. Qu'il aille au diable ! Je me le dis, et me le redis. S'il me gâche mes vacances, cette fois c'est irréversible, je ne lui laisserai pas gâcher ma vie. A Paris je le quitte.

V. — Tu parles ! C'était quoi tes deux tragédies grecques ?

B. — Toujours pareil. Mais, fait nouveau, chaque fois qu'on se fâchait, sais-tu ce que je faisais ? Je lui subtilisais son trousseau de clés, j'en sortais à la dérobée celle de chez moi et je la transférais dans mon porte-clés. Quand on se réconciliait, je la lui remettais furtivement. Ni vu ni connu. Sa clé a voyagé, comme ça, tout l'été, sans qu'il le sache. Deux aller-retour clandestins entre nos deux trousseaux.

V. — Tu as voulu tâter du bout de l'orteil l'eau froide de la rupture, sans oser y plonger. Ça aussi, je connais. Décidément, un vent funeste a soufflé cet été sur toutes les îles en Méditerranée. Les séjours insulaires ont été dévastateurs pour les couples établis, si j'en crois les copines. Et chaque fois, avec une histoire de trousseau à la clé.

4

Lorenza — *Confiez-vous en douceur à mon répondeur et je vous rappellerai tout à l'heure.*

Véronique — *Rien de palpitant à lui raconter. Rien en tout cas qui vaille tes romans éoliens à rebondissements...*

L. — C'est toi, Véro ? J'ai tellement peur d'entendre la voix de Serge, que je me barricade derrière ma machine.

V. — Où est-il, ton futur ex ?

L. — A Rome, encore.

V. — C'est de ta voix que tu as peur. Si tu t'entendais, Lorenza ! Tu es si troublée que tu me parles florentin.

L. — Comme dans mes comptes, mes rêves, mes colères...

V. — Et tes extases. Tu me l'as déjà dit. Tu l'as même écrit dans ton avant-dernier roman.

L. — Je suis dans de drôles de draps, Véro.

V. — Ceux de Karl ou ceux de Serge ?

L. — Ne plaisante pas, je t'en prie. C'est grave. Je ne sais plus où j'en suis. Il faut d'abord que je remonte, ou plutôt que je redescende à Panarea, en ce curieux soir entre chien et loup où je ne cessais de me répéter : pourvu que ce soit un cauchemar ! Après la scène crépusculaire, Serge s'éclipse un long moment. Quand il resurgit, la chambre est plongée dans l'obscurité. Il l'éclaire discrètement. Je vois son rasage tout frais sur ses traits blanchis. Une lueur d'anxiété dans son regard qui se veut conciliant. Il ne sourit pas, mais sa voix se fait engageante : « Viens, je t'emmène dîner. » Je me retrouve face à un homme inattendu. Un concentré de prévenance, de patience, d'attention. Un velouté de délicatesse, de sensibilité, de générosité. Je rêve ou quoi ? Où est passé le forcené de tout à l'heure ? Spectaculaire, son revirement. Détermination obstinée mise au service de la priorité des priorités. Plaire à Lorenza. Charmer la femme qui lui échappe, ne serait-ce que par son imaginaire. Je n'y crois pas. Il prépare un coup. Je suis sur la défensive. Je l'épie. J'essaye de flairer le piège. Rien. Il a l'air sincère. Farouchement décidé à gagner. A me séduire coûte que coûte.

V. — Ça a dû te plaire...

L. — Tendresse fondante. Coulis de caramel sur glace à la mandorla. Je me laisse gâter. Je me laisse gaver. C'est bon, j'en redemande. Je joue son jeu. Sans me forcer. Jusqu'au moment où je m'aperçois que je ne joue plus du tout. Je me laisse aller. Je me laisse hâler. Je m'alanguis avec Serge. J'oublie le

26

calendrier, le compte à rebours, le rendez-vous de Roissy. Karl, qui est-ce ? Je sursaute comme arrachée à ma béatitude. Je n'ai rien à dire, rien à entendre, rien à attendre de cet inconnu. Il a pris l'eau, mon beau roman de l'été. Il sent le tabac mouillé, le feu noyé. Ecœurant. De cette histoire je n'ai plus la moindre envie. Il faut à tout prix éviter cette rencontre. Retarder mon retour ? Non. Le lui faire croire simplement, sans plus de détails. Il ne se déplacera pas pour rien. Je télégraphie à une amie pour qu'elle fasse le nécessaire. Histoire réglée. Je me sens ailée. Soulagée d'une charge. L'imprévu reprend ses droits.

V. — Il faut dire que ton suspense viendra-viendra-pas commençait à se faire pesant.

L. — Oui. Cette masse opaque et informe au bout de la piste s'était figée.

V. — Il est venu, au fait ?

L. — Dans l'avion du retour, je ne cessais de me répéter ce qui eût été impensable un mois auparavant : pourvu qu'il ne soit pas là ! Le ciel est avec moi. L'avion atterrit avec vingt minutes d'avance. Vingt minutes, du jamais vu ! Même s'il vient, en dépit de l'avertissement de ma copine, on a toutes les chances de se rater. Je me sens bizarre, pourtant. Est-ce l'effet de la chaleur ? Du poids additionné de mes sacs de voyage ? De mon pas qui s'accélère inexplicablement, pour l'éviter ou pour plus vite le retrouver ? Mon cœur galope. Je passe la première au contrôle des passeports. Tapis roulant. Je pose ma surcharge à mes pieds. Je souffle, entraînée vers le haut. Regard oblique sur les visiteurs derrière la porte vitrée. Rien qui ressemble à mon obsession d'un mois. Tant mieux. Tant pis. Je pousse mon chariot vers la sortie taxis, lorsque j'entends, venant du fond du hall, un cri : « Lorenza ! »

V. — Tarzan retrouvant sa Tarzane dans la jungle des transports aériens de la fin août.

L. — « Lorenza ! » Sur ma gauche, un sourire explosif en pantalon rouge et veste verte. Deux enjambées chaussées de blanc.

V. — Le drapeau italien !

L. — Deux bras en ceinture sur ma robe sweet-shirt fatiguée. J'aurais dû être en lin paille et foin, j'y pense subitement ! Deux lèvres sur mon cou. Une voix fondante dans mon oreille : « Un mois à t'attendre ! Un mois à ne penser qu'à ça ! » Est-ce lui ou est-ce moi qui parle ? Il recule de trois pas, tête penchée de connaisseur, sourire appréciateur.

V. — Il soupèse la viande !

L. — Vue d'ensemble, revue de détail. « Tu es belle, tu es de plus en plus belle ! » Plongeon réciproque dans les yeux de l'autre. Du mal à refaire surface. Nous retenons notre souffle longtemps, très longtemps...

V. — Chabadabada ! Ce n'est pas de l'Antonioni, c'est du Lelouch, ton cinéma ! Je pensais que tu

28

allais me raconter *l'Avventura,* et c'est *Deux hommes et une femme* que tu me sers. Aéroport, nuit. Bruits étouffés. Voix abstraites. Elle, en avance, glissant, froissée et néanmoins sublime, d'un niveau à l'autre ! Lui, en retard, surgissant, échevelé, d'une porte coulissante. Arrêt de l'image à l'instant où leurs regards se rencontrent. Musique. Course éperdue au ralenti de l'un vers l'autre. Fondu enchaîné sur étreinte religieuse. Lui : « Un mois à n'attendre que ça ! » Chabadabada. Elle : « Un mois de tourments pour une minute d'extase ! » Lui, intérieurement : « Un mois de transe pour une minute de transpiration ! » Extérieurement : « Une minute, mon amour ? L'éternité ! »

L. — Je ne vois pas pourquoi je te raconte tout ça.

V. — Que tu perdes ta boule, ton âme, tes cheveux, ton souffle, ton sommeil, ton sang-froid et ton homme corps et biens, ça m'est égal. Mais ton humour, ah, ça non, Ginette. Je ne te le pardonnerais pas !

L. — Tu as raison.

V. — Ton message, au fait, il ne l'a pas reçu ?

L. — Si. Mais ça ne l'a pas refroidi. Il savait que j'y serais. Peut-être pas seule, pensait-il. Il a décidé de venir en dépit de tout. Quitte à raser les guichets et à se fondre avec les passagers.

V. — En vert-blanc-rouge ?

L. — Justement. Plus on regarde l'habit, moins on voit le bonhomme.

29

V. — Ça se défend. Ensuite?

L. — Course effrénée sur le périph où, trois fois, il se trompe de sortie. Arrêt devant chez moi où il oublie, douze heures, minuit-midi, ses phares allumés.

V. — Un long tête-à-tête...

L. — Qui se poursuit, le plus naturellement du monde en un voluptueux corps-à-corps. La réconfortante impression de l'avoir toujours connu se conjuguant à l'enivrante émotion de la découverte. Je ne sais comment te dire... Tandis que délicieusement il me lèche de toutes ses flammes, qu'il chauffe mon corps à blanc en soufflant sur mon désir, qu'il l'attise en le mordillant, qu'il tourne et retourne délicatement les brasiers de sa pelle et ses pincettes, qu'il excite le foyer jusqu'à l'incandescence, subitement il décolle sa langue et instantanément il me transperce. Geste d'une rapidité, d'une précision, d'une force époustouflante. Instant d'une intensité, d'une profondeur inconnue. Nous nous regardons, vraiment, pour la première fois...

V. — Eh! Lorenza! Tu es toujours là? Je m'en voudrais de jeter de l'eau sur ton brasier, mais il faut tout de même que je t'annonce qu'il est onze heures dix, du matin, je précise au cas où ça t'aurait échappé, et qu'il faut que je démarre ma journée.

5

Véronique — Allô, Peggy? J'appelais à tout hasard. Je ne te savais pas de retour. Tu es là depuis longtemps?

Peggy — Je ne suis pas partie.

V. — Comment ça?

P. — Non. Je n'ai pas mis un cil dehors.

V. — Tu aurais pu faire signe. Agiter un drapeau à ton balcon. Envoyer des faire-part. Je ne sais pas. Lâcher des ballons. Passer un entrefilet dans le journal, une annonce radio. Téléphoner, tiens! En voilà des manières. On ne t'a tout de même pas coupé la ligne.

P. — J'avais du travail. Un projet télé à écrire. Je partirai plus tard. Je ne sais pas encore où.

V. — Ni avec qui...

P. — Avec Olivier.

V. — Ça s'est arrangé?

P. — Très bien.

V. — Dis-moi, tu n'es pas très prolixe aujourd'hui.

P. — Pas spécialement.

V. — C'est quoi ton projet?

31

P. — De la fiction-reportage. Ou du reportage-fiction. Ça dépend de l'angle de vision, ou d'écoute.

V. — Tu es bizarre, Peggy. Je ne te sens pas. Tu as une drôle de voix.

P. — Possible.

V. — Qu'est-ce qui t'arrive ?

P. — Rien. Je n'ai pas très envie de parler.

V. — De me parler ?

P. — Prends-le comme tu voudras.

V. — Je le prends mal, évidemment. Mais je tiens tout de même à en connaître la raison.

P. — Tu ne t'en doutes pas ?

V. — Absolument pas. Explique-toi à la fin !

P. — Pas maintenant. Pas au téléphone.

V. — On se croirait en maternelle. Je te cause. Je ne te cause plus. Quand tu seras décidée à vider ton sac bandoulière, tu me rappelleras.

6

Véronique — *Dites-le avec des fleurs. Dites-le avec des tomates. Dites-le avec haine. Dites-le avec humour. Dites-le avec votre cœur. Dites-le avec vos tripes. Dites-le avec vos pieds. Dites-le comme vous l'entendez. Mais surtout, ce que vous avez à dire, dites-le. Mon répondeur, sinon, ne répond plus de rien.*

Barbara — *Pas besoin de m'annoncer. Tu me connais de voix. Ma voix claire, ou plutôt ma voix sombre, je n'ai que ça à offrir aujourd'hui à ton répondeur. Et mon cinéma magyar en noir et gris.*

Lorenza — *Lorenza au parloir. Ce que j'ai à te dire, je te l'émaillerai d'un sourire.*

7

Véronique — Quel malheur s'est encore abattu sur ta Hongrie du Marais ? Les chars soviétiques sont-ils à nouveau à tes portes ? Barbara — Pas les chars. Les chers, les très chers mère et père de leur grand Laszlo viennent d'installer leurs quartiers d'hiver chez moi. Pour la sixième année consécutive. V. — On sait toujours quand ils détellent. Jamais quand ils remballent. B. — Cette année, je n'étais même pas prévenue de leur arrivée. Ça s'est tramé à mon insu. Cela a d'ailleurs été à l'origine d'un de nos deux conflits d'Amorgos. J'apprends incidemment, au détour d'une conversation, que Laszlo a confié les clés de mon appartement à sa sœur et à son beau-frère, qui ont séjourné chez moi tout le mois de juin, pour qu'ils la remettent à ses parents décidés à s'installer à la maison dès le mois d'août. Sidérant. Mes clés et mon appartement passent maintenant de main en main. Sans que je sois consultée, ni même informée.

34

V. — Normal. Puisque pour Laszlo, chez toi c'est chez nous. Chez nous c'est chez moi. Et chez moi ce n'est plus chez toi.

B. — Je n'ai plus qu'à m'en aller. Mon territoire est envahi, occupé. Par mon Hongrois et les siens. Je n'y tiens plus. Tu me connais. Je suis plutôt du genre table et lits ouverts. Ma maison je l'aime pleine, remuante, survoltée. Leur présence, c'est tout le contraire qu'elle impose. Tension, rétention. Blocus, blockhaus. J'étouffe, Véro. Plus un repas à deux. Plus une sortie seuls. Plus de vie à nous. A la maison, ils sont présents à tous les repas, sans exception. Je ne parle aucune langue finno-ougrienne. N'importe. Leur conversation, en magyar exclusif, est strictement triangulaire. Je ne peux plus appeler les copines sans que mes confidences soient discrètement écoutées. Je ne peux plus aller au cinéma, au restaurant, aux puces, à un vernissage, à une fête avec Laszlo sans qu'ils s'incrustent. Même au lit je sens leur présence. La cloison en papier à cigarettes qui isole ma chambre de la leur interdit toute expression couchée. Mes face-à-face...

V. — Tes fesse-à-fesse...

B. — ... Avec Laszlo sont électriques. Au moindre faux contact, c'est la secousse. « Tu es bien nerveuse, ma chérie. » Là, c'est la décharge haute tension. Je saute. Non pas contre les siens. Je n'ai rien à leur reprocher, au fond, sinon d'être là.

Contre lui. Je lui en veux de ne pas sentir que leur présence qui s'éternise me dépossède de mon territoire, de mes mouvements, de ma parole, de mon équilibre. D'être aveugle et sourd à mon malaise. De ne pas mesurer le tort qu'ils nous font. De ne pas réaliser qu'ils risquent de faire capoter notre couple.

V. — C'est à toi seule qu'il faut t'en prendre, Ginette. Tu n'aurais jamais dû acepter cette promiscuité belle-familiale chez toi.

B. — L'égoïsme ne m'étant pas naturel, mon premier geste n'étant ni de prendre ni de garder, mais de donner, je suis chaque fois piégée par ma générosité. Là, pour la première fois, j'ai été claire avec Laszlo : « S'ils viennent passer trois jours, trois semaines à la limite, ce seront mes hôtes. Je les recevrai avec toute l'affection que je leur porte. Si c'est pour trois mois ou trois ans, à toi de les prendre en charge. Tu n'as qu'à les installer dans ton agence pied-à-terre. Elle est équipée pour les recevoir. Sinon, c'est moi qui partirai. » Et pour bien signifier que ce n'étaient pas des mots en l'air, le soir de leur arrivée, je suis sortie dîner. Seule.

V. — Complètement débile ! Tu es chez toi et c'est toi qui t'en vas. Ils n'en espèrent pas tant. Avoir le champ entièrement libre et leur fils tout à leur dévotion. Tu n'as pas l'égoïsme facile, Ginette. Moi non plus, je dois dire. Il est temps qu'on apprenne.

B. — Le moi d'abord il faut que je me l'impose.

36

Vital. Il y va de mon intégrité. Donner, donner, donner, c'est beau...

V. — Beau et con à la fois !

B. — Tu te laisses bouffer par tout le monde. Tu t'oublies. Tu ne t'appartiens plus. Et à la fin tu te demandes : et moi, dans tout ça ? Qu'est-ce que je deviens, moi ?

V. — Un homme a écrit l'éloge de la paresse. Une femme devrait chanter l'hymne à l'égoïsme. Egoïsme, vertu désapprise par l'espèce féminine. Egoïsme, première forme de générosité...

B. — Envers soi-même. Charité bien ordonnée commence...

V. — Tu ne peux pas être large avec les autres si tu ne l'es pas d'abord avec toi. Au lieu de penser sans arrêt : que faire pour lui, que faire pour eux, tu ferais mieux de te demander, une fois pour toutes : que faire pour moi ? Et surtout pas de culpabilité. Ne donner que ce que tu as envie de donner. Ne rien faire qui t'en coûte. La transparence de ton teint en dépend.

8

Véronique — C'est trop ça ! Ce n'est pas possible !
C'est démentiel ! Je croise ma meilleure amie dans
la rue, ma Peggy que je n'ai pas vue depuis un mois.
Et elle passe froide, raide, somnambulesque.
Regard vide, moue impassible. Dans le noir, j'ai cru
un moment m'être trompée de personne. Je n'ai
reconnu ta pâleur éthérée et ta silhouette fragile
qu'à ma hauteur. J'esquisse un sourire. Et que vois-
je ? L'indifférence compassée poursuivre son chemin. J'en ai été estomaquée.

Peggy — J'étais sur le point de t'appeler pour te
dire la même stupeur. Je n'en reviens toujours pas.
L'ironie hautaine, une mèche provocante sur l'œil,
au bras d'un jeune homme en noir, qui continue sur
ses talons décidés. Au bout de dix pas je me dis :
elle va s'arrêter ou quoi ? Je me retourne. Rien.
Marche ou crève. Tu avançais impavide.

V. — J'ai stoppé immédiatement, moi. Ça m'a
clouée sur le trottoir. Je t'ai même appelée deux
fois : « Peggy, Peggy ! » J'étais atterrée. Je secouais

le bras de Maximilien. Ce n'est pas vrai! C'est ma meilleure amie, ça!

P. — Je n'ai rien entendu. Quand j'ai tourné la tête, vous étiez déjà loin.

V. — Ecoute, Peggy. Un appel comme celui de la semaine dernière, une scène comme celle d'hier soir confinent à l'infantilisme. Tu vas me dire ce qui ne va pas, ou alors...

P. — D'accord. Ça vaudra mieux. J'ai besoin de te parler de visu. Je suis chez toi dans une demi-heure.

9

Lorenza — « *Io son io son felice*
D'amarmi dite ancora
Oh quanto, quanto v'amo
Io son, io son felice... »
Oui, je suis heureuse ! Et vous ? Ve l'auguro di cuore
et vous embrasse rouge vif.
Véronique — *Voilà qu'elle crache ses poumons*
maintenant. Tu devrais tousser dans ton répondeur,
Violetta, ça ferait plus convaincant.
  « *Croce, croce delizia, croce e delizia,*
    delizia al cor... »
C'est Véronique, au cas où tu n'aurais pas reconnu
mon trémolo.
V. — *Toujours pas là, la Traviata ? C'est encore*
Véro. Toi au moins tu n'as pas la félicité honteuse !
Quant à moi, ce n'est pas vraiment la joie, mais ce
n'est pas triste. Twist, twist...

10

Lorenza — Merci pour les fleurs ! Comment saviez-vous que j'aimais les camélias ?

Véronique — Parce que je vous ai entendue tousser... Dis-moi, ça baigne pour toi !

L. — Un vrai beignet aux bananes. Je croustille de partout. Je me laisse immerger dans l'huile brûlante, saupoudrer de sucre...

V. — Dévorer surtout !

L. — Avec un plaisir extrême. J'aime les hommes-loups. Ceux qui me raptent, qui m'engloutissent de manière exquise. Ceux qui me sortent de mes limites, qui m'arrachent de moi, me transportent, m'émerveillent. Karl est de ceux-là. Tiens, hier on s'était quittés à trois heures de l'après-midi. L'heure à laquelle on se lève, régulièrement, depuis mon retour. « Appelle-moi à cinq heures », me dit-il en partant. Je n'y pense plus, trop occupée à rattraper une journée qui a pris une demi-longueur d'avance sur moi. A six heures, je reçois un télégramme. « Mon amour, mon amour, on ne m'a pas encore coupé le téléphone. Stop. Je chante. Karl. » Je fonds sur l'appareil. Hier soir on ne s'est pas vus. Je dînais chez des amis. Ce matin, neuf heures, on sonne. Je sortais de mon bain et me passais de l'essence de melograno distillée par ma pharmacienne de Santa Maria Novella sur la peau. Le temps de nouer mon peignoir, de secouer mes cheveux, je me précipite. Personne. Coup d'œil à l'escalier. Dégringolade de marches silencieuses. Un pas pour me pencher sur la rampe, et je trébuche sur un véritable étalage dressé sur mon paillasson. Croissant aux amandes, *Libé*, mini-boîte de maquillages mordorés, paquet de Jean-Paul Sartre.

V. — De qui, de quoi ?

L. — De J. P. S., John Player Special, si tu préfères. Je ne sais plus où donner de la fête. Je me maquille en lisant, je fume en mangeant. Il y a trois jours, Karl, qui est photographe chez Gamma, j'ai omis de te préciser, était pris la moitié de la nuit par un reportage intra-muros. Brisée, je lui demande de m'octroyer une longue nuit solitaire. Au lever je découvre, glissée sous la porte, une lettre écrite sur papier à en-tête du Délice Hôtel, en bas de chez moi. Il avait terminé ses photos à trois heures du matin, déposé ses films au labo dans le quartier, passé sous mes fenêtres inexorablement éteintes, cherché un bistrot ouvert pour m'écrire un mot et, comme tout était noir et clos, il avait pris une chambre à l'hôtel pour me dire juste ceci : « Si je ne

42

dis rien, le plus souvent, c'est par défiance des mots. Pourtant, ce " Tu me plais Karl ", que j'ai été ému de l'effort que tu as fait pour le prononcer, ce midi ! Devant tant de pudique générosité, je suis ravi, confondu, heureux. " Je vous aime Lorenza ", pourrait être la réponse du berger à la belle bergère. »

V. — J'adore les histoires de princes et de bergères ! Je suis très couturière, tu sais. Comment l'as-tu connu, au fait, ton dieu aux Olympus en bandoulière ? Tu ne me l'as jamais raconté.

L. — C'était fin juin. Le solstice d'été. La nuit la plus brève. La Saint-Jean, si tu veux. Jean-Jean, de retour de Los Angeles, avait loué la piscine municipale de Nogent pour donner une fête californienne. Ça ne manquait pas de piquant. Tous les fantasmes parisiano-hollywoodiens étaient de la party. De voyantes genouillères sur roller-skaters made in France traçaient des cercles concentriques autour des vertigineux décolletés dorsaux de ravissantes Kim Novak en kit. Des muglèriens computorisés style Silicon Valley enlaçaient des bathing beauties du Kremlin-Bicêtre. Des chemises multivolants façon chicanos bastillais, toisaient les swimsuits exagérément échancrés à l'aine des surfeuses d'eaux ammoniaquées. Je traverse le bal en sirène sidérale. Je plonge en Esther Williams, tout en me tenant prête à décoller à tout instant en navette spatiale. D'autant que Serge, cravaté d'humeur massacrante, est venu exhiber son ennui distingué. Une tronche qui traîne par terre bardée d'appareils photo, décidée à vivre ostensiblement sa vie de photographe du *Vogue* italien. Et moi, derrière, en sirène essoufflée, le suivant à la trace, de peur de me voir reprocher de vouloir passer la soirée sans lui. Lasse, au bout d'un moment, d'onduler frénétiquement dans ma robe écaille...

V. — Tu devais tenir davantage du toutou que de la sirène !

L. — Je me laisse tomber dans un transat. Soirée foutue. C'est moi qui l'ai amené à cette fête alors que j'aurais pu y aller seule, moi qui ai tenu à partager cette nuit avec lui, et c'est lui qui m'impose des contraintes professionnelles improvisées, sa gueule irréversible...

V. — ... Et pour finir, son sommeil opaque. Je connais le programme.

L. — J'avais envie de chialer. Un branché s'assoit sur mon accoudoir. « Ne vous ai-je pas rencontrée à Edwards, sur la base de lancement ? » Il a tout compris celui-là. Je suis prête pour le décollage. Je me lève, excédée. Il me saisit le bras d'autorité et, en douceur, il m'entraîne vers le lieu du tumulte rythmé. Il danse comme moi. Je danse comme lui. Nos jambes, nos hanches, nos bustes s'harmonisent à distance protocolaire, en parfaite synchronie. Elégance et volupté, habileté et invention. Je le regarde enfin. Un air de gangster à te faire capoter.

44

Je souris pour la première fois de la soirée. Il m'appelle par mon nom, puis par mon prénom. Comment me connaît-il ? Je crois le connaître. Mais d'où ? « Nous nous sommes vus à l'aéroport de Fiumicino, en avril. » J'y suis. Je venais de relire, chez mon éditeur romain, la traduction de mon dernier roman. Attente prolongée d'heure en heure, par une grève surprise, dans la salle d'embarquement. Je tombe sur un groupe d'amis. Avec eux, un couple. D'elle, aucun souvenir, si ce n'est une indifférence appuyée et un agacement évident. De lui, qu'ai-je retenu ? Un commentaire susurré à son voisin d'une voix suffisamment claire pour qu'obligatoirement je l'entende. Il y était question d'une madone de la littérature.

V. — Ce qui n'était pas pour te déplaire.

L. — Une boîte de Gianduiotti, mes chocolats préférés, joyeusement tendue. Mais était-ce bien par lui ? Un va-et-vient insistant devant moi au bras de son involontaire complice. Puis quelques fauteuils plus loin, avec ses amis, un one man show, effronté, désopilant, destiné à décrocher mon sourire. « J'étais très ému de vous avoir revue », me dit-il. « Comment ça, revue ? » Il évoque notre première rencontre, qui daterait de Francfort. Je fouille dans tous les recoins de ma mémoire. C'était il y a deux ans, la Foire du livre. De lui, aucun souvenir. « Je vous ai même photographiée »,

m'assure-t-il. « Lorenza del Lasca est là, aurait-il dit à un confrère, j'ai intérêt à ne pas la rater. »
V. — Ton narcisse a dû refleurir d'un coup ! Parlez-moi de moi, il n'y a que ça qui m'intéresse...
L. — Ça a été, à Nogent, l'unique sujet à l'ordre de la nuit. Moi. Moi et encore moi. Je n'ai pas vu la lune filer. Cinq heures déjà ! L'heure où les masques tombent, où les maquillages fondent, où les déguisements se fanent. L'heure pâle où, avec le petit matin, la vérité se fait jour. Elle m'apparaît dans sa brutale, époustouflante évidence. Nos mains se cherchent, nos lèvres se trouvent. Une subite envie de se cacher, de se découvrir. Trop tard. Le jour se lève et les noctambules se dispersent. Il a l'air désemparé. « Comment faire ? » « Comment faire quoi ? » Mon sourire de sphinx, comme chaque fois que je laisse un ammiratore se dépatouiller avec ses incertitudes. Mon air ironique de défi, genre : essayez, vous verrez bien. Et de l'abandonner à ses brumeuses interrogations. Totalement déplacé, ici, mon numéro. Je rencontre un homme captivant, qui m'attire de façon immédiate, et je lui sers mon cirque habituel. Je suis tarée, ou quoi ? Je laisse au coin de sa bouche une trace du 19 de Saint-Laurent et je m'éloigne. Il me rattrape. « Je n'ai rien à te donner. » Il fouille frénétiquement dans ses poches, en sort une pièce de dix francs et la laisse tomber dans mon sac. « Jure-moi que tu la garderas. » Quelques amis m'encerclent.

46

Serge est avec eux, l'élitisme hautain : « J'ai fait le plein de ringardise, cette nuit. Bonjour l'ambiance. Allez, on s'arrache. » Je me retourne. L'homme de la Saint-Jean a disparu. Une certitude : je le reverrai. Je me précipite sur mon répondeur en rentrant. Un seul message. Son nom et son numéro de téléphone. J'attends midi pour le rappeler. « C'est bien le Steiner de... Nogent ? » « Lui-même. » « Celui de... Fiumicino ? » « En personne. » « Et de... Francfort ? » « Exact. » « J'ai trouvé une pièce de dix francs dans mon sac et je ne sais pas quoi en faire. » Question cruciale. « Tu vas au marché d'Aligre, tu cherches le stand tout-à-dix-francs, et... » Complicité immédiate, rieuse. Nos petits matins californiens de banlieue évoqués dans l'hilarité. Puis Karl, d'un trait : « Je pars pour Beyrouth ce soir. Je rentre dans trois semaines. » J'entends ma voix changer : « Dans trois semaines, je ne serai plus là. Je m'en vais à Panarea. » Echange de nos calendriers. On a beau les retourner dans tous les sens, on ne se verra pas avant le 17 août. Il lâche alors cette phrase qui me fera délirer pendant un mois : « Je viendrai te cueillir à l'aéroport. »

V. — Il y a de quoi, en effet !

L. — Le lendemain je déchire une enveloppe. Une carte avec l'Air-Bus.

V. — Poétique pensée...

L. — Je la retourne et mon cœur s'arrête, le temps

de lire : « Lorenza, je t'aime. Celui de Nogent, de Fiumicino, de Francfort. Karl. » Les battements reprennent. J'exulte.

V. — Tu t'exaltes comme une minette.

L. — Une minette ? Je suis sa princesse, sa pharaonne, sa divine, sa sultane, sa madone. « Une Madone de Filippo Lippi », m'assure-t-il. Il me vénère, il m'idolâtre. Il me nourrit de plateaux de fruits exotiques. Il me couvre de fleurs délicates. Hier il est entré chez moi derrière une orchidée en pot de taille gigantesque. J'aime les hommes qui donnent et qui se donnent.

V. — Oui, qui se donnent un mal de chien pour que tu les remarques. Qui, pour t'étonner, en font des tonnes. Qui t'en mettent plein les prunelles. Qui t'offrent du spectaculaire. Qui se mirent dans ton émerveillement. Qui font reluire le miroir pour mieux s'y contempler. Ce ne sont pas les hommes-loups qui te séduisent. Mais les hommes-paons.

L. — Je comprends mal ta sévérité.

V. — Tu m'as surtout parlé du plumage. Très peu de l'oiseau.

L. — Comme si les plumes n'en faisaient pas partie. Si tu les aimes déplumés, ça te regarde. Moi, je les préfère avec des ailes fastueuses.

V. — Et une somptueuse queue !

11

Barbara — Je t'envie, Véro.

Véronique — Pourquoi? Tu n'as toujours pas récupéré ton territoire?

B. — Laszlo a fini par emménager ses parents dans son agence-logement. La présence de son nègre étant devenue aussi rare que le sont ses projets d'archi, il y avait toute la place. Je ne me sens pas pour autant chez moi. Inouï ce qu'il est arrivé à faire de mon espace. Il s'y est installé il y a six ans. Bien. Il s'y est trouvé immédiatement chez lui. Parfait. Sauf que moi, maintenant, je n'y suis plus. Tu connais cette façon bien à lui d'envahir, d'occuper, de s'approprier, de disposer du terrain en maître. Il m'a totalement dépossédée. Mon lieu est devenu sa place. Ma surface est totalement corrigée à sa mesure. Je me sens exclue, vidée, évincée. Ma maison est devenue notre maison, mes amis nos amis, mon fils notre fils, mes voyages nos voyages, mes clients nos clients, mes modèles nos modèles. Ce ne sont pas « nos intérêts » de l'avocat défenseur. Attention. Mais « nos biens » du conquérant prédateur. **Tu saisis la nuance.** Rien ne m'appartient plus en propre. Ni mes activités, ni mes amitiés, ni mes...

V. — C'est toi qui ne t'appartiens plus. C'est dans ta tête que tu t'es fait squatteriser.

B. — Il a d'abord fondu en moi dans un bonheur total...

V. — Fœtal, je dirais...

B. — Et il n'en est plus jamais ressorti. Fusion d'abord, confusion ensuite. A son profit. J'ai tout donné, tout abandonné de ma personne. Je me suis laissé vampiriser, au point que j'ai désappris à dire je.

V. — J'ai remarqué. Comme lui, tu ne sais plus dire que nous.

B. — Dès nos premières rencontres il a institué l'usage immédiat, obligatoire, définitif du nous. La première fois qu'il est venu chez moi, nous nous connaissions à peine, il m'a demandé si la chambre sur le palier était aussi à nous. J'ai été interloquée et captivée par sa détermination à m'entreprendre, à me prendre. Tout entière.

V. — Tu n'es pas totalement innocente. Cette dépossession, cette dépersonnalisation, c'est toi qui l'as, sinon organisée, du moins autorisée.

B. — Je me suis laissé faire sans trop résister. Ça ne me déplaisait pas d'être habitée par lui. Jusqu'au jour où j'ai compris que j'étais entièrement colonisée. Et que la reconquête de mon indépendance serait une aventure sanglante.

V. — Qui vaut d'être vécue. Je te parle de moi, Barbara. Je ne voudrais en aucune manière t'indiquer le chemin...

B. — Mais...

V. — Mais depuis que je vis seule, je me suis retrouvée. J'ai jeté l'ancre en moi. Je n'ai plus besoin de m'arrimer à quelqu'un. Ni de laisser qui que ce soit se remorquer à moi. Je suis fascinée par la facilité avec laquelle des filles comme nous, professionnellement, socialement, psychiquement autonomes, qui ont tout pour séduire l'espèce humaine en général et masculine en particulier, tout pour faire tourner toutes les têtes et la terre entière, s'en remettent à un homme, et pas des plus remarquables, pour assurer leur sécurité ontologique. Elles ont beau exister intensément par elles-mêmes, elles en sont toujours réduites à l'être — avec un homme — ou le néant. Or il se trouve que mon néant tant redouté est bien rempli. Par moi d'abord. Et exclusivement. Ce n'est pas difficile. Il suffit de s'écouter désirer et de se faire plaisir. Je mène ma vie comme je veux, là où je veux. Je navigue à l'instinct. Je ne calcule jamais. Je m'invente mes lois et mes règles au fur et à mesure. Et je les oblitère aussitôt. Je suis totalement déracinée, hors la loi, amorale. Je vis la minute intensément.

51

J'aime tout et le contraire de tout. Je ne crois qu'en moi et ne compte sur personne.

B. — L'oiseau sans la branche.

V. — Je domine ma vie. Aucun ne pourra plus la soumettre.

B. — Ni la démettre ! Je cherche un terme en néo et en isme pour qualifier ton orientation toute neuve. Néo-volontarisme, peut-être... En même temps, je le répète, je t'envie, Véro, d'en être sortie.

V. — Ça n'a pas été tout seul. Je reviens de loin. Je me suis laissé démanteler par Gérard à tel point que j'ai même cru en avoir fini avec la peinture.

B. — Je n'en suis pas encore là, heureusement. Je ne suis pas près d'arrêter de dessiner mes collections.

V. — Je suis allée plus loin que toi dans la soumission. Tu n'as pas idée jusqu'où j'ai poussé l'autonégation. Gérard m'en voulait d'être trop. Trop lancée, trop connue, trop recherchée. D'être, tout simplement, à travers ma peinture. Et par là de l'empêcher d'exister, de s'exprimer, de s'épanouir. Pour ne pas lui faire de l'ombre je me suis ratatinée, rabaissée, rabougrie. Je me suis contrainte à devenir telle qu'il me voulait : inconsistante, inexistante. A me réduire à sa dimension : nulle. Il doit y avoir, au fond de moi, un rien de masochisme. Un désir suspect de mesurer ma vie à son contraire, la mort. Oui. C'est bien de mort qu'il s'agissait. Je me suis laissé engloutir, couler. Ça avait quelque chose de morbide. Une culpabilité refoulée sans doute. Un besoin inconscient de me punir. D'avoir bravé les interdits socio-familiaux. Dans l'HLM où je suis née, peindre était la transgression suprême. D'avoir réussi, malgré la malédiction cégétiste paternelle : « Artiste ? Tu finiras sur le trottoir, oui ! » D'avoir pulvérisé les pronostics de Gérard : « T'en connais, toi, des femmes peintres ? Dignes de ce nom, je veux dire ? Ça n'existe pas. Tu ne seras jamais une artiste. » J'ai osé le devenir. Mais je n'ai pas eu l'audace de le rester. Imperceptiblement je me suis laissé miner, détruire, anéantir. Ça n'a pas arrangé les affaires de Gérard pour autant. Il ne s'éclatait toujours pas. J'ai compris alors que ce n'était pas un problème entre lui et moi. Que je n'étais pour rien dans son merdoiement. Que c'était son affaire. J'ai mis du temps à refaire surface. Maintenant que j'ai repris ma navigation solitaire, je fais attention où je mène ma barque. Volontarisme ? Si tu veux. Au départ, pour réémerger. Maintenant : vigilance.

12

Véronique — « *This is radio art*
Radio art
Radio art
This is radio tar
Radio tra
Radio rat... »
Excusez les divagations d'une bande magnétique un peu folle. Mais que vous dire par cette canicule et ces orages d'enfer. Vos paroles peut-être seront-elles plus sensées.
Peggy — *This radio Peggy. Rappelle, please.*
Lorenza — *Plus on est de folles, plus on...*
Véronique — Lorenza! Je rentre à la seconde. Toujours aussi folle de ton magicien à la pièce de dix francs? De ton chevalier à l'orchidée? De ton jeune homme à...
L. — Ce n'est pas du tout un jeune homme. C'est un homme. Jeune, encore. Pas tout à fait mûr et déjà plus adolescent. Quoique, comme moi, encore très attiré par l'adolescence. Je m'amuse follement avec Karl. Tout le temps en train d'éclater de rire,

de s'éclater. Il a un pouvoir sur moi qu'il ignore : celui de me divertir. Je n'ai jamais autant ri de mes trente belles années de vie. Les hommes ne savent pas suffisamment les vertus érotiques du rire. Celui qui connaît l'art et la manière de me réjouir a gagné. Il est sûr de m'amener à jouir. Avec Karl je n'arrête pas.

V. — De te réjouir ?

L. — C'est ça. Blague à part, je n'arrive pas à saisir clairement ce qui, hormis le fou rire, me renverse chez lui. Ce n'est tout de même pas, me dis-je, sa tête encaissée et altière à la fois. Ni sa voix ferme, décidée, intense dans les graves. Ni ses yeux féroces, cyniques ou simplement lucides, étincelant d'ironique tendresse. Ni sa démarche seigneuriale, ni ses gestes grands...

V. — Ne te fatigue pas, Ginette. C'est de son amour spectacle que tu es amoureuse. De son côté bouffon de la reine.

L. — Tu sais, en fait, il me complique l'existence, ce diable. Je ne manque de rien. Il ne comble aucun vide affectif. Serge, quelques gueules mises à part, est un compagnon délicieux. J'ai tout ce que je désire avec lui. Ma vie est pleine, épanouie, radieuse. Karl m'apporte le strict superflu. Il est mon luxe.

V. — Et pourquoi ne pas vivre luxueusement ? Luxurieusement ! Ecoute-moi bien, Lorenza, et

55

note s'il le faut. On n'est jamais trop aimées. Tu entends ? On n'est jamais trop aimées.

L. — Que faire avec Serge, à son retour ?

V. — Cumuler. Pourquoi soustraire quand on peut additionner ? Pourquoi tracer un moins quand on peut inscrire un plus ? Garde les deux. Provisoirement du moins. Rien ne presse. Le moment venu, tu choisiras. Ou le destin choisira pour toi. Tu crois qu'ils choisissent, eux ? Ils jonglent. Apprends à jongler.

L. — Tu es pour la multiplication des partenaires, toi.

V. — Pour la multiplication des plaisirs. Je n'enlève rien à personne en ajoutant les uns aux autres. Au contraire. Je reçois et je donne infiniment dans mes relations épisodiques. J'arrive à vivre des moments très forts tout en gardant ma totale indépendance. Ce que je suis avec chacun n'est pas tout ce que je suis. Je suis devenue experte dans un dosage et un partage de ma personne qui soit le mieux adapté à la leur. Ainsi que dans l'art de prendre d'eux le meilleur en leur laissant le pire. Je ne veux de plein temps avec qui que ce soit. Mais j'exige que le temps passé avec chacun soit un temps plein. Maximilien, le comédien, avant que je m'envole chez mon marchand à New York m'a dit : « Si tu fais l'amour avec un autre, pense à moi. » Je lui ai répondu : « Si tu fais l'amour avec une autre, pense à elle. » La liberté que je prends et que je leur laisse

56

les fascine et les panique. Ils me savent gré, en tout cas, du cadeau inestimable que je leur offre : le visage d'une femme épanouie. C'est irrésistible, tu sais. C'est fou ce que ça les attire. Les mecs défilent...

L. — Et tombent tous comme des mouches.

V. — Ça, c'est leur problème. Moi, j'essaye d'œuvrer avec beaucoup de délicatesse. Une maille à l'endroit, une maille à l'envers, une croisée, une glissée. Il est évident que si l'un tire trop sur la laine, ça craque. Je ne suis infidèle à personne. J'essaie seulement d'être fidèle à moi-même. Comme je sais que je ne peux pas me réaliser entièrement dans l'amour d'un seul, j'évite de me fixer. Je suis en transit permanent. Libre voyageuse dans la vie. Je vais là où le désir me porte. Je plante mes petits drapeaux partout.

L. — Si tu étais un mec, je te dirais : tu vas là où penche ta queue. Ne ressemble-t-elle pas un peu à une fuite en avant, ta marche triomphale ?

V. — Il est évident que, en ce moment, je n'ai nulle envie de recommencer une cavalcade passionnelle avec qui que ce soit. Alors, quand ça risque de m'entraîner trop loin et trop fort, je freine des quatre fers. Et ma façon de freiner, c'est d'en mettre quatre sur la brèche. Il faut dire aussi qu'on ne rencontre pas d'homme passionnant, je veux dire avec qui on a envie de vivre une histoire passionnée, à toutes les stations de métro. Comme ceux auprès desquels je m'arrête un moment sont du genre inconsistant et précaire, je me rééquilibre en multipliant les stations.

L. — Stations couchées.

V. — De préférence. Pour vivre heureuses, vivons...

L. — Et du couple, qu'en fais-tu ? Des confettis ?

V. — Je le mets sous cloche plastique, je le renverse et regarde tomber la neige. Comme sur un Sacré-Cœur et un obélisque de la Concorde pris dans la même perspective. Du gadget poétique, le couple. Du kitsch souvenirs-souvenirs. Attendrissant et de mauvais goût. Mon but n'est plus de vivre avec quelqu'un. Mais de vivre le mieux possible avec moi-même. Ce qui est déjà compliqué en soi. Vivre à deux, je m'en suis aperçue en manquant d'y laisser ma peau, est une façon d'économiser l'effort d'être une personne. Tôt ou tard on le paye. Et cher. Cela dit, contradictoire comme je suis, je n'exclus rien. Lucide et ouverte. S'il se présente, je reverrai le problème. Je ne suis pas sectaire. Pour l'instant c'est comme ça. Plutôt qu'un mauvais couple, des bons coups.

L. — Tous les coups sont dans la nature...

13

Véronique — *C'est un répondeur-enregistreur qui vous écoute. Profitez-en. Tout ce que vous n'osez pas me dire en direct vous pouvez me le faire savoir, en différé, par la machine. Vous avez la parole.*
Peggy — *Tout ce que j'avais à te dire, je te l'ai dit. Toi, par contre, je ne t'entends plus du tout.*
Barbara — *La censure domestique me paralyse. Je ne peux rien confier à ta machine. En pleine parano, ta Barbara. Au secours !*

14

Véronique. — Rien ne va plus chez les magyars à t'entendre.

Barbara — C'est carrément l'insurrection. Hier, dimanche, vers midi, le téléphone sonne. J'y vais. Il se précipite. Jumping sur canapé. Il bute deux cendriers, renverse une plante verte, manque une lampe de justesse. « Allô, j'écoute. » A son ton commissaire du peuple, je devine qu'il s'agit d'une voix masculine inconnue à ses oreilles. « Qui la demande ? A quel sujet ? » Interdit par cet interrogatoire inopiné, le mystérieux interlocuteur préfère raccrocher. Et c'est sur moi que l'enquête se détourne. « Quel est le malotru qui t'appelle un dimanche ? A midi ! Qui ne s'annonce même pas ! Qui raccroche comme un voleur ! »

V. — Attention ! Il va finir par te couper et la parole et la ligne. Typique de tout occupant paniqué, décidé à s'imposer par la terreur : interrompre toute communication avec l'extérieur.

B. — C'est moi qui, muette de rage, suis allée arracher, séance tenante, le fil du téléphone privé, bricolé par ses soins, qui reliait par-dessus deux toits, mon appartement-bureau de style à son agence-pied-à-terre.

V. — Bonne initiative. Je ne pouvais plus t'appeler sans que ce soit lui qui décroche le premier, ou qui soulève son combiné en pleine conversation.

B. — L'intérêt de son installation pirate c'était, à l'origine, de disposer d'une ligne intérieure libre et gratuite. Un bon tour qu'on jouait aux PTT. Il suffisait que l'un titille l'appareil sans avoir à former de numéro sur le cadran, pour que l'autre entende le cliquetis, décroche et que la liaison se fasse aux frais de la princesse des Télécom. Mais, pour lui, c'était aussi un moyen de m'attacher un fil à la patte, de ne pas perdre le contact, de garder le contrôle. Très vite, son système D, il l'a détourné à des fins d'espionnage domestique. Tentant pour cet agent de l'Est. Chaque fois que quelqu'un m'appelait, ou que j'appelais quelqu'un, et que ça retentissait chez lui, il décrochait par inadvertance, interrompait la conversation sans le faire exprès. Il me parlait, feignant d'ignorer que j'avais quelqu'un en ligne. Ou alors il s'excusait, contrôle effectué, et raccrochait. Autant de ruses pour savoir avec qui je conversais. Impossible de me livrer à qui que ce soit au téléphone. Toujours la peur de l'interconnexion. Du cliquetis sui generis qui viendrait surprendre une voix douteuse, une intonation suspecte, un mot révélateur. Plus de cris, plus de chuchotements, plus de pianoforte que ses écoutes téléphoniques ne risquent de capter.

V. — Piégée sur toutes les lignes.

B. — L'extérieure comme l'inter-toits. L'appel de dimanche a servi de détonateur. J'ai explosé. Riposte immédiate. Tu m'interceptes ? Je te sabote. Tu m'isoles des connexions extérieures ? Je coupe toute liaison interne. Ce fil symbolisait notre soudure. Il est cassé maintenant.

V. — C'est beau l'amour total !

B. — La violence que Laszlo exerce sur moi n'est pas d'autre nature que celle dont il a souffert dans son pays. Insidieuse, catéchisante, policière. Il reproduit, à l'échelle du couple, exactement les mêmes schémas qu'il est le premier à condamner, chez lui. Il instaure à domicile le régime, précisément, qu'il a fui, il y a dix ans, en Hongrie.

V. — Comme quoi, Ginette, on sort difficilement indemne de vingt-cinq ans de martèlement socialiste. Ça doit laisser des scories dans le crâne.

B. — Et des séquelles dans la cervelle.

V. — Tu n'as pas connu ça, toi.

B. — Je suis née à Paris, moi, dans le Sentier, au fond d'un atelier de fourrure, au milieu des pattes d'astrakan et des queues de renard. Mon grand-père avait fui, bien avant lui, à Varsovie, d'autres ghettos.

V. — Ghettos que par une implacable répétition et une sournoise contraction de l'histoire, Barbara

Rosenfeld reconstitue sous la domination de Laszlo Molnar, architecte dissident.

B. — Tu n'y es pas. Ce que je vis avec lui tient beaucoup plus de l'enfermement totalitaire que de toute autre ségrégation. Tout le système qui l'a formé, forgé, fabriqué et en fin de compte rejeté comme pièce non conforme, comme raté de la production, il l'a mis en place chez moi avec une précision inéluctable. Confiscation des corps, des biens, des activités, des affects, des rêveries, des folies qui risquent de lui échapper. Condamnation irrévocable de toute dissidence. Lui, un opposant ! Suspicion érigée en loi. Imposition d'un parti unique, la passion, qu'il confond avec le culte de sa personnalité.

V. — Je connais le topo. On interdit, on ordonne, on censure, on questionne, on réprime, on espionne. On assomme ! Tout ça au nom de cette belle imposture, l'amour absolu qui innocente, justifie, autorise tout.

B. — Exact. Je vis avec Laszlo un amour exclusif, tyrannique, intransigeant, intolérant. Pas de défection, pas de compromission, pas de demi-mesures, pas de demi-vérités. On se consume dans une passion totale, monolithique, qui engage tout de l'un et exige tout de l'autre. La moindre fêlure la ferait éclater. Je suis tout pour lui. Son dieu, son empire, sa vie, lui-même. Il ne comprend pas quand je lui réponds que je suis un peu lui, parfois lui, mais jamais complètement lui. Quand je lui explique que celle que je suis avec lui n'est qu'une parcelle de celle que je suis. Et que le reste a besoin de s'épanouir en dehors de lui. Que l'absolu est réducteur, mutilant, destructeur. « Personne ne t'aimera jamais comme je t'aime », me dit-il à bout d'arguments. A quoi je réponds : « Je préférerais que tu m'aimes moins, mais mieux. » Alors il insiste : « Tu as un bonheur sur place. Pourquoi irais-tu chercher un malheur ailleurs ? » « Et si j'avais un malheur, sur place ? » « Pourquoi aller trouver un deuxième malheur ? » Que veux-tu répondre à ça...

V. — Il ne sait t'aimer, ton Liszt, que sur le mode appassionato, con foga e con tormento.

B. — Surtout avec tourment.

V. — Généralement ce sont les femmes qui engendrent les grandes passions. Les hommes se laissent entraîner dans la bourrasque. Là, c'est l'inverse. C'est toi qui t'es laissé emporter par sa fougue.

B. — Enfermer surtout, pendant cinq ans, dans une boîte hermétique. Je ne me suis pas méfiée. Tout à mon homme, je n'avais pour les autres, qui, en temps normal, auraient pu m'attirer, me séduire, aucun intérêt. Ils ne me touchaient pas. Et je ne les interpellais pas. Rien ne passait. Aucune onde, aucun fluide. Parois étanches. Stérilisation des courants. Anesthésie du désir. Je n'étais pas disponible. Point. Et ils le sentaient bien. Une fleur sous cloche qui n'exhale rien.

V. — Dis donc, fleur de pavot ! Tu l'as tout de même beaucoup aimé ton conservateur de belles plantes. Je me souviens qu'au début de votre liaison, dès que je me permettais une plaisanterie fine sur lui, tu me volais dans les plumes. Une fois on s'est même affrontées violemment à cause de lui. J'avais laissé un message sur ton répondeur en me faisant passer pour une fiancée danubienne rouleuse de r dévoreuses. « Allô, Laszlo, mon amourrr, je suis à Parrris. C'est Eva. Rrrappelle-moi. Je t'adorrre...» On ne s'est pas appelées pendant six mois.

B. — Je ne dis pas le contraire. Mais trop c'est trop. Trop exigeant. Trop possessif. Je te prends. C'est son expression favorite. Je te prends en vacances, je te prends au cinéma, je te prends au resto, je te prends au lit, je te prends dans mes bras pour dormir. Je te prends.

V. — Il te prend tout. Et il te donne quoi en échange ?

B. — Il me pompe l'air, oui ! J'asphyxie !

V. — Alors, il faut ouvrir grande la porte et lui dire : prends-la.

B. — Je l'ai fait quatre fois. Et quatre fois je l'ai rappelé.

V. — Je ne vois vraiment pas ce qui te retient.

B. — Moi, je sais. Tu vas rire. C'est quelque chose

de totalement dérisoire. Et d'absolument irrésistible. Pas une parcelle de raison, ni de sentiment, ni de sexe ne vient se nicher là. Tu vas voir. Chaque fois qu'en pleine tourmente je lance le sauve-qui-peut-la passion, chacun pour soi, abandonner d'urgence le couple en détresse avant de sombrer corps et biens, il suffit qu'au moment de sauter je pense à ça... pour que tout s'apaise subitement. Mes rancœurs, mes révoltes tombent d'un coup. Il n'y a plus que ça qui compte.

V. — Quoi, ça?

B. — Je n'ose pas t'en parler. Tu vas te foutre de moi. Moi-même, je trouve ça extravagant.

V. — Attends, je vais deviner. Est-ce un détail physique?

B. — Oui, si tu veux. Animal, je dirais.

V. — J'y suis. Sa gueule tartare, visage triangulaire, pommettes saillantes, joues encaissées. Non? Sa démarche de loup des Carpates? Non? Ses hanches souples de léopard des neiges?

B. — Son contrepoids si tu veux. Ses épaules. Carrées et rondes à la fois. Vastes, puissantes, confortables, rassurantes. Des épaules qui contrastent avec la gracilité de ses hanches et de ses cuisses. Cette force du haut modulée par la fragilité du bas. Je fais une fixation sur ses épaules. Si imposantes et si douces. Et, au centre de cette carrure massive, sur un point précis, entre le thorax et l'humérus, mon endroit favori.

V. — Viens pleurer au creux de mon...

B. — Je m'y enfonce, tête la première, je respire un grand coup et je me noie dans un océan de bien-être. Plus rien ne compte. Que ça.

V. — Qui aurait pu sonder de Barbara les insondables pensées...

B. — C'est abyssal, véritablement. Au plus aigu de nos déchirements, au bord de l'holocauste, il n'y a que ça qui en sorte sain et sauf. Mon plongeon duveteux, l'oublieuse béatitude consécutive, et le sommeil conciliateur. On ne se rapproche plus que dans les bras d'Orphée. Ignorants de nos querelles et de nos discordes, nos corps inconscients vivent de plus paisibles aventures. A bout de force, ils s'abandonnent l'un à l'autre dans une trêve nocturne. Seule la sensualité intervient. Pas la sexualité. Le désir est hors jeu. K.O. Les secousses sont trop violentes, trop anéantissantes pour lui laisser une chance de s'éveiller et de se dresser. Seule la sensualité sort indemne du bombardement réciproque. Encastrés en chien de fusil, moi devant, lui derrière, ajustés l'un contre l'autre par d'imperceptibles mouvements qui rectifient notre position jusqu'à ce qu'aucune bulle d'air ne nous sépare plus, nous sombrons dans le sommeil, comme un seul homme.

V. — Bonne nuit, Ginette. Moi, je vais me coucher.

15

Lorenza — Je t'ai appelée toute la journée et toute la nuit. Vingt, quarante fois, j'ai fait ton numéro. Où étais-tu passée, encore?

Véronique — Je ne reste pas vingt-quatre heures sur vingt-quatre près du téléphone. Il m'arrive aussi de vivre ma vie, figure-toi, ma jolie.

L. — Avec tes hommes du moment? Tu ne m'en parles jamais.

V. — Toi d'abord. Que se passe-t-il?

L. — Te souviens-tu de ta théorie de l'addition et de la soustraction, des plus et des moins, mieux vaut en avoir deux que pas du tout, etc., etc. Eh bien, je vais te dire. J'ai essayé de la mettre en application.

V. — Avec succès?

L. — Fiasco intégral. Je me retrouve avec personne!

V. — Bravo, Ginette.

L. — Karl est parti. Trois semaines. C'était programmé depuis longtemps. Deux en vacances avec sa fille, à Biarritz. Une à Brissago, dans le Tessin, photographier l'entraînement d'un athlète helvète.

V. — Champion de quoi ?

L. — Cycliste, je crois. Non... Oui. Enfin, je ne sais plus. Il avait son train jeudi à 22 h 50, gare d'Austerlitz. Il ne se doutait de rien, mais pour moi, ça tombait pile. Serge m'avait télégraphié son retour pour le vendredi matin 8 h 35 à Roissy. Une nuit de battement, sinon pour faire le point, du moins pour faire le vide.

V. — La vidange.

L. — Je t'en prie ! Une nuit de trêve pour mettre entre Karl et Serge une douche débarbouillante, un sommeil rafistoleur, un rangement escamoteur. Bref, l'indispensable ménage inter-hommes. J'évitais ainsi l'odieux manège qui aurait consisté à mettre Karl dehors, ou à affliger Serge d'un accueil insultant. Je les respecte trop. L'un comme l'autre.

V. — Si ce n'est pas mignon, ça !

L. — Jeudi, donc, je passe ma dernière soirée avec Karl. A rire aux larmes. Deux dératés. On n'arrête pas de se tordre. J'en ai encore des crampes. Ce n'est pas toujours très fin, mais Dio, que c'est bon. Ridere fa buon sangue.

V. — T'as raison, Ginette ! C'est excellent pour la santé.

L. — Ah, le bonheur de rire avec ! Ça te change du rire contre.

V. — Le rire chic, oui. Le rire méchant, le rire amer, le rire frigide. Parisien en diable.

L. — Nous on s'éclate, on se disloque dans la joie.

69

Tiens je vais t'en raconter un rare. Dernière soirée : grand jeu. Je décide d'être irrésistiblement fatale. De laisser sur l'homme des dix-sept lunes une empreinte capiteuse et indélébile. De le vamper à mort, à vie. Pour ce, je me moule dans du jersey de soie rouge laque. Une robe à ne montrer que de dos. A cause du V qui la découpe vertigineusement jusqu'aux reins. Et du biais qui souligne, outrageux, le moindre déhanchement. Je me contorsionne entre deux fous rires sur une banquette de la Closerie, quand un dernier assaut d'hilarité a raison de toutes mes défenses, de tous mes contrôles. Les digues lâchent d'un coup, les grandes eaux débordent, et je me retrouve, horreur, assise sur une flaque chaude...

V. — La honte ! A ton âge !

L. — Che vergogna ! J'aurais voulu passer sous le parquet. M'enterrer vivante. Je sens le rouge lent et brûlant de la honte gagner toutes les parties découvertes par ma robe star. Ecarlate du front aux orteils. Je ne moufte pas. Rester digne. Pour l'instant il n'y a que moi qui sais. N'ayant pù retenir le reste, surtout ne pas perdre son sang-froid. Sans plus rien entendre de ce qu'il me dit, je continue à rire.

V. — A rire jaune !

L. — Tout en cherchant désespérément le moyen de quitter les lieux, cul mouillé, sans perdre la face. Impératif : n'exposer que le devant.

70

V. — Pour une tenue à ne montrer que de dos, c'était réussi !

L. — Comment faire ? Raser les murs ? Impossible. Le seul passage est un couloir entre deux rangées de tables. Attendre que ça sèche ? Il faudrait y passer la nuit. Et sans garantie pour l'auréole. Feindre un malaise ? La meilleure façon d'attirer trois fois plus l'attention. Espérant qu'une solution miracle m'illumine, je glisse discrètement ma serviette de table sous les fesses pour éponger.

V. — Cochonne !

L. — Soudain, Karl regarde sa montre : « Mon train ! » Il se lève d'un bond en écartant sa chaise et la table. Moi, je reste clouée à la banquette. C'est la panique. Tortiller mon ignominie sous l'œil médusé de mon amoureux et le nez pincé de l'intelligentsia attablée ? Plutôt mourir. Dans un geste ultime de survie j'attrape la parka de Karl et je la noue négligemment sur mes hanches. L'opprobre provisoirement camouflé, je traverse, aussi neutre que ma rougeur me le permet, le restaurant. On arrive à la gare essoufflés. Il bondit dans son wagon-lit, jette sa valise, descend sur le quai, m'enlace et me hisse sur le train. Il rit : « Je t'emmène ! » « Et moi je t'emmerde ! » Je saute paniquée. Il redescend, m'étreint à nouveau, remonte à la dernière minute. Je grimpe derrière lui. Pour rire. Rire toujours. Je m'élance du wagon in extremis. Je regarde la pendule. Le train devrait déjà être parti. Dix

71

minutes s'écoulent. Vingt minutes. Le train est toujours immobile. Je vais aux infos : « Collision sur la voie à quarante kilomètres de Paris. Attente indéterminée. » Karl attrape sa valise : « Je ne vais pas passer la nuit ici. Je prendrai le premier train demain matin. Viens. On va dormir chez toi. » Le premier train, vendredi, démarre à 6 h 45. L'avion de Serge atterrit à 8 h 35. Une heure cinquante de battement entre le départ de l'un et l'arrivée de l'autre. Je vais avoir une attaque.

V. — A nouveau dans de beaux draps, la Messaline !

L. — Je me retourne dans les miens la moitié de la nuit. Comment épargner à l'un et à l'autre ce chassé-croisé humiliant... Comment ne pas avoir l'air de pousser Karl vers la sortie et de retenir Serge à l'entrée... Collision entre deux trains, ont-ils dit ? Choc entre deux hommes, oui ! Pas directement, non. Ils ne se verront pas, eux. La déflagration se produira en moi. Attention. Ça va faire mal.

V. — Moins que tu ne le crois.

L. — Je me lève la première. Ravalement en un temps record de mon visage, de mon corps, de ma maison. Les apparences sont sauves. Sinon saines. Tout rentre dans un ordre approximatif. Vite réveiller Karl. Il ne s'agit pas qu'il rate son train, celui-là. Pas de petit-déj. On le prendra à la gare. Si on en a le temps. Qu'il se secoue, à la fin. J'accélère le mouvement : « La salle de bain est libre ! » Je me sens d'autant plus speedée que je le vois indolent, somnolent, lent d'une lenteur exaspérante. Il le fait exprès, ou quoi ? Il n'a de toute évidence aucune, mais aucune envie de partir. Il traîne sa patte, ses paroles, ses paupières. Moi, j'évite de le regarder. « Je suis garée de l'autre côté de la place. Je commence à y aller. » Cinq minutes. Dix minutes. Il n'est toujours pas là. Mais qu'est-ce qu'il fabrique, nom de Dieu ! Je peste. Voilà enfin son sourire désopilant. Gare d'Austerlitz, je ne descends pas de la voiture. Il serre mes deux mains dans les siennes. « Dis-moi vite quelque chose... » Ne trouvant rien à lui susurrer, je me love une dernière fois dans sa chaleur aspergée de Brut de Fabergé, un œil sur la pendule. Prend-il ma crispation pour de l'inquiétude et mon impatience pour de l'anxiété ? Il se fait rassurant : « Compte sur moi, mon bébé, c'est comme si j'étais là », me dit-il, paternel, avant de s'arracher à mes langueurs ensommeillées. J'arrive comme une fleur à Roissy. Comme Serge me paraît élégant, raffiné, délicat, sophistiqué. Dans sa tenue, ses manières, son langage...

V. — Par contraste avec Karl, peut-être...

L. — Je ne sais pas. D'avoir eu le nez dessus pendant dix-sept jours et dix-sept nuits je finissais par ne plus rien voir. C'est en regardant Serge que certaines faiblesses de Karl me sont apparues, d'un coup. A posteriori. A distance. En contrejour.

V. — Quoi ? Tu ne m'avais jamais dit qu'il était de l'espèce des primates, ton chevalier.

L. — Je dirais, sans méchanceté, qu'il serait, quelque part..., quelque peu..., c'est d'ailleurs ce qui fait sa séduction, euh... pas primaire, non, mais...

V. — Que de précautions pour avouer que ce n'est pas un intello ! Si c'est une belle bête, tu peux le dire, Ginette, il n'y a pas honte à ça.

L. — Ce n'est pas un tordu, Karl. C'est un être sain, vois-tu.

V. — Sain de corps et simple d'esprit...

L. — Tu es dure. Il a en lui une vitalité, un enthousiasme, une exubérance qui m'emballent. D'emblée. Sans réfléchir. Tu t'en doutes, je n'ai pas touché à mon stylo pendant ces dix-sept jours. Il a été ma récré. Il m'a rechargée à fond. N'empêche qu'à Roissy, j'ai retrouvé, non sans délectation, l'extrême finesse de Serge.

V. — Il faut de tout pour faire un...

L. — C'est précisément ce que je me disais en revenant, sur le périph. Prendre des deux ce qu'ils m'offrent de meilleur. Et leur abandonner le pire. Terminus, Bastille. « Que la lumière est belle sur Paris ! » s'exclame Serge. Exceptionnelle en effet cette clarté liquide d'un matin de septembre qui transfigure les vétustes ateliers du passage. Soudain je crois avoir une hallu. Est-ce qu'il voit ce que je vois ? Bombé en vert fringant sur ma façade je lis, il lit : « Lorenza, je t'aime. »

V. — Merde ! Ça a de la gueule ça ! Ça me plaît !

L. — Serge devient vert pâle, lâche sa valise, la reprend, et sans un mot, disparaît.

V. — Il reviendra.

L. — En fin de journée je descends acheter du pain.

A côté de l'inscription du matin, une nouvelle, en rose tendre : « Moi aussi. »

16

Peggy — Quoi ! Ce n'est pas ta voix sur bande que j'entends ? Je n'en crois pas mes oreilles.

Véronique — Une seconde. Je baisse un peu la musique... Voilà !

P. — Dis-moi, tu te fais rare comme l'air des cimes, ces temps-ci.

V. — Quelles cimes ? J'ai plutôt l'impression d'être tombée du haut d'un pic. Ce que tu m'as sorti l'autre soir m'a scié les jambes.

P. — Il fallait que ça sorte. Je ne pouvais plus supporter qu'on se voie, qu'on se parle, comme on l'a toujours fait, avec ce doute tapi au fond de moi. Il me fallait éclaircir cette zone... disons ombragée qui s'était installée entre nous.

V. — Ombrageuse, tu veux dire. Comme tu sais l'être, sans raison aucune, dans tes mauvais jours.

P. — Il existe tout de même un fond de vérité à ce que tu appelles mes délires. Le fait même que tu t'en défendes comme une hyène prouve que j'ai touché un point sensible. J'ai mis le doigt sur quelque chose de pas très net, que tu refuses de voir et que, dès que ça apparaît, tu expulses de toi avec violence.

V. — Tu dérailles complètement ! Tu...

P. — Laisse-moi continuer, Véro. Que tu aies voulu m'éloigner d'Olivier de façon délibérée, préméditée, organisée, je l'ai pensé à un moment. Je ne le pense plus, maintenant. Tu es une garce c'est entendu, mais tu es avant tout une amie. Je ne te crois pas assez perfide pour avoir fomenté un plan de sape de notre liaison. Non. Simplement Olivier a cessé de t'être sympathique du jour où tu as compris que la passion que je vivais avec lui tournait en amour. Tu as mal accepté que j'essaye de construire avec lui en profondeur et en altitude, en dur et en durable. Tu as eu le sentiment qu'il m'écartait, sinon de toi, du moins de la vie de collégiennes dissipées et tapageuses que nous menions ensemble depuis que nous nous étions retrouvées célibataires, l'une et l'autre, au même moment, l'année dernière. Et il t'est devenu franchement odieux — je ne l'ai compris que récemment — du soir où il s'est montré insensible à tes charmes.

V. — J'en ai rien à branler de ce mec ! C'est de toi, de ta dépendance que...

P. — Attends, je termine. Que tu aies eu besoin d'éprouver tes atouts et tes appas, je le comprends parfaitement. Mais sur le fiancé de ta meilleure amie, je trouve ça franchement inamical.

V. — Fiancé ! Un mot qui me révulse.

77

P. — Moi, il me plaît. Avec plein de guillemets autour, ça va de soi. Je lui trouve un air à la fois désuet et prometteur. Nostalgique et fantaisiste. Il y a du passé et de l'avenir là-dedans. Même si les fiançailles ne datent que de la veille au soir et ne survivent que jusqu'au lendemain matin.

V. — Je préfère copain, moi.

P. — Berk! Je hais ce terme générique qui banalise tous les hommes qui t'ont approchée, de près ou de loin. En voyage ou au bureau. A table ou au lit. Le coup comme la liaison, l'aventure comme la passion. L'amour copain, j'ai horreur de ça. Ça te le nivelle au rang de la classe de potaches, de la bande à Mimile, du régiment de bidasses. Copain-copine. Mon copain copule avec ma copine. Copain comme...

V. — Je te ferai remarquer que c'est ton fiancé qui, en ton absence, m'a proposé son lit.

P. — Et tu l'as accepté sans savoir qu'il dormirait sur le canapé.

V. — Je te l'ai déjà dit. C'était sans ambiguïté. Il était très tard. On avait dîné après le ciné. Comme deux esseulés qui reculent au maximum le moment où ils vont se retrouver seuls. Ma voiture était au garage et mon atelier en chantier. C'était plus confortable de dormir chez lui. Te faut-il d'autres explications? De plus il allait très mal.

P. — Lui m'a dit que c'était toi qui n'allais pas bien.

V. — C'est vrai, je n'étais pas à mon top, ce soir-là.

P. — A d'autres. Je te sais suffisamment costaude pour être en état de rentrer dormir seule, même un soir de déprime. Non. Je n'arrive pas à croire que tu n'aies pas eu un embryon d'arrière-pensée. Olivier avait d'ailleurs trouvé ton comportement assez trouble...

V. — C'est moi qui ai dû le troubler, ce brave garçon !

P. — Si tout était aussi limpide, pourquoi ne pas m'en avoir parlé à mon retour ?

V. — Parce que tu en aurais fait une montagne. La preuve ! Parce que c'était sans importance, sans intérêt, sans conséquence. Et puis ça suffit. J'arrête cette conversation. Je la trouve débilitante.

P. — Je ne voudrais pas non plus qu'on s'y éternise. Simplement, j'aimerais ajouter ceci. Quelles qu'aient été tes motivations, à partir du moment où des aspérités ont pointé dans mes rapports avec Olivier, tu ne l'as pas épargné. Au lieu de m'aider à les aplanir, tu les as fait saillir en relevant, chez lui, tous les vices et toutes les tares de la gent masculine.

V. — Comment faut-il te le dire ! Il ne m'intéressait nullement, ton Olivier. C'est toi qui m'importais. Et c'est pour toi que je m'emportais.

P. — Tu as essayé de me monter en crème fouettée contre lui chaque fois que je t'en ai fourni la matière. Tu as même tenté, sans succès, de provoquer une cassure en me révélant des faits et gestes,

79

par ailleurs anodins, que je connaissais déjà, et en les interprétant de manière accablante.

V. — Il faut que tu saches que je le vois avec d'autres yeux, moi, que ceux de la dépendance amoureuse.

P. — Tu le vois avec les yeux du ressentiment et de l'envie. Oui de l'envie !

V. — Tu peux le penser, s'il te faut ça pour te remonter. Quant à moi je puis t'affirmer que je n'envie nullement une fille qui entre en état de soumission, qui renonce à son pouvoir, qui plie sous un homme. Je connais trop ce terrain pourri où risquent de s'enliser, par besoin affectif, même les plus averties, les plus armées, les plus autonomes. Des filles jeunes et belles et intelligentes et riches et fortes comme Lorenza, comme Barbara, comme toi ou moi. Des nanas qui brillent, qui imaginent, qui osent, qui réussissent, qui séduisent. Des rouleuses première classe qui s'aplatissent dès qu'un mec leur roule dessus. Des battantes qui battent en retraite devant le premier venu.

P. — Des tigresses en papier de soie.

V. — En papier cul, oui ! C'est comme ça que la Véro que voici, dont je ne te ferai pas l'éloge...

P. — Mais si, mais si...

V. — Véro la talentueuse, puisque tu insistes, Véro la turbulente, Véro la tombeuse est tombée bel et bien dans une fosse. Elle puait l'asservissement, la sujétion, ta fleur de pavé. Une odeur fade et nauséabonde que je reconnais de loin. J'ai peut-être été dure, excessive, injuste dans mes appréciations sur tes rapports avec Olivier. Jamais malveillante. Ce n'était d'ailleurs ni d'Olivier ni de toi que je parlais, chaque fois que tu m'appelais pour me dire tes malaises. Mais de Gérard et moi. Oui, c'est de moi que je t'entretenais lorsque tu t'ouvrais et que je détectais, dans tes remugles, des relents de ce qui m'a écœurée jusqu'à l'asphyxie.

P. — C'est ça, Véro, qu'il fallait me dire. Tout de suite.

V. — Puisque tu ne l'as pas compris, je te le souligne. Tout ce que je te dis au téléphone n'est pas à prendre en bloc. Il faut faire le tri. Tamiser. Elaguer. Il faut que tu te retrouves, toi, dans ce fatras. Ce sont mes propres phobies, mes propres terreurs que je te transmets, chaque fois, en vrac. C'est moi qui me projette sur l'écran de ta vie, moi qui me surimprime à ton quotidien. Il faut que tu le saches.

17

Véronique — *Si mon répondeur vous insupporte, vous pouvez toujours raccrocher. Mais à votre place je ne le ferais pas. Ce serait dommage...*
Lorenza — *Tu l'auras voulu, ma vieille. Non seulement je ne raccrocherai pas, mais j'irai jusqu'à imposer à ton docile et fidèle messager, l'enregistrement de ma lettre à Karl. Ma première. D'une importance capitale, tu t'en doutes. Je veux ton avis avant de l'expédier. Tu es installée, ça y est? Voici.*

« Ce n'est qu'après, après ta disparition dans les limbes ferroviaires que j'ai mesuré l'ampleur de la secousse, trop prise sur l'instant par le rire, le dire, le faire. Ces dix-sept jours de bourrasque ont si fort chahuté ma chaloupe que j'ai passé mon samedi à me convulser. Etait-ce, immédiatement somatisé, le désir d'enfant qui me saisit chaque fois que je tombe amoureuse? Etait-ce un trop-plein de toi qu'il me fallait évacuer pour mieux en préserver la quintessence? Ou plus vraisemblablement, le pitoyable résultat de mes orgies douces-amères avec M. Lindt, piètre consolateur et écœurant, à l'usage? Toute la

journée de vendredi j'ai vomi mon désarroi d'être séparée de toi. Samedi la nausée s'est retirée comme la marée. Et c'est sur une terre aquatique que je me suis retrouvée. Hésitant entre le sommeil et la veille, la rêverie et la lucidité, les bouffées de nostalgie et les éclats de fou rire. Zone de flottement, d'instabilité, de turbulence. Présence-absence qui s'entrechoquait dans un combat improbable. Que faire? Effacer la morsure de ta voix, la pression de tes doigts, la brûlure de tes yeux et jusqu'à l'éclat vert fringant de ta lettre murale? Ou conserver vivantes, avec la ferveur d'une vestale, les traces de ton passage dans ma vie? Tout mettre en sourdine jusqu'à ton retour, ou écouter à plein tube ce qui me chante, ce qui m'enchante? To cut or not to cut? J'ai tourné en rond toute la journée avec le fil du souvenir. Couper ou m'enrouler dedans? J'ai fini par couper. Comme on coupait au petit matin, ivres de plaisir, l'interrupteur dans ma soupente. Sachant que le courant était là, à portée du doigt, prêt à passer à nouveau. Je te l'ai dit un matin. " Tu me plais, Karl. " Je te l'écris ce soir. " Je t'aime, Steiner. " Sans savoir quelle sera, cette fois, la réponse du berger à la bergère. » Voilà. C'est tout. Appelle-moi vite.

Lorenza — *C'est un répondeur. Parlez-lui. Je vous répondrai. Vous hésitez ? Vous avez tort. Il n'y a que le premier mot qui coûte. Après, ça va tout seul...*

Véronique — *Je suis bien placée pour savoir jusqu'où peut aller ta logorrhée téléphonique... Cela dit, à part tes limbes ferroviaires, ton chahut chaloupé ou plutôt ta chaloupe chahutée et ton to cut or not to cut, que je trouve un peu too much, elle est terrible, ta bafouille. Le prototype de la lettre passe-partout pour amant en vadrouille. Je compte d'ailleurs te la piquer in extenso et la resservir telle quelle avec changement de prénom, de date et de signature. Seulement voilà ! Si je la transcris, je vais inévitablement la truffer de fautes d'orthographe. Il faut absolument qu'avant de la poster tu m'apportes l'original. Pour que je le passe vite fait dans ma photocopieuse. Est-ce trop te demander ? Tu peux bien faire ça pour moi, Ginette. Si tu veux, je te tirerai un double supplémentaire pour tes archives.*

19

Peggy — A force de broyer du noir, je ne t'ai pas dit à quel point j'ai été éblouie, l'autre soir, en passant chez toi, par la blancheur de tes toiles. Un éclat à la limite de l'insoutenable qui t'aveugle au premier regard. Puis, à mesure que l'accommodation se fait, tu vois émerger progressivement de cette nuit blanche des créatures immaculées, présences de lumière et de poussière qui s'impriment blanc sur blanc dans l'espace, te fixent de leur regard de pierre dans le blanc des yeux, avant de s'estomper dans le vide, sans que tu aies pu retenir leur image fugitive. Je t'avoue que j'ai été très impressionnée.
Véronique — C'est fou ce que les gens ont peur du blanc ! J'ai reçu hier matin la visite d'une grande marchande de Los Angeles qui, décontenancée par l'expression jusqu'au-boutiste de ce qu'elle appelle le minimal art, a traduit son trouble en agressivité. Elle m'a envoyé deux ou trois vannes qui m'ont complètement démontée. Et elle est partie.
P. — Quel genre de vannes ?
V. — Style : « La grande quinzaine du blanc est

achevée. » Ou : « Vous n'atteindrez jamais votre cible si vous vous obstinez à tirer à blanc... » Ou encore : « L'argent n'a pas de couleur, mais tout de même ! Une toile blanche est invendable. » Et d'autres inepties de ce genre.

P. — A sa place je t'aurais laissé un chèque en blanc. Comment s'appelle-t-elle, au fait ?

V. — Gloria Glamour.

P. — Je vois. Un espèce de colonel de l'Armée du Salut. Elle ferait mieux de raccourcir un peu ses jupons.

V. — Et de rallonger ses idées. Toujours est-il qu'elle m'a bloquée pendant vingt-quatre heures.

P. — Tu as tort de douter de toi.

V. — Tu n'imagines pas à quel point. Tu ne sais pas ce que j'ai fait ? J'ai sorti de mes tiroirs les critiques de mes expos et je les ai relues, une par une, avant de remettre mon candide tablier, de reprendre mes pinceaux immaculés, de me ruer à nouveau sur la toile blanche, comme un taureau sur la cape rouge.

P. — Toujours aussi excessive, Véro.

V. — Je te le dis, Ginette. S'il ne doit y avoir qu'un peintre femme de ma génération...

P. — Ce sera toi ! Il y a un point, cependant, qui m'est resté obscur, au milieu de toute cette clarté. J'arrive mal à établir le lien entre ces immortelles immobiles, ces gisantes marbrées, ces lunaires endormies, ces laiteuses engourdies et la mouvance, la sensualité, la folie qui t'habitent. Tu vis la volupté et tu peins l'ascétisme.

V. — Une façon peut-être de conjurer les blancs de l'existence. Le blanc de la mémoire avant la naissance. Le blanc de l'oubli après la mort. Un besoin de remplir les vides avec du blanc. Les blancs avec du vide. Toutes des autoportraits, malgré les apparences, mes mortes-vivantes. Elles sont moi, avant et après mon passage. Moi, avant et après ma trace blanche. Un jour je me roulerai dans le talc et je danserai nue devant elles. Otez vos linceuls de pierre, leur chanterai-je. Glissez-vous d'entre vos plis académiques ! Laissez choir vos poses pompeuses. Un coup de blanc sec, toutes à poil, et que ça saute !

Véronique — Bon V.S.D. ?

Barbara — V.S. quoi ?

V. — Bonne fin de semaine ?

B. — Ne m'en parle pas. Ç'aurait pu être la fête. Laszlo était parti en Bretagne déposer ses inséparables géniteurs. Et moi, comme une imbécile, j'ai passé trois jours à tourner en rond. A traîner mes ballerines entre quatre murs. A me cogner aux meubles. A me détester dans tous les miroirs où je me croisais. Quelle idée, mais quelle fastueuse inspiration que de m'être coupé les cheveux en hérisson. Ça accuse mes traits. Ça creuse mon regard. Ça ressort mes joues.

V. — C'est ce que tu as de plus beau. Des yeux qui s'étirent, immenses et gris comme la Vistule, et des pommettes qui saillent comme ses rives.

B. — Si encore je n'avais pas teint cette mèche en bleu ardoise...

V. — Elle est assortie à ton iris...

B. — Pas à mes vêtements, en tout cas. Aucun qui aille avec. Insatisfaite, irritable, je stationne devant mes placards. C'est bien joli de dessiner des fringues pour les autres. Encore faudrait-il que je prenne les miennes en main. J'essaye un truc, deux, trois. Ringards. Immettables. Je vire tout. Je pique un ourlet à la machine. Je m'arrête à moitié. Plus de fil. Je passe un pantalon. Trop large. A reprendre sur le côté. Je l'épingle entièrement, je le désenfile. Et crac! Je m'érafle la cuisse de haut en bas. Lamentable. Je suis la fille la plus navrante de Paris. Que des bides depuis trois jours. Pleurer un bon coup? Ça ne sort pas. Et puis même, ça sert à quoi? J'ai du vague au corps. Je me sens lourde comme un cheval de trait. Ce que je traîne depuis un an est accablant. J'entame une lettre à Laszlo. A quoi bon épiloguer sans arrêt. Je lui ai déjà tout dit. Et répété. Il ne m'entend pas. Lui écrire. Voilà. Peut-être, noir sur blanc, y verra-t-il clair, une fois pour toutes. Je m'étale sur quatre pages. Plates, pataudes, pesantes. Bobonne qui récrimine et qui réclame. Tu vois le style.

V. — Tu ferais mieux de vivre ta vie, crétine.

B. — Pas mécontente, toutefois, d'avoir été au bout, ne serait-ce que d'un geste, je coince mon piteux réquisitoire bien en vue sur le cadran du téléphone, et place l'appareil sous ma lampe à dessin. J'allume et sors. Quand Laszlo rentrera, dans la soirée, mon pétard trempé lui sautera mollement à la gueule. Sans le blesser, ça l'atteindra. T'auras le choix, chéri, soit de t'endormir dessus, soit de te tirer avec. Prends tout ton temps, car moi, je ne reviendrai qu'au milieu de la nuit. Trois heures du matin. Je décide d'arrêter là ma soirée naufrage. Je rentre sur la pointe des rotules. La lettre est toujours à la même place.

V. — Tu es vraiment bonne quand tu t'y mets.

B. — Je débarbouille mes ratages d'un mélange de larmes et de lait démaquillant, je crache mon désappointement avec le dentifrice, quand j'entends des pas dans l'escalier. Pas de doute, c'est lui. J'arrache ma robe, fais voler mes chaussures, déchire mon collant, grimpe quatre à cinq dans l'obscurité, et plonge sous les draps à moitié démaquillée et à demi rincée. Je retiens ma respiration. Cliquetis de trousseau de clés. Claquement de porte. Un blanc, dans le noir. Qui dure des lunes. Déchirure de papier. Silence plombé. L'attente est interminable, intolérable. Qu'il se décide à la fin. Qu'il monte ou qu'il descende. Des pas qui approchent, enfin, feutrés. Un corps qui se glisse, furtif, près du mien. Une main qui effleure, hésitante, ma hanche. Qui descend, plus assurée, sur ma cuisse. Et qui, soudain, s'immobilise, tétanisée. Interloqué, inquisiteur, un doigt passe et repasse sur mon éraflure de la veille. Au même instant, la lampe s'allume et le lit se défait. « Et ça, c'est quoi ? » Je suis nue sous les projecteurs. Jamais je n'avouerai m'être griffée avec les épingles du pantalon. Ma lettre, il l'a déjà oubliée. Oblitérée, comme mes

90

paroles. Seule son idée fixe le poursuit. « Où étais-tu ? Avec qui ? » Je le regarde. La blême figure du blâme. Sur son front, deux rides médianes verticales et quatre obliques bilatérales pèsent sur ses yeux dénonciateurs. Deux dénivellations à l'emplacement des joues sillonnées de tranchées plissent sa bouche accusatrice. L'homme fait reproche. De le regarder, ça me donne envie de fuir.

V. — Et pourtant, tu restes.

B. — Plus très longtemps, j'en suis sûre. Moi, qui au départ n'aspirais qu'à m'oxygéner un bon coup, les fenêtres grandes ouvertes, à chasser l'air vicié de notre couple, je n'ai plus qu'un désir : me barrer. J'aime qu'on me prenne, j'aime qu'on me tienne, mais je n'aime pas qu'on m'enferme !

V. — Casse-toi. Qu'est-ce que tu attends ? Les exigences de son amour inquiet sont immodérées. Quoi que tu fasses, tu ne sauras jamais les assouvir. Son besoin de possession exclusive, tu ne pourras jamais le satisfaire. Tu n'y es pour rien. Ce n'est pas de toi que naît sa jalousie. Je n'ai pas envie de me pencher sur ses antécédents, ses tenants et ses aboutissants, mais elle a sûrement des origines enfouies, qui remontent loin et profond et qui t'échappent totalement. Tu ne peux pas grand-chose pour lui. Pense à toi. A vivre avec un jaloux, que ce soit dans la contrainte ou dans la dissimulation, tu finiras par t'étioler.

B. — C'est vrai. Il sue la jalousie par tous ses pores.

V. — Ça se voit, ça se sent de loin. Un regard qui t'effleure, une main qui te frôle, un mot qui te touche, et il devient fou.

B. — Rien ne l'arrête. Même pas le ridicule. Ecoute ça. Aujourd'hui, j'avale un morceau à la maison avec mon fils. Au fromage, téléphone. C'est Franck, un styliste allemand. « Je reviens de Como et je repars pour Munich. Si on déjeunait ensemble ? » Je propose le café. « Rue de Rivoli, ça te va ? » La clé tourne dans la serrure. « Parfait. Dans une heure chez Angelina. » A ses traits tirés, ses verticales et ses diagonales qui lui ravinent le visage, ses sourcils réprobateurs, son nez pincé, je devine que Laszlo a tout entendu. « Où vas-tu ? » m'apostrophe-t-il en voyant que je m'apprête à sortir. « Je vais prendre un café. — Avec qui ? » Goût de fiel, goût de vomi. Je n'ai aucune envie d'approcher ses lèvres. Je sors sans un mot. L'acide et l'amer de son venin, non merci. Je préfère le goût des marrons, le goût de la chantilly, le goût de la meringue, le goût du cacao. Sourires mont-blanc. Confidences chocolat chaud. Je me délecte de cet instant de gratuité sucrée. Entente amusée, complicité aérienne. Un léger désir qui flotte sans se poser. Douceur, délices et delicatessen. Je m'en lèche les doigts lorsque, coup de théâtre, qui aperçois-je dans une des immenses glaces murales du salon de thé ?

V. — Laszlo.

B. — En personne. Qui entre et s'installe, dos tourné et journal déployé, deux tables plus loin. Nos regards ne se sont pas croisés dans le miroir. Mais il nous a vus, c'est certain. « Il est violent ? » s'inquiète Franck. « En paroles, seulement. » Que faire ? Je me lève, pose une main sur son épaule, lui demande ce qu'il fait là. Lui agressif : « J'ai le droit de prendre le thé, non ? » « Pourquoi ne viens-tu pas t'asseoir avec nous ? » Regard noir, fixe : « Je ne veux pas vous déranger. » Je m'empare de son plateau et le déménage d'office sur notre table. L'argument porte. Il me suit. Echanges surchargés d'électricité. Pour masquer sa gêne, il pérore. Franck répond, sourire sarcastique. Moi, je ne tiens plus. Je ramasse mon sac et je me lève. « Il faut que j'y aille. » Lequel des deux va me suivre ? Laszlo s'affale, avachi. Franck se redresse, un peu à contrecœur. Il sort avec moi. « C'est à la fois touchant et insupportable », lui dis-je. Il approuve d'un sourire. Encore une journée gâchée.

V. — Et un coup cassé.

21

Véronique — Vingt-quatre heures que j'essaye de te joindre d'urgence. Ça sonnait constamment occupé. J'ai fini par le signaler aux réclamations. C'était à cause de l'orage, d'après la préposée. Tout le secteur Bastille était en dérangement.

Lorenza — Ça a mis du temps à se débloquer. Je me sentais de plus en plus oppressée. Je suffoquais. Il fallait absolument que j'appelle. Je n'en pouvais plus. De l'air, du vent. Parole, parole... Depuis que la tonalité est revenue, ça va mieux. Ça dégonfle. Je t'assure, j'en tremblais de crispation. C'est normal, ça ?

V. — Une ligne coupée, pour moi, c'est comme un mur aveugle. Le téléphone est une fenêtre. Un objet inerte que la vie peut investir à tout moment. Même si tu ne t'en sers pas, tu sais que tu peux décrocher, ouvrir quand tu veux. Et que ça circule à nouveau. Une sonnerie, et tu fais entrer un courant de mots, un rayon de voix, une bouffée de rires. Un numéro, et tu évacues un trop-plein de sensations qui se convulsent. Un débordement de joies ou de chagrins. Tu déverses tes peurs, tes angoisses, tes désespoirs et tes doutes. Tes exaltations, tes ivresses, tes jubilations, tes vertiges, tes fièvres, quand elles sont trop explosives pour les enfermer en toi.

L. — Quand tu avales du poison, il faut que tu craches ton venin...

V. — Dixit la Florentine...

L. — Pour trouver l'antidote, à deux, on est plus efficaces.

V. — Un malheur se désagrège plus vite à l'air libre. Un danger se neutralise plus facilement s'il est formulé.

L. — Parler pour ne rien dire. Parler pour parler. Parler pour pleurer. Parler pour rire des autres, pour rire de soi. Pour se guérir, pour s'aguerrir. Que ça fait du bien, le téléphone ! C'est ma becquée quotidienne et mon fumier. Ma recharge et ma décharge. Mon sac à provisions et mon sac poubelle.

V. — Au fond, un appareil c'est un confessionnal au bord du lit. Un divan dans sa cuisine. Tu allonges le bras et tu as l'oreille d'une Ginette au bout du fil. Plus proche, plus sensible que celle de tous les psy et de tous les curés de la terre.

L. — Et mille fois moins chère en argent et en pénitences. Et dix mille fois plus drôle !

V. — Et surtout, ce qu'elles sont bonnes les rouleuses quand elles ne sont pas directement concernées ! D'une lucidité et d'une habileté diaboliques. Alors que pour elles, dans une situation identique, elles seraient complètement emplâtrées.

L. — Tu crois qu'à dispenser aux autres avis et conseils éclairés on finira par apprendre à autogouverner nos propres existences?

V. — A force de passer nos confidences fleuves à la moulinette, on finira bien par aplanir tout ce qui coince, tout ce qui fait problème.

L. — Et qu'est-ce qui fait problème? Veux-tu que je te le dise? Des filles qui, comme nous, font des choses dans leur vie, des filles qui agissent, qui avancent, qui luttent, qui foncent, des filles qui décrochent des métiers qui les passionnent, qui créent des maisons qui les ravissent, qui mettent des enfants au monde et le monde à leurs pieds, de quoi penses-tu qu'elles parlent, exclusivement?

V. — Des hommes, toujours des hommes. Tout tourne autour d'eux. Ils sont la base de toutes nos conversations. Notre unique sujet à l'ordre du jour.

L. — Tu as remarqué. C'est toujours d'eux qu'il est question. En bien ou en mal.

V. — Surtout en mal. Mais sans méchanceté. Nous, on dit du mal d'eux, et on leur veut du bien. Tandis qu'eux, ils disent du bien de nous, et ils nous font du mal... Lorenza! J'allais oublier l'essentiel! Ce pourquoi je t'ai appelée toute la journée d'hier. Tu as laissé le dernier feuillet de ta lettre à Karl dans ma photocopieuse!

L. — Merde! Les deux premiers sont partis il y a quatre jours! L'horreur totale.

V. — Ça va créer du suspense. Tu le tiendras en haleine quatre jours en lui envoyant le feuillet numéro trois avec la mention suite et fin.

L. — S'il savait!

V. — S'il avait entendu nos hurlements de rire quand une heure après avoir photocopié ta lettre je t'ai lu au téléphone l'adaptation que je venais d'en faire!

L. — Je pissais dans mon string chaque fois que je reconnaissais un passage de mon cru!

V. — Décidément...

L. — Amoureuses ou pas, on est incorrigiblement irrévérencieuses. Dis-moi, à qui était destinée, au fait, ta lettre plagiat?

V. — A Maximilien. Mon comédien en tournée en Belgique. Je l'ai rencontré dans le métro. A la station Bonne-Nouvelle.

L. — Joli présage.

V. — Oui, parce que, à quatre stations près, ç'aurait pu être à Filles-du-Calvaire.

L. — Comment est-il?

V. — D'autant plus séduisant qu'il est absent. C'est la première fois qu'il a droit, grâce à toi, à une vraie lettre. Je suis inapte à l'écriture. Non pas que les mots ne me viennent pas. Mais je suis incapable de les prendre au sérieux. Ils ricanent au coin de ma plume, ils clignent de l'œil, ils narguent mes émo-

97

tions. Jusqu'ici je ne lui ai jamais envoyé que des messages. La première fois, j'ai arraché la page du calendrier avec la date de notre rencontre dans le métro et la lui ai envoyée avec un bouchon de champagne. La deuxième, je lui ai fait parvenir un bouchon de pêche.

L. — Pourquoi de pêche ?

V. — Pour l'inviter à venir pêcher avec moi, idiote ! La troisième, je lui ai adressé une carte en relief où l'on voit, dans une salle de bains hollywoodienne, une vamp blondissime...

L. — Toi...

V. — Enroulée dans une mini-serviette éponge blanche avec un superbe ciseau scotché entre ses doigts et une bulle collée à ses lèvres : « Ça commence à être long... »

L. — Quoi donc ?

V. — Ses cheveux, qu'une fois j'ai coupés dans ma salle de bains. Le temps. L'absence...

L. — J'avais compris autre chose !

V. — Castratrice, je le suis peut-être. Mais je n'irai pas le lui dire comme ça. Une autre fois, en passant devant un cinéma porno de la Bastille, j'ai vu une affiche qui m'a ravie : « J'ai envie de tes baisers. » Je l'ai prise au polaroïd et l'ai mise sous enveloppe.

L. — Pas mal. A refaire.

V. — Mon dernier message était un kleenex plié en accordéon avec un V, un E, un R et un O dans chaque compartiment.

L. — Ça signifiait quoi, le kleenex ?

V. — Réfléchis.

L. — Je ne sais pas. Ça pouvait vouloir dire : tu me fais chier. Ou bien : va te faire foutre.

V. — Révélatrice ton interprétation. En fait c'était pour lui dire, en riant : viens essuyer mes larmes, je pleure. A propos, il t'a écrit, Karl ?

L. — Je ne te l'ai pas dit ? Avant de partir, il a prérédigé quatre billets. Un pour tous les vendredis de son absence. Il les a confiés à la fleuriste de la place, en la chargeant de me les livrer, assortis d'un bouquet, à intervalles d'une semaine. J'aurai demain ma deuxième lettre-fleur.

V. — Comment le sais-tu ?

L. — Quand la fleuriste m'a déposé la première livraison de paroles-pétales, elle a laissé échapper : « Et ce n'est pas tout ! » « Comment ça ? » Je l'ai pincée, cuisinée, charcutée, jusqu'à ce qu'elle avoue.

V. — Que disait la première lettre ?

L. — « Mieux que ces mots, mieux que ces fleurs, mon regard voudrait être encore là, à te couvrir, Lorenza. »

22

Véronique — *Un répondeur c'est bête, mais ce n'est pas méchant. Ça répète tout ce qu'on lui dit de répéter. Alors si vous avez un message pour moi, vous pouvez le lui confier.*

Lorenza — *Je vais placer dans la gueule de ton animal domestique la deuxième lettre-bouquet de Karl. Je la lui livre telle que je viens de la découvrir. « Une semaine déjà ! Souvenirs de nos fêtes passées. Rêves de nos bacchanales à venir. Et entre les deux, ce présent d'absence. Patience. Une fleur-sourire à la commissure des lèvres, je t'embrasse. Karl. » J'en suis tout embaumée.*

23

Véronique — Je parie que tu m'appelles encore pour te plaindre de ton ombrageux régulier.
Barbara — Comment as-tu deviné ?
V. — Ecoute, Barbara. De trois choses l'une. Ou tu l'acceptes ou tu le refuses. Et dans les deux cas, tu n'en parles plus. Ou alors, troisième voie, tu balances éternellement d'une solution à l'autre. Tu le récuses en paroles, et tu le supportes dans les faits. On dirait que de le dénigrer au téléphone, ça te permet de faire l'économie de la rupture. Tu liquides verbalement et, aussitôt, tu réembrayes.
B. — C'est un peu vrai. Mais ce n'est pas si simple. Une rupture, tu le sais, ne se fait pas en une fois. Et moi, je mets très longtemps à quitter un homme. Avec mon ex-mari, ça a été pareil.
V. — Que s'est-il passé, encore, avec ton Franz Liszt ?
B. — Rien de bien nouveau. Je ne veux pas t'assommer avec mes rhapsodies interprétation Laszlo Molnar.

V. — Tu sais bien que pour toi, mon oreille est toujours ouverte.

B. — Encore un drame avec mon fils. J'ai calculé. Avec moi, le maximum qu'il puisse tenir, sans histoires, c'est vingt-quatre heures. Avec Nicolas, quinze minutes suffisent pour faire capoter la journée. C'est simple. Chaque fois qu'il lui adresse la parole c'est pour le prendre en défaut. Son discours est essentiellement répressif. Jamais de dialogue. Des ordres, ou des reproches. Quand Nicolas lui parle, il ne répond pas. Il est ailleurs. Ça ne l'intéresse nullement. Ou alors il s'accroche à un de ses mots, l'exaspère, le harcèle, le torture jusqu'à ce que la conversation s'envenime.

V. — Que lui reproche-t-il à cet angelot ?

B. — Il l'accuse précisément de ce qu'il ne supporte pas en lui-même. Tout ce qui en sa personne lui déplaît, il l'évacue en le projetant sur mon fils. Ses propres manques il les pourchasse, les fustige chez le petit. Avec l'obsession d'un maniaque.

V. — Une façon de se blanchir à tes yeux en le salissant. Une manière de te dire : au lieu de me regarder comme ça, vois donc ton fils comme il est vilain.

B. — Autrement dit, pour mieux me plaire, il fait juste ce qui me déplaît le plus : il attaque mon enfant. Je lui ai demandé une fois : « Pourquoi es-tu si exigeant avec un môme de dix ans et si peu avec toi qui es quatre fois plus vieux ? » « Parce que

lui, il commence sa vie, et moi, je la termine. »
Voilà sa réponse. Hier, j'ai le malheur de dire à
Nicolas d'arrêter de ronger ses ongles. Laszlo se
jette goulûment sur l'occasion que je viens involon-
tairement de lui offrir. Je m'en mords aussitôt les
doigts. C'est plus fort que lui, il faut qu'il lui tombe
dessus. En dix fois plus lourd. Il surenchérit,
l'accable, l'humilie. Entre parenthèses, tu regarde-
ras les ongles de Laszlo, tu comprendras. Moi, je
me tais. Le mot que je me réserve pour tout à
l'heure, en tête à tête, est cuisant. « J'espère pour
toi que d'humilier un enfant te procure un plaisir
intense ! » Silence. Le mot a porté. Le lendemain il
essaye de m'attendrir. Je suis incapable de me
laisser aller. « Je n'ai pas le droit de te laisser
blesser mon fils comme tu le fais. Il faut que ça
cesse. »

V. — Il est jaloux de tous ceux qui ont le pouvoir de
te distraire de lui, de te soustraire à lui. Tes amis,
tes frères et sœurs, tes parents, ton fils. Il n'admet
pas que puissent exister chez toi des plages qui lui
sont inaccessibles. Il ne tolère pas que d'autres
s'installent là où il n'a pu pénétrer.

B. — C'est même plus pervers que ça. Il sait à quel
point il peut m'atteindre à travers mon fils. S'il
m'attaque personnellement, je lui réponds. Je suis
de taille à lui résister. S'il touche à Nicolas, il me
frappe au plus sensible. Il connaît mon point
vulnérable. Mon talon d'Achille qui me fait perdre

les pédales. Il sait que je souffre deux fois. En me mettant à la place de Nicolas. Et à la mienne. Je m'en veux de n'avoir pu lui éviter cette blessure. Je deviens tigresse. Je rugis, je griffe, je mords, je déchire, je dépèce. Dans le désordre, la colère. Laszlo peut s'estimer satisfait. Il a réussi à avoir prise sur moi.

V. — Et, à la première occasion, il recommencera.

24

Véronique — Vous étiez splendides tous les deux, hier soir, dans les Halles.

Peggy — Justement, je voulais te poser la question. Quel effet je produis quand on me rencontre, comme ça, à l'improviste ?

V. — Tu en jettes ! Je ne t'ai pas aperçue immédiatement, je te dirai. Je tournais le dos. J'ai d'abord vu Vladimir, assis en face de moi, qui, l'œil allumé, s'est arrêté au milieu d'une phrase.

P. — Qui c'est, encore, celui-là ?

V. — Un ami sculpteur. J'ai donc jeté un discret regard oblique en direction de son champ de mire et... Je ne t'ai pas reconnue ! J'ai vaguement repéré une pâle Ophélie flanquée d'un ténébreux. Quand tu es arrivée à ma hauteur, je suis tombée de ma chaise.

P. — Et alors ?

V. — Inégalable de théâtralité. Tu me surprendras toujours, Ginette. Quand je t'ai connue, tu cultivais le genre poupée de cire-poupée de son. Sucettes, couettes, jupettes, chaussettes, version tous-les-jours. Courrèges-girl version habillée, avec bottines, lunettes plastique, minirobe en carton. Ensuite ça a été ta période nœuds-nœuds. P. — Je m'en souviens. Un jour je croise un groupe de petites filles de douze ans qui traversent la rue, plein de rubans dans les cheveux. Tiens, tiens... Ça me trotte dans la tête. Le soir j'en noue un pardessus ma frange pour me démaquiller. Mon ex, que j'ai toujours soupçonné de pédophilie, s'extasie : « Adorable. On dirait Blanche-Neige ! » Le lendemain j'en mets un pour sortir...

V. — Partout, tu en avais. Dans les cheveux, autour du cou, des poignets, de la taille, des chevilles.

P. — Tu exagères.

V. — C'était le baba-look version Peggy. Poupée de foire amidonnée et pomponnée. Toujours impeccable. L'air de sortir du papier de soie. Après tu t'es métamorphosée en Sarah Bernhardt miniature. Spectaculaire. Débauche sophistiquée de vaguelettes vaporeuses, de plissés-bouillonnés, de perlouses rebrodées. Puis tu es passée, sans transition, au naturel Cent Idées : sabots-dentelles-confitures. Entre-temps, j'oubliais, il y a eu la parenthèse couvent. Je ne sais pas ce qui t'avait pris. Yeux baissés, genoux serrés, cols candides, poignets immaculés. Très vite ton mysticisme lavé, repassé, empesé a débouché sur le B.C.B.G.

P. — Traduis, please.

106

V. — Bon Chic Bon Genre. Barbie du faubourg Saint-Honoré. Maintenant ce serait plutôt, après la marathon-girl en bandeau, huilée et musclée, l'apparition éphémère et diaphane, translucide et irréelle. Soyez soyeuse, my lady. Assez réussie dans le genre.

P. — Au fond, tu me trouves entièrement fabriquée.

V. — Made in U.S.A. Ce que tu es, du reste. Toujours à la recherche d'un look, à défaut de racines. Avec des constantes, toutefois. Taille 36 extra-small. Petites fesses et petits seins haut liftés. Comme ta voix de baby pétulante et capricieuse. Un personnage menu, menuet. Acide, acidulé. Piquant...

P. — Piqué, oui ! Un monument hystérique. C'est ce que je me dis, parfois, devant ma glace, quand j'interroge mes yeux perdus de petite fille...

V. — Ils ne perdent jamais le nord, tes yeux bleu curaçao. Ils s'écarquillent d'un battement de cils, à la demande, de candeur ou de malice. Self-contrôle permanent. Ton rire égrène une blancheur étudiée, une fraîcheur consommée. De même la spontanéité de tes postures et de tes gestes : sous surveillance constante.

P. — Hier soir, comment m'as-tu trouvée ?

V. — A fleurs, transparente, vaporeuse. Surprenante de fragilité et d'évanescence. Pour quelqu'un qui connaît ta force, ta détermination, ton énergie,

107

c'est inattendu. Plutôt que journaliste, tu aurais dû être comédienne.

P. — Quand on travaille pour une chaîne de télévision américaine, il faut être un peu les deux. Et ton ami, sculpteur, quels commentaires ?

V. — Quelque chose comme : « Je ne suis pas étonné que vous soyez si liées, toi et ton amie. Vous avez le même sens, le même souci de l'esthétique... »

P. — Et mis à part notre esthétisme forcené ?

V. — Rien d'autre.

P. — Et Olivier, quelle impression t'a-t-il faite ?

V. — Eclatante. La grande forme, apparemment.

P. — Une période high. Il est à nouveau tel que je l'ai découvert il y a un an. Lyrique, exalté, enthousiaste, siphonné.

P. — Tu as toujours aimé ces hommes qui ont un tigre dans le coffre. Souffle haletant, gestuelle emportée, boucle folle, œil enfiévré.

P. — La sincérité et l'outrance de leur passion me transportent chaque fois. C'est beau, c'est grand. Leur jusqu'au-boutisme efface tout le reste.

V. — Attention, Peggy. Je pourrais te raconter une pareille histoire. Qui s'est mal terminée. Ce tigre qui les emballe, les propulse, les met en état de fantastique ouverture, de dépassement, de créativité, les dévore souvent. Trop fragiles de la tête, les pauvres chéris, pour contenir, pour maîtriser la bête qui bondit en eux.

P. — Je suis la mieux placée pour le savoir. Olivier peut s'ouvrir et se fermer de manière excessive et imprévisible. Artiste de la démesure, il est aussi extrême dans ses emphases que dans ses replis. Ses gouffres sont aussi vertigineux que ses sommets. Il peut plonger d'autant plus bas qu'il a grimpé au zénith.

V. — Et toi avec.

P. — Je suis devenue très vigilante. En permanence sur le qui-vive. Son revirement actuel m'a surprise autant que la volte-face d'il y a trois mois. Je n'oublie rien, crois-moi. J'ai trop peur de me faire doucher. Quand on s'est fait rincer une fois, après, on prend un imper.

25

Véronique — Ce serait pour une épilation de la jambe jusqu'au genou, plus le slip.

Lorenza — Une épilation ? Quel numéro demandez-vous ?

V. — Excusez-moi. J'ai dû me... Il me semble reconnaître le modulé de cette voix qui me rit à l'oreille...

L. — Je me disais aussi... Tous ces poils sur la langue qui me chatouillent le pavillon ne me sont pas étrangers ! Il n'y a que toi qui puisses...

V. — J'avais deux numéros en tête. Le tien et celui de mon esthéticienne. Je me suis mélangé les pinceaux.

L. — Tu ne peux pas appeler incognito. C'est au voile qui masque ta voix fêlée que je t'ai repérée. Au débit, aussi. Vivace, scherzoso. Ou plutôt presto con brio.

V. — Le tien, ce serait, voyons... mosso con espressione. Ou mieux, allegro appassionato. Je suis particulièrement sensible à la musique d'une voix. Elle en dit long sur ce que les gens ont dans le

coffre. Ils devraient s'en méfier, d'ailleurs. Quand je te dis, par exemple, andantino leggero e grazioso, tu penses à qui, parmi mes amies ?
L. — A Peggy, évidemment. Et quand j'annonce, grave sostenuto, tu réponds quoi ?
V. — Barbara, ce n'est pas ça ? Inouï ce qu'un clavier vocal avec ses précipités et ses ralentis, ses inflexions et ses modulations, ses tonalités et ses registres, peut te révéler sur les harmonies intimes. Une voix t'apprend bien plus qu'elle ne t'en dit. Elle remplit les blancs entre les mots. Les colore aux nuances du non-dit...
L. — Ça y est. C'est le peintre qui parle.
V. — Tu sais, quand tu as des larmes dans la gorge, je le vois. Quand tu souris, je l'entends.
L. — Tu ne m'appelais pas pour disserter sur la voix reflet-de-l'âme, j'imagine.
V. — Pas précisément. C'était pour te demander l'adresse de ton gynéco.
L. — Tu n'es pas enceinte, au moins ?
V. — Pas du tout. J'ai un petit problème de... Comment dire ça, de... lubrification. Quand je...
L. — Quoi, tu ne...
V. — Pas assez. Ça ne t'est jamais arrivé ?
L. — Non. Mais le Dr David va te faire une vérification dans les règles du niveau de l'huile.
V. — Vidange-graissage et remise des conduits à neuf. Parfait. Mais il faut d'abord que je le mette au courant. Je lui explique ça comment ? Je suis très

111

gênée. Il m'impressionne terriblement, ce grand monsieur. Je l'ai vu trois-quatre fois dans des expos. C'est un grand collectionneur. Il apprécie ma peinture. Je le sais. Il a même accroché une de mes toiles dans sa salle d'attente, m'a-t-il dit. Mais face à lui, j'ai douze ans. Une pisseuse tarée. Paralysée de timidité.

L. — C'est simple. Tu l'appelles et tu prends un ton neutre, sobre, scientifique : « Docteur, mes sécrétions... »

V. — Attends, attends, je vais noter.

L. — « Docteur mes secrétions vaginales au moment du coït se révèlent insuffisantes. »

V. — Je n'oserai jamais... Enfin j'essaierai. Elle m'ennuie, tout de même cette histoire. Avant, je péchais par excès inverse, mon marchand newyorkais préféré s'exclamait chaque fois : « Such a nice juicy girl! »

L. — Peut-on savoir avec qui s'est produite cette panne sèche? Avec « Bonne-Nouvelle? »

V. — Non. Il est en tournée depuis cinq semaines. J'ai rencontré il y a trois jours un musicien italien. Riccardo. Il écrit des musiques de films. Une révélation.

L. — Musicale? De quel instrument est-il virtuose?

V. — Piano, entre autres. Il en joue con calore e con sentimento.

L. — Je ne sais plus quel écrivain misogyne...

V. — Pléonasme, ils le sont tous!

112

L. — Quel écrivain eut donc ce mot : « Une femme est une girouette. Dès qu'elle se fixe, elle se rouille.» Je ne m'en fais pas pour toi. Ça ne risque pas de se coincer de ce côté-là. Depuis que tu as quitté Gérard, ça virevolte.

V. — C'est arrivé d'une façon curieuse. Je l'ai rencontré chez des amis. Il n'a commencé à m'intéresser qu'au moment où il a posé les mains sur le clavier. Ses yeux sur moi, il les avait jetés depuis mon arrivée. Dès les premiers accords, il a poussé le crescendo. Je l'ai suivi comme son écho. Plus rien ne comptait en dehors de son espace sonore. Que la caresse de ses doigts sur les touches, de ses cils sur mes lèvres, de sa voix sur mes sens. Il ne jouait, il ne chantait que pour moi. Si bien que les autres ont commencé par raréfier le cercle autour du piano et ont fini par déserter les lieux. Quand il s'est arrêté, nous étions seuls. Notre hôtesse était allée se coucher. Et son mari classait des diapositives. Nous avons décidé de poursuivre notre soirée musicale chez moi.

L. — Sur d'autres registres...

V. — Il s'est produit alors l'inattendu. Notre petite musique de nuit venait de reprendre, sans piano cette fois, quand, à la fin du premier couplet, avant d'attaquer le refrain, il s'est arrêté net : « Aspettiamo, Véronique. Pas cette nuit. Attendons. Je reviendrai à Paris à la fin de l'année. Stanotte ci fidanziamo. E ci sposiamo a Capodanno.»

113

L. — Si tu ne m'avais pas dit qu'il était italien, je l'aurais deviné.

V. — Quoi ? Tu ne vas pas me dire qu'ils en sont encore au rituel dix-neuvième ! Les mots fiançailles et épousailles, il ne les a tout de même pas employés au sens propre.

L. — Au sens sale, j'avais compris ! Ce soir les préliminaires. La conclusion dans trois mois.

V. — J'appelle ça de la rétention.

L. — Tu ne te rends pas compte. Le sexe libre, gratuit et immédiat a décontenancé les hommes en général, et les Italiens en particulier. Non pas par excès de moralisme. Ils n'en sont plus à qualifier de poca seria une fille qui passe aux actes dès le premier soir si ça lui plaît. Mais par souci de virilité. L'uomo è cacciatore. Si tu l'empêches de chasser, si tu lui refuses le jeu de la poursuite, de l'appât, si tu lui sers toute cuite sa lapine en gibelotte, tu lui coupes l'appétit. Il a besoin de renifler, de haleter, de courir, de piéger, de charger, de tirer. Comme ils ont vu tomber tous les obstacles les uns après les autres — les femmes n'ont plus de raisons ni physiologiques ni éthiques de dire non — ils s'en inventent. Ils se créent de fausses batailles, pour retrouver la saveur de la victoire.

V. — J'ai cru à un jeu érotique. Se fabriquer de toutes pièces un interdit pour le plaisir de le transgresser. Très réussi, en tout cas. J'ai d'abord été choquée. Baisser les armes au moment de dire feu ? De quoi te rendre folle ! J'étais prête à exploser. Mi-tendre, mi-cynique il s'est mis à me parler. Pour ce Don Giovanni impénitent, jamais de répétitions, jamais de rééditions. Il s'exprime une fois, et c'est terminé. Parce qu'il privilégie ce moment à tel point qu'il refuse de le reproduire. Parce qu'il aime l'ascension et a horreur de la descente. Seulement voilà. Avec moi, il sentait qu'il y avait un plus à vivre. Quelque chose de vif, de chaud, qu'il n'avait pas connu depuis longtemps. Il ne voulait pas tout brûler en une fois. Il tenait à me revoir. C'est pourquoi il préférait attendre. Ma tête en feu était sur le point de prendre l'eau de ses arguments, quand, d'un coup de reins superbe, j'ai renversé la situation. D'un geste, on a basculé dans l'interdit. On a roulé dans la transgression. Rageusement. Après quoi, je l'ai viré. Je ne l'ai même pas raccompagné à la porte.

L. — C'était comment ?

V. — Jamais vu un coup pareil.

L. — Toi, alors !

V. — On est allés très loin, tous les deux. On a atteint des frontières rarement...

L. — Véro, répète. Un camion vient de passer. Il a écrasé ta voix. Je n'ai rien entendu.

V. — Ce que je peux te dire, c'est qu'il n'est pas du genre Je rentre-je sors-t'as pas joui-t'as bien tort ! Et Karl, à propos, il s'en tire bien ?

L. — S'ils nous entendaient ! Ils doivent être loin de

115

s'imaginer le cru et le saignant de nos propos les concernant. Je suis persuadée que, quoi qu'on en dise, entre eux, ils sont infiniment plus pudiques. Difficile de répondre à ta question. Tu sais, tout dépend de moi. Si je ne suis pas affectivement branchée sur le mec, le courant ne passe pas. Je suis nulle et non advenue. Zéro. Pour vibrer, il faut que je sois amoureuse. Je deviens alors un prodige d'inventivité. Le type est sur les rotules. Il ne veut pas être en reste. C'est le concours Lépine. Et quand je pars, les murs s'ébranlent!

V. — Tu fais sauter toutes les verrières!

L. — Je me propulse à des millions d'années-lumière. Je franchis le mur du...

V. — Le mur du con! Tu l'as bien cherché.

L. — Amis de la poésie, bonsoir.

V. — Tout ça ne me dit rien sur les talents de Karl.

L. — Je ne peux pas t'affirmer que ce soit un super-coup, comme tu dis. Mais mon attirance est telle que dès qu'il me frôle un genou, je saute au plafond. Ce que je peux te dire, c'est qu'on est loin d'être allés au bout de mes fantasmes... Ah, j'allais oublier. La fleuriste vient de me remettre sa troisième lettre pré-écrite. « Je décompte les jours, un par un. Impatient, il m'arrive parfois de truquer la comptabilité. Plus qu'une semaine! En couleurs, en parfums, je te carillonne que nous allons vivre, que nous vivons déjà! »

26

Véronique — Charmante soirée !

Barbara — Infernal de sortir avec un homme dont on a...

V. — Honte. Dis-le. J'ai vu ton malaise. Ça ne trompe personne.

B. — Combien de fois, au cours de ce dîner, j'ai adjuré, silencieusement : qu'il se taise, qu'il se taise à la fin ! Plus il me sentait contrariée, plus il en rajoutait.

V. — Il n'y a que lui qui ait parlé. Et il n'a parlé que de lui.

B. — Insupportable cette façon d'accaparer la parole. De pérorer plus haut, plus long que toute l'assistance réunie. De couvrir toutes les voix de la sienne.

V. — La tienne surtout, qu'on entend si peu et si bas. Et qui, même muette, parle si fort. J'ai tout de même regretté ta non-intervention.

B. — Que voulais-tu que je dise ? Il n'entend que lui. Et puis, si tu essayes d'entraver son débit, tu ne fais que l'alimenter. Je laisse glisser, comme l'eau sur la pierre. Indifférente, lointaine, intouchable. Dans l'espoir qu'il se tarisse.

V. — Poussé à de tels extrêmes son je-cause-donc-je-suis, d'agaçant qu'il était est devenu franchement insupportable.

B. — Il augmente la mise chaque fois. Interloqués, les gens se taisent, d'abord, et se regardent, atterrés. Comme ils se rétractent, se claquemurent face à son déferlement verbal, il hausse le ton. Il crie, les yeux écarquillés. Il force toutes les portes qu'il voit se fermer. Une sorte de panique le prend. Il hurle, de plus en plus fort. Ça ressemble à un appel désespéré. Regardez-moi ! Ecoutez-moi ! Je suis là ! J'existe ! C'est moi le plus fort ! C'est moi le plus beau ! Pathétique.

V. — Pour dire quoi, au juste, ses véhémentes diatribes ?

B. — Rien. Il plaide l'indéfendable. Il attaque l'inexistant.

V. — Si au moins on comprenait ce qu'il dit. Jamais rien entendu d'aussi brumeux, d'aussi brouillon. Ni début ni fin. On ne sait pas où il va. On ignore d'où il vient. Hier, pendant qu'il parlait je me disais : écoute bien, Véro. Il ne parle pas finno-ougrien. Il parle français. Concentre-toi un peu. Rien à faire. Je n'ai rien compris. Dans son discours filandreux, entortillé, effiloché où les bâtis, les surjets, les surfils, les faufils prennent le pas sur le droit-fil, je me suis pris les pieds. J'ai essayé de lui poser une ou deux questions. Il a tout reprisé, en plus emmêlé encore. J'ai renoncé.

B. — Je m'y perds, moi aussi. Je ne suis pourtant pas une inconditionnelle de l'exposé pur fil à la française. Limpide, linéaire. Intro-dévelo-conclu. La pensée convulsive, circonvolutive peut être fascinante. Mais l'écheveau verbal de Laszlo est réellement inextricable.

V. — Il a du goulasch dans le crâne, oui !

B. — Comme dans ses tiroirs et dans ses poches. Tu as remarqué à quel point il affectionne vestes et gilets multipoches, chapeaux à poche incorporée, ceintures à poche dissimulée, sacs à poche surprise. C'est l'homme kangourou. Poches à fermetures à glissière, à pressions. Poches à pinces, à soufflets, à rabats. Poches intérieures et extérieures. Poches gigognes, petites poches dans de grandes poches. Tout bien pesé, sa carcasse, plus ses poches, plus leur contenu, il doit approcher des cent kilos.

V. — Un quintal de bazar ambulant.

B. — Exact. Les poches qu'il multiplie, les tiroirs qu'il empile, qu'il entasse, n'ont nullement pour fonction de classer les objets. Mais de les enfouir pêle-mêle. En extraire un de cette mélasse est une opération aussi ardue que d'isoler une idée dans son bourbier mental. Quand je l'ai connu, il y a six ans, le sol de son agence était recouvert de quatre à cinq couches géologiques d'objets disparates. Chaque strate correspondait à une époque.

V. — Ce qui insupporte ce n'est pas tant le désordre de sa pensée que la violence avec laquelle il l'exprime. Une provocation qui t'est d'ailleurs exclusivement destinée.

B. — Il a essayé souvent de me confondre, de me blesser, de m'humilier en public. Jamais je ne réagis dans ces cas-là. Ses bouffées agressives, ses jets empoisonnés n'éclaboussent que lui.

V. — Ils empestent une soirée, oui ! Au début personne ne l'interrompt pour la simple raison que personne n'arrive à le suivre dans ses nébuleuses. Les gens se taisent et toi, je le vois, tu bouillonnes sous ton masque au lys. Mais il se dégage de lui une charge de violence telle qu'elle finit par déclencher l'irascibilité des plus paisibles. Impossible d'avoir des rapports relax avec Laszlo. Quand il te tend la main, tu as l'impression qu'il engage un bras de fer. Il vit en état conflictuel permanent. Par goût de la provocation, par goût de la destruction, en quelques heures, il parvient à se mettre tout le monde à dos. Seul contre tous, il fait l'unanimité contre lui.

B. — Si quelqu'un lui rentre vraiment dans le lard, il s'écrase aussitôt, j'ai remarqué. Il ouvre de grands yeux interrogateurs. Un môme à qui on aurait tapé sur les phalanges. Arrête, ça suffit ! Un toutou qui aurait reçu un coup de laisse. Couché !

Lorenza — « *Mi sono alzata*
Mi son vestita
E sono uscita sola
Sola per la strada... »
Vous avez tout compris : je suis sortie. En mon
absence mon répondeur prend tous les messages.

Véronique — *Lorenza, si ton messager enregistre en*
couleurs, il te retransmettra le rouge au front qui ne
m'a pas quittée depuis hier. J'ai appelé, comme
prévu, le Dr David. Laborieusement, je lui ai lu ma-
ta communication. J'ai noté scrupuleusement sa
prescription, et j'ai raccroché. Soulagée de ne pas
avoir eu à soutenir son regard d'un bleu inhibant. Le
soir je n'y pensais plus. Affaire réglée. Je choisis de
faire un tour à un des trois vernissages où j'étais
conviée. Je pousse la porte de la galerie et quelle est la
première personne sur laquelle je bute ? Si tu devines,
tu as gagné un tube de vaseline !

Véronique — *Inutile de prendre des gants pour parler à mon répondeur. Que vous ayez la voix en tutu ou en savates, il vous écoutera sans broncher.*

Peggy — *Moi j'ai la voix en kleenex, Véro. Call me, call me tender !*

Lorenza — *Et à poil, ça t'irait ?*

29

Véronique — Quoi, tu es enrhubée ?

Peggy — Pas du cerveau, du cœur. Bien que ce soit de mes paupières et de mes narines que s'écoulent mes humeurs. J'ai attrapé un chaud et froid avec Olivier. C'était trop beau. Sa rémission a été de courte durée. Trois mois. Il a re-piqué du nez. De nouveau en crise. Chez lui c'est chronique. Vous avez dit cyclothymie ? J'ai beau le savoir, je suis de constitution si fragile, que si c'est lui qui se bouche, c'est moi qui me mouche.

V. — A tes souhaits ! Tu devrais pourtant être vaccinée, depuis un an !

P. — Pas contre son virus. Je ne suis pas encore parvenue à l'isoler. Ça le prend comme ça, subitement. Bien que je vive avec lui constamment en état d'alerte, je me trouve chaque fois sans défense. Dès les premiers symptômes avant-coureurs, sa voix qui se brise, son sourire qui s'efface, ses lèvres qui se durcissent, son orbite qui se creuse, sa prunelle qui s'assombrit, sa démarche qui se raidit, il est déjà trop tard. L'incubation s'achève, le mal éclate.

V. — Et toujours sans motif?

P. — Aucun. C'est chaque fois injustifiable, injustifié. Ça survient généralement après une période d'heureuse complicité. On s'est endormis chez lui, avant-hier soir, rougis par les derniers tisons de son premier feu de cheminée de la saison. Chaleur, douceur, bonheur. Hier matin, sans crier gare, réveil noir. Teint de cendre froide. Lever mécanique de marionnette grimaçante. Gueule de sept lieues. Son entrain, sa légèreté, sa faconde? Plombés d'humeur massacrante. Un fer à repasser à chaque pied. « Encore levé trop tard! hurle-t-il en renversant d'un geste tout ce que peut supporter une table d'intello-tabagiste-alcoolo. Encore raté un rendez-vous!»

V. — C'est de ta faute, gourgandine!

P. — Moi, je suis sous les draps jusqu'au nez, m'interrogeant sur la conduite à suivre, lorsque je l'entends téléphoner. « Allô, c'est toi, Jean-Marie? » Je m'assois d'un bond, ulcérée. Ses éclats de voix de tout à l'heure sont devenus mélodie feutrée, calfeutrée, confidentielle, charmeuse. « Un contretemps, poursuit-il, suave. Je suis furieux... Pardonne-moi... Ne pourrait-on pas remettre ce rendez-vous... Que fais-tu ce soir... » Alors ça, c'est extravagant! Pour moi, la gueulante...

V. — Tu fais déjà partie des meubles, Ginette!

P. — Et les arpèges pour une tierce!

V. — Un tiers, tu veux dire.

P. — Je dis bien une tierce ! Une gerce ! Une garce ! Jean-Marie, ça ne peut être qu'une fille. Jean and Mary, double prénom féminin, que te faut-il de plus ? Et puis ses vocalises en sourdine, ça ne trompait personne.

V. — Ah, tu me fais rire, la new-yorkaise ! Jean-Marie, c'est un nom de mec !

P. — Tu crois ? Enfin, ça ne change rien. J'ai sauté dans mon jean vite fait et j'ai claqué la porte sans un mot. Elle ne fermait pas. Sortie ratée. Je l'ai alors poussée grande et j'ai lancé : « Quand tu auras acheté un nouveau réveil, tu me feras signe. Bye !» Depuis, plus rien.

V. — Ça ne fait que vingt-quatre heures. Laisse-le mariner dans son jus.

P. — Tel que je le connais, il doit être terré chez lui, rideaux tirés. Son mal-être tapi en lui comme une bête sournoise, prête à griffer, à mordre, à bondir. Pas-envie-de-te-voir. Pas-envie-de-te-parler. Pas-envie-de-te-baiser. Le bel inaccessible emmuré dans son angoisse. Quand il va mal, il repousse tout ce qui peut lui faire du bien. J'ai peur de l'approcher. C'est comme marcher sur un terrain bourré de mines. Ça risque d'éclater à tout moment. Autant vouloir traverser le mur de Berlin. Olivier, the wall. Avec ses sous-murs, ses barbelés, ses alarmes, ses miradors, ses sentinelles, ses chiens, ses décharges, ses tirs, ses explosions. Un système de verrouillage hautement sophistiqué. Un chef-d'œuvre de l'art de l'enfermement. Folie de prétendre le violer. Tu sautes illico presto. Il m'est arrivé, comme tu le sais, de vivre près de lui quelques-unes de ses périodes East-Berlin. D'essayer d'accrocher son regard et son écoute emmurés. De lui arracher un sourire. Des baffes, oui ! Dans la rue : « Je ne vais pas te donner la main vingt-quatre heures sur vingt-quatre ! » Et il retire la sienne glacée, glissante comme un serpent pour allumer une cigarette prétexte. Au lit : « Pourquoi tu te colles ! » Et il bondit à l'autre extrémité. Ou bien il se lève, raide comme un scout. Et ses mots, si blessants. « Tu m'envahis, arbre grimpant en l'espace de mon cœur », dans le meilleur des cas. « Tu m'étouffes », dans le pire. Moi, je ne peux rien lui dire. Il prend tout au tragique. Comme si je parlais à un malade. J'ai tout essayé pour le sortir de là. Les larmes, les gueules. La violence, la douceur. Mes percées d'amour n'ont eu pour résultat que de renforcer son système de défense.

V. — Et l'humour, tu ne l'as jamais essayé ?

P. — Je n'ai pas le cœur à plaisanter dans ces cas-là. Je suis si basse, Véro, so down...

V. — Je ne devrais pas te le dire. Tu vas encore m'accuser de visées perverses. Mais le malaise, chez lui, est une façon d'exercer sa domination sur toi. Une manière de vérifier que tu lui es vouée, pour le meilleur et pour le pire. Et le pire, c'est chaque fois lui qui le crée, sombre magicien, à partir du meilleur.

P. — S'il me prend pour le dévidoir de ses problèmes, de ses troubles, de ses névroses, il se trompe !

V. — Fais gaffe à toi, Peggy. Ne te penche pas trop sur son nombril. Il essaye de t'entraîner dans son trou. Tiens-toi à distance. Il n'est pas assez grand pour deux.

P. — Difficile de prendre ça de haut. Je suis désemparée par ses fuites et ses refus.

V. — Refus de lui. Pas de toi.

P. — C'est vrai. Je ne lui ai rien fait, moi...

V. — Justement. Tu ne lui en fais pas assez voir.

P. — Je me pose dix mille questions. J'y pense sans arrêt. Je ne m'en sors pas. Ça me pompe un temps fou. Ça me bouffe des énergies colossales. Ça prend toute ma vie. Je ne m'en remets pas de le voir lui, si lumineux, passer sa blouse grise.

V. — S'il est gris, c'est dans sa tête.

P. — Si au moins il grisonnait en permanence, ce serait beaucoup plus simple. Le problème serait réglé. Le fait est qu'il peut être, de but en blanc, rose espoir le soir et gris chagrin le matin. Entièrement réversible, Olivier. Tout s'assombrit brutalement alors que tout semblait s'ouvrir, s'éclairer. Je ne comprends pas. On est jeunes et beaux, doués et chanceux...

V. — Rich and famous...

P. — Gourmands et impatients. On se fascine, on s'adore. On a tout pour vivre mille vies ensemble. Et brutalement, d'une crispation de la lèvre, d'un durcissement de la prunelle, il fout tout à l'eau.

V. — Jusqu'ici, je te ferai remarquer, c'est toujours toi qui es allée le repêcher.

P. — Pas cette fois. Un plongeon tous les trois mois, c'est au-dessus de mes forces.

V. — Tous les trimestres parce que c'est toujours toi qui pacifies, toi qui apaises. Sinon ce serait la baignade toutes les semaines.

P. — Je vais te dire, Véro. Le visage qu'il m'a montré hier matin m'a déplu. Au risque de me priver de celui qui me plaît tant, je ne veux pas le revoir de si tôt.

V. — Je n'en crois pas un mot. Je te sens déjà flancher.

30

Véronique — Allô! Alors?

Lorenza — Alors quoi?

V. — Tu m'as appelée?

L. — Par désœuvrement. Par vacuité. Par ennui. Par manque.

V. — Toujours bonne à colmater les vides, ta brave Ginette. Pas de nouvelles?

L. — Si. Le quatrième billet-bouquet du vendredi, écrit avant son départ. « Je viens. Et toi? Je ris de toutes ces fleurs qui t'attendent aujourd'hui.» Moi, ça ne me fait plus rire. La première fois, j'ai trouvé ça irrésistible. La deuxième, renversant. La troisième, juste drôle. La quatrième, carrément laborieux. Ce programme de mots-fleurs artificiels mis en mémoire et débité aux jours dits ne me parle nullement de ces trois longues semaines silencieuses, qu'aucun appel n'est venu animer. A les lire aujourd'hui, ces paroles en conserve ont perdu toute leur fraîcheur. Même ses chrysanthèmes ont l'air en plastique. S'il pense à moi, c'est important de me le faire savoir. Les belles plantes, ça s'arrose!

V. — Il revient quand, demain ?

L. — Il est temps. Tout est clair pour moi, maintenant. La simultanéité du départ de Karl et du retour de Serge m'avait plongée dans une confusion totale. L'un s'éloignait juste quand notre histoire toute neuve allait prendre un tournant décisif. L'autre revenait au moment où je m'apercevais que notre liaison venait de faire son temps. En disparaissant plus vite que je ne l'aurais souhaité, Serge m'a simplifié la vie. Geste élégant s'il en est que de bomber ce « moi aussi » sur le graffiti de Karl et de s'en aller sans se retourner.

V. — La classe !

L. — Il a tout mon respect, mon ex. Il a compris, en même temps que moi, que si j'ai rencontré Karl, ce n'est pas par hasard. Des rencontres comme celle-là ne sont jamais fortuites. J'étais à nouveau disponible. Karl n'a rien pris à personne. Il n'a fait qu'occuper un vide en moi qui n'appartenait déjà plus à qui que ce soit. Un no man's land...

V. — Le cas de le dire...

L. — ... où Serge n'avait plus sa place. Mener deux histoires de front, une officielle, l'autre clandestine, tu me connais, je n'aurais pas pu longtemps. Le marginal qui sort par une porte, tandis que le régulier rentre par l'autre, je l'ai fait une fois. Ça n'a pas marché. L'un s'est retiré de ma vie, il y a trois semaines, définitivement. L'autre va s'y installer, demain, pour longtemps. Demain ! Après une si

130

longue interruption ! J'ai l'impression de l'avoir perdu d'ouïe. De vue, il y a un moment, déjà. Je n'arrive plus à le suivre des yeux. Même fermés, dans le silence noir de ma piaule. Quelques pâles lucioles, de temps en temps. Rien de commun avec les coups de flash qui me restituaient, il y a quinze jours encore, une image plus piquée que nature. Où tout était rendu dans ses moindres nuances. L'expression exacte de son regard plissé. L'intonation juste de sa voix ferme, décidée, intense qui prend sa source loin et profond. Au tout début, la photo surexposée d'un vécu trop proche m'aveuglait. Une boule lumineuse où tout se confondait, où rien ne ressortait. Il a fallu que l'émotion s'apaise, pour que le souvenir s'ordonne chronologiquement. Pour que l'insignifiant s'efface, au profit de l'essentiel. Mais cette période nette n'a pas duré. Le temps du flou s'est installé progressivement. Le cadrage, la mise au point m'étaient de plus en plus difficiles. C'est le souvenir du souvenir qui se reconstituait. Avec effort. Plus squelettique, plus fantomatique chaque fois. Il ne se nourrissait plus que de lui-même. Jusqu'à effacement complet. La simple évocation ne suffit plus maintenant à le faire resurgir. J'essaye l'invocation. Karl ! Karl ! Un nom qui me bat aux tempes. Qui s'articule de lui-même sur mes lèvres. Un réflexe de l'âme. Un soupir du cœur. L'écho du vide qu'il a laissé. Mais lui, Karl, n'apparaît plus.

V. — Evocation. Invocation. Trop compliqué pour moi.

L. — Imagine un couple qui, dans son ivresse, continue de tourner au rythme d'une valse qui s'est tue. Il a beau tourner en rond, encore et toujours, un-deux-trois, un-deux-trois, il ne fera pas rejaillir la musique.

V. — Attends demain, Ginette, ça va valser !

31

Lorenza — Véro, je... il...

Véronique — Karl est rentré ?

L. — Je n'en sais rien. J'ai l'estomac qui se tord, la gorge qui s'étrangle. Une crampe unique de la pointe de mes orteils laqués au bout de mes frisures. Je me détériore à vue d'œil. Je suis cramponnée au téléphone depuis six heures du matin. Chaque fois que l'appareil se met à frissonner, que je sens qu'il va sonner, mon cœur s'arrête. Je décroche. Ce n'est jamais lui. J'abrège, j'écourte. Pas le moment de me parler. Je n'entends rien, ni personne. Je coupe pour laisser libre la ligne. Il est midi, et il n'a toujours pas appelé.

V. — Calme-toi. Ce que tu peux être anxieuse ! Il a peut-être été retardé de vingt-quatre heures.

L. — Ce n'est pas normal. Il m'aurait avertie. Tu ne veux pas appeler chez lui ? Il ne connaît pas ta voix. Tu dis : allô, je voudrais parler à... n'importe qui.

A Lorenza. Non, je suis folle ! Je ne sais pas moi, à Ginette, tiens.

V. — D'accord, si ça peut t'apaiser. Je te rappelle tout de suite.

Véronique — Ecoute, Lorenza. Tu vas arrêter de...
Lorenza — Attends... Je viens d'avaler le bouchon
de mon stylo... Il faut que je le sorte... Voilà. Ça y
est.
V. — Il faut que tu arrêtes de te ronger. Karl n'est
pas rentré. Son répondeur est toujours branché.
Avec son message enregistré avant le départ. Tu ne
vas pas passer ta journée couchée sur le téléphone.
Sors ! Viens me voir !

33

Lorenza — Ne m'attends pas, Véro. Je préfère rester.

Véronique — Monter la garde devant le téléphone !

L. — Depuis tout à l'heure, certains mots de Karl sont revenus à la surface. Hors contexte, ils sonnent comme autant d'alarmes. Sur le moment je ne leur ai prêté aucune attention. Ils étaient emportés dans un tourbillon de rires et de caresses. Aujourd'hui, je n'entends plus que leur stridence.

V. — Tu t'affoles pour rien.

L. — Je me dis et redis, à en perdre le sens, sa dernière phrase, si rassurante, prononcée avant son départ : « Compte sur moi, mon bébé. C'est comme si j'étais là. » Rien à faire. D'autres m'assaillent, tout à coup lancinantes.

V. — Arrête de délirer.

L. — Je me souviens maintenant, comment ai-je pu l'oublier, que la première nuit, il a interrompu nos ébats par des mots qui auraient dû me glacer. On venait d'atteindre le point d'incandescence, de fusion, de coulée. Sans attendre le refroidissement, on avait repris aussitôt la combustion. Une telle compression de désirs ne pouvait pas se réduire en une fois. Nos corps brûlants se cherchent à nouveau. Nos mains, nos lèvres glissent, plus savantes, plus subtiles, que lors du déferlement premier. « Tu es comme je t'imaginais, me dit-il. Douce, si douce. » Elles explorent, elles découvrent, elles s'attardent, elles se délectent. A mon tour de prendre les choses délicieusement en main. Soudain il s'agite, se contorsionne. « Ecoute Lorenza. Il faut que je te dise. Ça ne va pas dans ma tête. Je sens comme une bombe en moi qui va exploser, mais quelque chose l'en empêche. J'ai envie de m'éclater, mais je ne peux pas. Arrête Lorenza. Je ne peux pas. »

V. — Et alors...

L. — C'est tout. Une autre fois, il m'a dit : « Je me sens une capacité thoracique démesurée. J'ai envie de m'en mettre plein les poumons. Mais je n'arrive pas à respirer à fond. » Un blocage, sans doute, quelque part. Un impedimento qui lui interdit de donner, de se donner à fond la caisse. Il y a aussi tous ces mots, d'une tendresse infinie, aussitôt réengloutis par un ironique : « Ne crois pas à ce que je dis. Crois à ce que je fais. »

V. — Je ne vois pas ce que ça a d'alarmant.

L. — Ceci, encore. Un jour, dans un élan de passion, je lui déclare, en soulignant bien le conditionnel : « Si je te disais que j'ai une envie folle de

137

tomber amoureuse de toi, tu me répondrais quoi ? »
« Que tu n'es pas amoureuse de moi. Que c'est toi,
amoureuse, que tu aimes. Que moi je ne suis qu'un
prétexte. » Comme si rien ne s'était passé. Comme
si tout était dans ma tête.

V. — Il n'a pas tort. Pas si primaire, ton primate.

L. — Cette phrase aussi, qu'il emploie souvent pour
me renvoyer des mots trop sucrés pour lui, qui
n'aime que l'amer. « Tu crois ça... » Tout message
trop tendre est retourné à l'expéditrice. Destina-
taire inconnu à cette adresse. Il s'empêche de
donner. Il s'empêche de recevoir.

V. — Tu te montes la tête en ce moment.

L. — Une fois, il m'a dit : « Je suis un destructeur.
Je me connais. Je n'en tire aucune fierté, bien au
contraire. Mais c'est ainsi. »

V. — Pour l'instant, c'est toi qui es en train de te
démolir la santé. Tu vas me faire le plaisir de cesser
de te faire du...

L. — Du sangue marcio. C'est bien ça, du sang
pourri.

V. — Crois-moi. Demain tu riras de tes supputa-
tions, de tes suppurations...

34

Véronique — Tu penses venir avec Laszlo à mon anniversaire ?

Barbara — J'entends ce que tu veux dire... Mieux vaut en effet m'abstenir. Je vais en voir de toutes les couleurs. Il va piquer une colère blême. Taper folkloriquement des bottes rouges sur le carreau de la cuisine. Secouer mon vaisselier jusqu'à ce qu'une pile de faïence bleue s'écroule avec fracas. Tant pis. Je cours le risque.

V. — Oh, les machos infantiles, ras la motte ! Les hommes ni faits ni à faire, ouste ! Je n'en veux plus. Ceux encore à bâtir, ou ceux à restaurer, peuvent rester chez eux. N'ont droit de se présenter, dorénavant, que ceux qui m'arrivent tout faits.

B. — J'avoue que, d'ici vendredi, Laszlo n'a aucune chance.

V. — Tu parles ! Il en est encore au stade du bébé qui fait caca au milieu du tapis pour attirer l'attention. Tu n'en finis pas d'accoucher de lui. Il ne sera jamais adulte, ton vieux rejeton.

B. — C'est bien. Je viendrai seule. Surtout qu'en ce

moment, il n'est pas possible. Moi, moi, moi. Sa parano gagne du terrain, à mesure que son pouvoir en perd. C'est-moi-qui, c'est-moi-que. Moi-je. Moi-le-premier, moi-l'unique. Moi-régner. Moi-ranger-Barbara-sous-ma-loi.

V. — Surtout que son nombril gros comme une ombrelle n'intéresse personne. Il a beau passer son temps à se le muscler. Il a du mal à le faire accepter. Il le sent. Et il en rajoute des tonnes pour l'imposer aux autres. Et à toi, corollairement.

B. — Ce besoin de parler plus fort que tous, de passer devant les autres, d'écraser les pieds de chacun, de casser les couilles de tout le monde pour qu'on le remarque. Cette frénésie de se mettre constamment en avant, d'accaparer l'auditoire, d'épater, de choquer à tout prix pour qu'on le reconnaisse. Cette manie de se poser comme celui qui connaît tout mieux que quiconque pour intéresser. Moi-je-le-savais. Moi-je-l'avais-dit. C'est-ce-que-j'ai-toujours-affirmé. L'évidence après coup. Le pronostic a posteriori. La prétention d'avoir tout prévu, une fois l'événement produit. Ce besoin d'en jeter, arrogance m'as-tu-vu, snobisme méprisant, pour exister. Vital : il faut qu'à tout moment il prouve...

V. — Son identité. Mais qu'est-ce qu'on a toutes à toujours attirer des hommes qui en ont si peu, ou pas ! Qui existent à travers nous. Et contre nous. Je pense à Gérard, entre autres. A trop vouloir

140

montrer leur supériorité, ils ne font que signifier leur faiblesse. Toi, tu n'as pas besoin de monter chaque fois sur la table pour te manifester. Muette, effacée, lointaine, tu es toujours là. Entière.

B. — Il faudra tout de même que tu me trouves un remplaçant, ou plusieurs, pour vendredi.

V. — Compte sur moi, Ginette. Je suis très bonne dans le temporaire. Je ne fais que de l'intérim...

Lorenza — *Désolée. Pour l'instant, je ne suis là pour personne. Mais si vous dites à mon répondeur à qui j'ai l'honneur, tout à l'heure, je ne serai là que pour vous.*

Véronique — *C'est Véro, ma belle. Si tu as du nouveau, tu m'appelles. Et si pas de nouvelles... pas de peau. Exécrable ma rime! J'aurais mieux fait de...*

L. — Non, ne raccroche pas, Véro. Je suis là. Je viens de recevoir un de ces coups de massue sur la tête...

V. — Tu l'as eu?

L. — Si on veut... Trois jours j'ai attendu, fébrile, que le téléphone s'ébranle. Si pas sonnerie, fureur. Si sonnerie, panique. Dimanche. Lundi. Mardi. Aucun appel de Karl. Muette inexorablement, la seule voix qui m'importe, qui me porte...

V. — La mienne mise à part!

L. — Que faire? Me replier dans une attente stratégique. Barbeler le téléphone et m'interdire d'y toucher sous peine de tout faire sauter. Appliquer la politique du moins-tu-en-fais-plus-tu-gagnes. Opposer à son silence polaire un mur capitonné d'indifférence. C'est fier. C'est digne. Et payant. C'est toujours celui qui n'appelle pas qui a le dernier mot. Pas vrai ? Le premier jour, j'ai tenu bon. Le deuxième, je me suis cramponnée ferme. Le troisième, j'ai tout lâché. Au diable, dignité et fierté. Au diable passivité tactique et silence calculé. Ce n'est pas en restant allongée et alanguie que je vais changer le cours des événements. La vie appartient à celles qui se lèvent. Tôt ou tard, peu importe. Pas à celles qui se lovent, en tout cas. Mon propre scénario, je ne laisserai à personne le soin de l'écrire à ma place. Agir, au lieu de subir. Go. Via. Je l'appelle, faussement tonique. « Karl ? Lorenza ». Un sourd-muet au bout du fil. « Tu es là ? » Sa voix, enfin, méconnaissable. « Oui, apparemment, puisque je décroche. »

V. — Il t'a assené ça comme ça ?

L. — J'encaisse, mais relève aussitôt le ton : « Tu vas bien ? » Je suis atterrée par ma banalité. La sienne n'est pas moins navrante : « Très, très bien. » Sec, dur, son martèlement me laisse sans réplique. Oh, Dio ! Faites que ce soit un faux numéro ! Je suis au tapis, assommée. Le temps de respirer profondément, puis, debout et à nouveau d'attaque : « Bon. Maintenant Karl, tu arrêtes de crâner et tu me dis ce qui ne va pas. » Le coup a porté. Comme si je venais de retourner la tête d'une pieuvre pour en vider l'encre. « Je suis dans le schwartz, Lorenza. Je ne sais pas ce que je veux. Je ne sais pas ce que je fais. » Sa voix s'est ramollie. Elle coule noire et poisseuse. Comme son propos. J'ai du mal à raccorder ces mots qui me salissent avec ceux qui, il y a trois jours encore, me fleurissaient. « Mon comportement est odieux, je le sais, poursuit-il. Je fuis mes responsabilités d'une façon honteuse. Il faut que tu le saches. Je ne suis pas un mec fiable. Je t'adore, Lorenza, mais je sens que je ne vais pas y arriver. Je suis incapable de te donner ce que tu attends. Vivre près d'une femme comme toi est au-dessus de mes moyens. C'est quelque chose que je ne saurai pas faire. Je suis un petit con. Je ne vais pas tenir le coup longtemps à côté de toi. Tu t'impliques, tu assures, tu réussis. Une sacrée pointure, tu es. Moi, je suis zéro, en comparaison. Je ne fais pas le poids. » Je suis K.O. Je m'attendais à tout, sauf à ça !

V. — Le plan du ver luisant amoureux d'une star, version Karl. Un coup je fonce, un coup je recule. Etoile, je te veux, mais je ne peux. Incursion sur voie lactée et fuite en arrière dans le trou noir. Je me monte la tête, et je me la démonte aussi vite fait. Compte sur moi, bébé. Mais fais gaffe, je ne suis pas un mec fiable... Il est nul ce type !

L. — Je n'ai pas dit un mot. Je l'ai laissé continuer. « J'aimerais te revoir, Lorenza. Mais pas tout de suite. Je tiens à ce que notre rencontre soit réussie.

Je veux faire le point. Tout doit être clair dans ma tête, avant. Il faut que je trouve une formule. » Une formule ! Tu entends ? Lorenza réduite à une expression mathématique. A une construction de l'esprit. Qu'il élucubre ! Qu'il échafaude ! Qu'il cherche toutes les formules qu'il veut ! Mais qu'il sache. Quand il l'aura trouvée, moi je ne serai plus là pour m'y intéresser. La vie continue. Je ne suis pas une abstraction, moi. Je suis un être de chair et de cœur. Une formule, tu te rends compte ? Tout ça est trop compliqué pour moi. Je ne suis pas tordue, comme fille. J'aime les histoires simples. Quand il a terminé de théoriser, je lui ai dit : « Dommage, Karl. Pour moi c'était une belle histoire. Et elle ne faisait que commencer. »

36

Véronique — J'ai d'abord cru que c'était toi. Ou Lorenza. Ou Barbara. Urgence nocturne. Ginette en détresse, S.O.S. Sonnerie en pleine nuit. Deux fois de suite. La première, je t'avouerai, je ne me suis pas levée. J'ai laissé la stridence scander le silence duveteux jusqu'à extinction du son. La deuxième, j'ai décroché dans le coma. Bourdonnement de fond. Voix indistinctes. Entrechocs de chariots. Notes carillonnées. Coups de sifflet. Annonces de trains en partance et de trains en provenance. Bruitage de gare. J'y suis. Maximilien de retour de tournée. Qui me déclare de sa cabine de la gare du Nord : « Que dirais-tu si je venais me glisser subrepticement dans ton sommeil... » Que l'idée est charmante, je ne le nie pas. Mais que le réveil, à deux heures, est sauvage. « Passe plutôt demain, je propose. Quinze heures à mon atelier. » Il arrive un quart d'heure en avance. Splendide. Grand fauve en cachemire et velours havane. Quel spectacle. Je le désire tout net. J'enlève ma blouse blanche de travail. Il découvre ma petite culotte en velours noir.

Barbara — La mienne ! Celle que je t'ai prêtée pour ta fête !

V. — Elle a plu, je peux te dire. « Tu es beau, noir petit marquis », sourit-il en caressant le tissu à contre-trame. J'accompagne le mouvement en ondulant. Sur ma platine, Tom Waits. Une pirouette et je lui file entre les doigts. Tandis qu'il parle, je me promène en dansant dans l'atelier. J'échappe à tout, sauf au paillettement de sa prunelle camel. Il lutine du regard mon cul de velours. Il le harcèle, le poursuit, le saisit. « Tu es belle, blonde petite narquoise. » Et sautent entre ses doigts les deux premiers boutons de ta culotte. J'ai envie de ses caresses. « Tu connais le chemin », lui dis-je. Il grimpe, seul, dans le grenier. Quand je le rejoins, il est étendu. Nu. Je ne le suis pas encore. Je l'embrasse tout entier de mes yeux fendus et précis. Somptueux. Je prends mon temps. Silence, je regarde. Je me perds dans la contemplation de son corps sculptural. Il me ramène à lui, à moi : « Viens que je te déshabille. » Sautent les derniers boutons, et exit la petite culotte en velours noir.

B. — Bravo, elle a fait son devoir.

V. — Elle a parfaitement joué son rôle. Mon beau comédien, aussi. Applaudissements. Ovations. Rappels. Rideau. Exit Maximilien, aussi. Finita la commedia. La petite culotte, par contre, pourra

147

encore servir. Elle n'a pas fini de brûler les planches, celle-là.

B. — Quoi, tu l'as viré, lui aussi ?

V. — Un comportement comme le mien, Barbara, tu l'as rarement vu. Si tu savais à quel point je suis devenue cinglante dans mes rapports avec les hommes, tu serais horrifiée. Je leur fais vivre des situations hyperdures. Que moi-même n'accepterais, ni ne supporterais. Je passe ma vie à les jeter de chez moi. Et à me barrer de chez eux. Je suis infernale. Je leur impose un régime qui les met en déroute. Tout se passe comme si, délibérément, je voulais organiser l'échec, provoquer la débandade.

B. — Tu m'inquiètes, Véro. Tu les aimais, pourtant...

V. — Je les aime toujours. Ponctuellement. En situation forte. En état de dépassement. Au sommet de leur désir. Puissamment vôtre. Pas dans l'effilochement du continu, ou dans l'avachissement de l'installé. Moins encore dans le déchirement des profondeurs. Qu'ils ne s'avisent pas de m'entraîner dans les abysses ardents. Interdiction de me parler passion. Je sors mes munitions !

37

Véronique — N'arrive pas trop tard demain soir.
Peggy — Je ne suis pas sûre de pouvoir venir. Ça dépend...
V. — Ça dépend de quoi? Ça dépend de qui? D'Olivier, naturellement. De plus en plus dépendante, ma pauvre Ginette. Tu me navres, tu sais. Je parie que c'est encore toi qui es allée le pêcher au fond de sa névrose. Comme si j'y étais. Tu t'y enfonces chaque fois davantage. Tu finiras par t'y laisser engloutir. Il faut à tout prix que tu arrêtes de le solliciter. Et que tu apprennes également à te refuser. Tu as peur de lui dire : non, ce soir je ne suis pas libre. Je suis invitée à l'anniversaire de Véro. Depuis que tu es fiancée avec lui, tu t'es complètement court-circuitée.

P. — Quand je suis rentrée chez moi, ce fameux matin gris, j'ai rayé son numéro de mon carnet, et j'ai déchiré la page des D comme Duchamp de l'annuaire. Plus de tentations. C'est ce foutu fil qui me piège chaque fois. Je me connais. Je prends des résolutions irréversibles. Je déclenche des grèves sauvages du téléphone. Je lui bats silence des nuits et des jours. Puis, subitement, sans réfléchir un millième de seconde, dans un geste irraisonné, je fonce sur l'appareil dans un état second et je compose le numéro interdit. Immanquablement je tombe sur un interlocuteur glacé et condescendant. Là, au moins, même si pulsion téléphonique incontrôlée, plus de numéro, plus de risque.

V. — C'est consternant, tout de même, d'en revenir aux stratégies de nos grand-mères. T'as beau dire, il n'y a que ça qui fonctionne. Ne jamais demander pour obtenir. S'esquiver pour attirer. Organiser le manque pour accrocher. En trois mots : se faire désirer. Lorenza me faisait remarquer ça l'autre jour. Ce sont nos hommes qui nous imposent la parcimonie, nous si généreuses. La largesse les panique. La facilité les bloque. L'ouverture les cadenasse. Si tu leur donnes avant et plus qu'ils n'en demandent, si tu devances et dépasses leur désir, si tu cours vers eux chemisier grand ouvert, poitrine épanouie et cœur offert, tu te plantes. Tu condamnes leur désir comme une porte murée. Il faut savoir ce que tu veux.

P. — Je ne supporte pas qu'entre nous s'installe un malaise.

V. — C'est lui qui le crée. A lui de le dissiper.

P. — Ou au plus généreux des deux. Ou au moins atteint. C'est ainsi que je me suis surprise en train de former, de mémoire, son numéro. Enregistré sans doute dans un lobe occulte de mon cerveau. V. — Je te félicite. Tu fais chaque fois l'inverse de ce qu'il faut faire. Tu ne comprends pas que plus tu demandes, plus tu quémandes et plus il se boucle. Plus tu lui colles et plus il se rétracte. Une vraie glu. Tu es toujours demanderesse. Pour quelqu'un en crise, c'est infernal. Fiche-lui la paix. Loin de le délier, tu le braques. Il faut que ça vienne de lui. Oublie-le. Il se souviendra de toi. P. — Je ne lui ai rien demandé, au téléphone. J'ai ordonné. Dès que j'ai entendu son allô caverneux, j'ai pris le ton le plus flûté, le plus futile, le plus comme-si-de-rien-n'était pour le sommer : « Mets de l'eau à chauffer pour le thé, darling. J'arrive. Avec des macarons. »

38

Véronique — Je te préviens, Lorenza. Je te veux divine ce soir. Préraphaélique en diable. Une transparence. Un dessin. Un ovale. Toison mordorée, carnation d'opale, œil de jade, corps de liane. Ton visage qu'on aimerait peindre et ton cul qu'on rêve de prendre. Lorenza, inspiratrice céleste et infernale instigatrice. Séraphique pousse-au-crime. C'est ainsi que je t'attends. Débrouille-toi.

Lorenza — Réussi, ton portrait. Si tu me voyais ! Deux fentes taillées dans deux betteraves : mes yeux. Une aubergine difforme : mon nez. Une courge boursouflée : mon visage. Gracieuse, il n'y a pas à dire. Depuis ce matin, je m'applique des compresses de thé glacé sur ma gueule de citrouille, ou de grenouille, au choix, ça ne dégonfle pas d'un millimètre. Comme ça chaque fois que je pleure. J'en ai pour quarante-huit heures avant de retrouver une apparence décente. En attendant, ta Madone a l'air d'un boxeur.

V. — Tu es folle de te dégrafer le visage de la sorte. Et pourquoi, et pour qui ? Pour ce primate qui avance d'abord comme un paon, et recule ensuite comme un crabe. Qui donne et qui reprend. Qui dit et qui se dédit...

L. — Je ne comprends rien à ce que je vis. Je suis désarçonnée, désemparée. Le coup que je viens de recevoir est tellement inattendu. Comment se peut-il qu'un homme se retire de toi avec la même violence qu'il a mise à te pénétrer ? Car il s'était engagé très loin, très profond, très vite et très fort avec moi, Karl. Des je-t'aime il m'en a égrené des milliards. Avec des fleurs, avec de l'encre, avec de la peinture, avec de la salive. « Tu ne peux pas savoir à quel point », ajoutait-il chaque fois. Et moi d'insister : « Si, je veux savoir. » « Ça ne peut pas se dire avec des mots », répondait-il. J'étais une divinité. Il en était prostré. J'étais un astre. Et lui sur orbite. Il n'en revenait pas de ce bonheur qui lui arrivait. Tout juste s'il ne s'en pinçait pas. J'étais là, radieuse, en face de lui. Il en était transporté. « Ce n'est pas vrai ! Je suis avec toi. Tu es avec moi... » Il avait investi mon corps, mon cœur, mon espace, mon temps, ma vie. Il avait pris d'emblée toute la place. Quand il entrait en moi, c'était du miel qui coulait dans mon corps. Quand je me donnais à lui, je m'immergeais dans un bain de bien-être. Sincère, il l'était. Autant que moi. J'en suis convaincue. L'amour est toujours réciproque.

V. — Sauf que lui adorait une déesse, et toi tu tombais amoureuse d'un homme. Tu sais, rencontrer quelqu'un, toi en particulier, se reconnaître en lui, en toi, l'aimer, t'aimer est l'événement le plus bouleversant, la plus folle aventure qui soit donnée à vivre. Celle qui comporte le plus haut risque. Celui d'y laisser sa peau. Karl a pris peur. Je le comprends, en un sens. Oui, il a eu peur de plonger. Et de ne pas refaire surface.

L. — Mais je ne lui demandais rien, moi. Ni de mariage à traîne, ni d'enfant dans le dos, ni de concubinage notoire, ni d'amour-toujours. Je n'avais aucune intention d'en faire un nouvel époux, vissé à sa vaisselle. Ni un fils père sedotto e abbandonato. Je n'en voulais ni à son célibat, ni à son fric, ni à sa liberté. Je n'attendais rien de lui. Ce n'est pas moi qui suis allée le chercher. Au départ, je ne l'avais même pas vu. Il a fallu qu'il s'y prenne à trois fois, à Fiumicino, à Francfort, et à Nogent, avant que je l'aperçoive.

V. — Au début, ils sont toujours fascinés. Tu es une reine, une muse, un archange. Ils te posent sur un socle et te contemplent. Ça flatte leur vanité d'être en première file parmi tes admirateurs. Ils t'idéalisent un max, ce qui est une façon de te mettre au neutre, de ne pas t'accepter quotidienne, complexe, diverse, contradictoire. Une façon de t'éloigner dans les cimes pour se préserver. Ecoute. Il n'y a pas longtemps, j'ai rencontré un jeune énarque. Séduisant, spirituel, sensible. Patrice, il s'appelait. Il était tombé en adoration devant mes abstraites créatures. Quant à moi, il me hissait aux nues, statufiée comme les gisantes de mes toiles. Notre belle aventure a tourné court le soir où il a eu le malheur de me dire : « Tu as tout, toi. Tu es trop pour moi. Je n'en suis pas digne... » Je l'ai vu se rétrécir d'un coup. Le petit fonctionnaire besogneux subjugué par l'Artiste. Ce n'est pas moi, Véro, qu'il estimait. C'est mon social qui l'éclaboussait, jusqu'à l'aveuglement. « Pourquoi veux-tu me mériter ? Je ne suis pas une récompense, moi. » J'étais à genoux sur mon lit. « Deux breloques, plus deux breloques, ça ne fait pas une parure ! » Seins et fesses rebondis, j'ai improvisé une danse sauvage et, toutes médailles tintantes, je l'ai envoyé se faire décorer ailleurs. Je me méfie de ceux qui m'admirent beaucoup trop. Ma beauté, ma peinture, mon talent, ma vie, et puis quoi encore ? C'est qu'ils ne m'aiment pas tout à fait. Ils méconnaissent et méprisent ce que je suis réellement. Tous les types qui me chantent le refrain de la sacrée pointure, je les renvoie à leurs sabots. C'est ça. Je vais leur filer leurs adresses mutuelles. Comme ça ils pourront former un syndicat de demi-pointures !

L. — « Tu dois être redoutable ! » C'est une des premières phrases que Karl a prononcées. Je l'avais oubliée. Elle me revient tout à coup. Nous glissions langoureusement, jambes emmêlées et paupières closes, au bord de la piscine de Nogent. Dans les amplis, le slow de l'été. Celui qui, depuis quelques semaines, s'alanguissait à longueur d'ondes, se frottait aux discothèques branchées, se sirupait aux terrasses du farniente. A ce rythme-là, les jeux du miroir n'allaient pas tenir longtemps face à ceux du close-contact. Après le plaisir narcissique de danser pour soi, nous découvrions le trouble exquis de danser à deux. Karl venait de sniffer dans mon cou une goutte florentine d'essence de melograno, lorsque subitement, saisi par je ne sais quelle terrifiante pensée, d'un geste de frayeur, il m'écarte de lui. Me fixant sans aménité, il me dit, comme parlant à lui-même, le ton de celui qui, ayant mesuré le danger, justifie son renoncement a priori : « Tu dois être redoutable... » J'étais stupéfaite. Redoutable, moi ? J'ai essayé de lui faire préciser. Impossible. « Redoutable, corrige-t-il, mais somptueuse ! » Que veut dire un homme quand il dit d'une femme qu'elle est redoutable ?

V. — Qu'il craint d'être mis en difficulté, de ne pas se sentir à la hauteur, de ne pas pouvoir assurer, de tomber, fragile sculpture, de son support de marbre, d'être pris pour ce qu'il est.

L. — Et pourquoi pas ? Ce n'est pas en statues équestres, lance pugnace et profil victorieux, qu'on les aime.

V. — Eux, c'est en colosses de Rhodes qu'ils voudraient qu'on les mire. Ou rien du tout. Une femme-femme qui fait des poids et haltères avec la

156

vie les remet en question profondément. Tout ce qui en elle les attire d'abord, les effraye ensuite. Dès l'instant où ils sont confrontés à leur médiocrité, sentant venir disqualification et exclusion, ils préfèrent devancer l'appel et se retirer de la compétition. Tu es trop bien pour moi. Une façon polie de t'évincer.

L. — C'est vrai qu'à y regarder de très près, Karl n'avait rien d'époustouflant. C'était un bel animal, je te l'accorde...

V. — Il ne lui manquait que la parole !

L. — Tôt ou tard, ses défaillances me seraient apparues. L'aimant globalement, je les aurais sans doute acceptées, comme faisant partie du lot.

V. — Pas sûr. A mon avis, il n'aurait pas tenu la distance. Tu en aurais vite fait le tour. Je me souviens qu'au retour de Serge, Karl n'avait pas supporté la comparaison. Il a fallu que le premier s'éclipse pour que le deuxième t'apparaisse à nouveau auréolé.

L. — Je n'en sais rien. Bien plus que ses hypothétiques faiblesses, c'est son défaitisme qui me consterne.

V. — Ecoute, laisse tomber, Ginette. Il y en a marre des types qui claquent du bec. Il est zéro, ton Zorro.

39

Véronique — Bravo les copines ! Championnes, les Ginettes ! Pas une qui soit venue champaniser mes trente-trois ans ! Sinistres, vous êtes. Pour larmoyer au téléphone, imbattables. Toujours premières à l'appel. Pour festoyer Véro, plus personne. L'une parce qu'il l'a larguée. L'autre parce qu'il a remis ça. Toi parce qu'il...

Barbara — Pardonne-moi, Véro. Plutôt que de jouer les trouble-fête...

V. — Toutes des camées ! L'homme avant toute chose. Des vraies junkies vous êtes. En état de dépendance absolue. Lorenza qui se contorsionne dans le manque, les yeux comme une grenouille : défoncée. Peggy qui se fait piéger par des dosages pervers : en pleine phase d'intox. Toi qui n'en finis pas de vouloir décrocher : irréversiblement accro. Toutes des droguées de la passion. Soumission totale et destruction garantie. Vous avez tort, c'est moi qui vous le dis. Une amie, on l'a pour la vie. Un amant, pour combien de temps ? Les mecs passent, les amies restent, Ginette. C'est Laszlo qui t'a empêchée de venir?

B. — Il n'est pas allé jusqu'à me l'interdire, bouteille de vodka brandie. Non. Mais le chantage moral chez lui est tel que je renonce, avant même d'entreprendre. Je n'ose plus rien, de peur de provoquer un cataclysme. La moindre initiative est soumise à son bon et à son mauvais vouloir.

V. — C'est toi qui as permis un tel abus. Toi qui l'as investi de l'autorité absolue. Tout le temps à lui demander avis, autorisation, bénédiction. Comme si c'était lui qui détenait le pouvoir. Dans ta bienveillance, ton obligeance, ton allégeance, il a trouvé une légitimation.

B. — C'est vrai. Il prend des airs. Il s'y croit. Et moi, pour avoir la paix, je le conforte dans ses certitudes. Au départ, je ne me suis rendu compte de rien. On a vécu cinq ans, l'un dans l'autre imbriqués, jusqu'au moment où je me suis aperçue que ce monstre à deux têtes n'en avait plus qu'une : la sienne. Toutes les décisions c'est lui qui les prenait. Celles qui le, qui nous, qui me concernaient. Il tranchait toujours sans moi, souvent malgré moi, et parfois contre moi. De mes souhaits, de mes penchants, il s'en fichait. Il s'étonnait, à la limite, qu'ils ne coïncident pas avec les siens. Comment peux-tu désirer autre chose que moi? Tu n'as qu'à vouloir ce que je veux. Et tout ira pour le mieux. Si contestation, si dissidence, si insurrection mon Hongrois revêtait l'uniforme de l'armée soviétique. Si remise en question de son pouvoir, écrasement violent.

V. — Tout homme porte en lui un fascio qui...

B. — Au début, je riais de toutes mes dents chaque fois qu'il me servait des énormités du type : « Tu m'as demandé la permission ? » « Tu vas m'obéir ! » « Regarde-moi quand je te parle ! » Je trouvais ça tendrement comique quand il s'endormait en étranglant dans son poing une touffe de mes cheveux au sommet du crâne.

V. — Chassez la préhistoire, elle revient au...

B. — Lui ne riait pas du tout ! Il prenait son pouvoir très au sérieux. Pas question d'en lâcher une parcelle. Côté autorité, il était roi. Ça oui. Côté responsabilité, par contre, abdication totale. Personne au bout du fil. Le poste ne répond pas. Il n'y a pas d'abonné au numéro que vous avez demandé. Passivité, immobilisme, indolence, mollesse, indifférence. Les obligations les plus élémentaires, il les contourne, leur tourne le dos, les fuit, sauve qui peut.

V. — Là, il y a quelque chose qui ne va pas, tu permets. Nos patriarches tant récusés, ou plutôt ceux de nos mères et de nos grand-mères, ont toujours assuré. Le fondement de leur pouvoir, c'était la prise en charge des êtres chers. Ils veillaient au grain, les grands chefs. Les droits n'allaient pas sans devoirs, chez les dinosaures.

160

Maintenant, sous prétexte que nous, les filles, on s'assume seules et entièrement, nos poulains se défont, le plus naturellement du monde, du chariot des responsabilités. En revanche, ils sont toujours attelés à un pouvoir qui n'a plus d'assise. Injustifié, gratuit, arbitraire. Le cadre sécurisant, nous l'avons quitté, avec pertes et profits. Mais le cadre contraignant, lui, est toujours en place.

B. — Tu as raison. Laszlo s'est toujours posé en patron. C'est lui qui prétend diriger notre vie. Et moi qui, de fait, le porte et le supporte. Moi qui, mes croquis sous le bras, mène la barque de front, tandis qu'il utopise sur ses fantomatiques cités. Je ne comprends pas que, vigilance ou pas, on tombe sans arrêt sur des hommes qui s'appuient et se reposent sur nous.

V. — Ça vient en partie de nos divorces. Nous avons voulu faire la preuve de notre totale autonomie. Montrer que nous n'avions besoin de personne. Nous avions l'orgueil de mener nos vies, d'assumer nos enfants, avec ou sans maris. Femmes d'intérieur et femmes d'extérieur, nous étions fières de jouer sur les deux tableaux. Et de gagner. Eux, ils ont flashé sur notre panache. Nous n'en étions que plus désirables.

B. — Admirables, certes. Et si confortables ! Ça leur a permis de se décharger entièrement sur nous. Initiatives, démarches, corvées, règlements. Madame et le management. Moi, toujours pressée,

lui, nonchalant. Moi, surmenée, lui, pachyder-
mique.

V. — Normal qu'il se soit incrusté. C'est toi qui l'as
permis. Trop contente de montrer ce que tu savais
faire. Et soucieuse, en même temps, de te dédoua-
ner de tes succès. De payer l'impôt sur ta plus-
value. De te savoir quitte, en quelque sorte, du trop
que tu étais.

B. — Peut-être. Mais là, le seuil de tolérance est
dépassé. Je suis lasse, Véro, épuisée. C'est lourd à
soutenir. Je n'en peux plus. Beaucoup trop pour
moi toute seule. Je cale, je coule. Sous le poids des
responsabilités, je m'écroule.

V. — Ecoute, Ginette. Tu ne cultives que des
blettes, et, au moment de la récolte, tu te plains.
Des hommes, qui te respectent et qui te protègent,
qui ne te chambrent pas et qui t'entraînent, ça
existe. Tu n'as qu'à viser la pointure au-dessus.

B. — Je rêve de quelqu'un de fort et de généreux,
de solide et de séduisant, de romantique et de
pragmatique. Quelqu'un qui sache aussi bien enfiler
des gants en caoutchouc et m'emmener dans un
palace à Baden-Baden.

V. — Quelqu'un qui te gère sans te gêner, quoi.

B. — Parfaitement. J'ai envie d'être gérée maintenant. J'en ai marre de tout régir. Hier, j'ai frappé
du poing sur la table. « Pendant six ans j'ai tout
porté. Moi, mon fils, ma maison, toi en partie. Ton
tour maintenant. A toi de prendre la relève. J'ai

162

besoin de me relaxer. » Tu sais de quoi je me suis fait traiter par mon viscéral anticommuniste, par mon antiféministe primaire ? De bourge. « Quels sont ces vétustes principes ? s'est-il indigné. Qui a décrété que c'était à l'homme de prendre en charge la maisonnée ? Ce que tu peux être bourge ! » Tu te rends compte !

V. — Ça lui va bien. Lui, le plus réac de tous. Il ne suffit pas de se raser la boule à zéro et de se déguiser en scaphandrier pour être dans le coup.

B. — Là, je me suis énervée. « Ça ne te gêne pas de vivre éternellement au sein, des charentaises aux pieds ? A trente-sept ans, ce n'est plus, ou ce n'est pas encore de ton âge ! »

V. — C'est vrai, ce n'est pas très valorisant pour lui. Ni pour toi.

B. — « Il est temps que tu te prennes en main, j'ai poursuivi. Moi, je passe la mienne. Nourrisson, tu ne l'es plus depuis longtemps. Et tu n'es pas encore un retraité, que je sache. Moi, pour aimer, j'ai besoin d'admirer. Or, tu m'excuseras, je n'admire ni les assistés, ni les despotes. »

40

Véronique — *Comment vous le dire? Avec douceur? Avec fureur? Ne raccrochez pas. N'ayez pas peur. Vous pouvez tout confier à mon répondeur. Véro, elle, vous rappellera tout à l'heure.*
Peggy — *Mes langueurs à ton radoteur? Ça me ferait mal au cœur!*
Barbara — *J'ai l'horreur de ton répondeur!*
Lorenza — *Et ta sœur!*

41

Véronique — Rien qu'à ta voix doucereuse, je vois que tu n'es pas seule.

Peggy — Tu as l'oreille extra-fine...

V. — Même pas. Ça crève les tympans. Ta voix mentholée en perd son effervescence quand le mec est là. Coincée comme celle d'une gamine qui a peur de ses parents. Ce n'est quand même pas la terreur! Complètement raplaplate, Ginette. Tous les aigus de ton timbre flûté tombent d'un coup. Totalement dépersonnalisée dès qu'il est derrière toi. Même ton allô n'est pas pareil.

P. — Tu trouves...

V. — Flagrant. C'est la caisse de résonance de tes humeurs, le téléphone. Tu peux apprêter ta voix, la guinder, la contraindre tant que tu veux, elle ne trompe personne. A l'entendre, je vois exactement où tu en es.

P. — A savoir?

V. — Qu'en ce moment tu baisses, tu plies, tu t'écrases, tu t'aplatis.

P. — Possible...

V. — Ecoute. Si tu veux faire une fixette sur le nombril d'Olivier, libre à toi. Mais moi, je te dis casse-cou. Tu ne vas pas le voir scintiller longtemps, son flipper doré. Toi, en attendant, tu vas perdre ton éclat.

P. — Tu crois?

V. — Je ne comprends pas, toute brillante que tu es, ton désir de t'effacer. Tu peux jouer les étoiles, et tu t'obscurcis à dessein. Tu as tout en main pour dominer la situation. Le rapport de forces est en ta faveur, à tout point de vue. Tu as le pouvoir, sur tous les plans. Et tu t'ingénies à renverser ton avantage. Je t'ai connue éclatée, éclatante. Et je te retrouve repliée, ternie. La soumission, c'est mauvais pour le teint. Tu te dégrades. Tu le vois comme moi. Tu n'es pas aimable, tu sais, quand tu ne t'aimes pas. Et si tu te méprises, il finira par te honnir.

P. — Oui, oui...

V. — Bon. Je vois que tu ne peux répondre que par oui, par non, ou par peut-être. Je vais te laisser.

P. — Non, non, attends... Parle-moi un peu de toi...

V. — Oh moi, je ne vis que des histoires qui me font rire. Des interludes désopilants que je préfère à tout autre genre dramatique. Je t'ai parlé de Carmelo, je crois... Architecte, mexicain et marié de son état.

P. — Oui, je crois.

V. — Bien. Ces mois derniers, pendant qu'il s'installait à Paris, où il venait d'être nommé professeur aux Beaux-Arts, et que femme et enfants patientaient à Mexico, c'était l'homme le plus entreprenant des Amériques latines immigrées. A nous deux, Véro! J'étais Paris, et il était déterminé à me conquérir. Il voulait à tout prix apprivoiser la bohème, non plus parnassienne, mais bastillaise, que je représentais à ses yeux. Sa stratégie pour la prise de la Bastille : didactique. Excathédral, emphatique, déclamatoire, il m'enseignait l'art et la manière de me laisser aimer par un authentique latin-macho-lover. J'étais en plein exotisme. Les cours de cet antédiluvien catapulté dans un monde postféministe me mettaient en joie. Et l'élève insolente, dissipée, indisciplinée que j'étais, excitait ses talents professoraux. Ne doutant de rien, opiniâtre, obstiné, il comptait bien faire de moi, Parisienne pinceaux en l'air, une Mexicaine cils baissés devant son grand homme. Chahutant intérieurement, je le laissais poursuivre son œuvre éducative. « Ay! Ay! Ay! » bramait-il, au paroxysme du contentement, chaque fois que l'élève se pliait à ses désirs.

P. — Ay! Ay! Ay! le fou rire!

V. — L'autre jour, en appelant chez lui, je tombe sur le même accent que le sien, mais au féminin chantant. Interdite, mon premier réflexe est de poser l'index sur l'interrupteur de communication.

167

Dix minutes plus tard, le téléphone retentit. Même chanson que tout à l'heure, mais au masculin cette fois. « Je t'entends mal... Je t'appelle d'une cabine... Es-tu libre de deux à quatre ? » Un Carmelo emplâtré, gêné aux entournures, rétréci au mariage...

P. — Sa femme venait de débarquer !

V. — Depuis ce jour, interrompue sa mission éducative. Ses leçons particulières étaient écourtées. Le professeur passait en coup de vent. Tout juste s'il enlevait son trench. J'en ai vite eu assez. Assez du Véro de cinq à sept. Assez des courants d'air, de l'amour habillé, des « Ay ! Ay ! Ay ! » précipités. Hier, je ne sais quelle mouche m'a piquée, j'ai pris le téléphone, j'ai tourné les six premiers chiffres de son numéro, j'ai posé sur la platine *El disco d'oro* ravageusement criard de la Tigressa, la star de la salsa mexicaine, j'ai posé le diamant sur « Yo trabada un casado »...

P. — Qui veut dire ?

V. — « J'ai trouvé un homme marié »...

P. — Somptueux cadeau !

V. — Et j'ai enfin formé le septième chiffre. Il a décroché juste au moment où la Tigresse vociférait : « Ay ! Ay ! Ay ! » « Allô, allô, allô... », lui répondait-il en écho. Il a fallu que je me tamponne la bouche avec la manche de mon tricot pour ne pas exploser. J'ai laissé la carnassière s'exalter dans son oreille jusqu'à ce qu'elle conclue sur un « Olé », et

168

j'ai raccroché. Hasta la vista, et bien le bonjour à Madame. Eh, tu es toujours là, toi?

P. — Une seconde, Véro, je reviens tout de suite... Allô, excuse-moi. Olivier vient de partir.

V. — Et déjà ta voix change. Elle se parfume à la citronnelle.

P. — Tu ne sais pas ce qu'il vient de me dire? « Je vais avoir deux jours très chargés. Je t'appellerai. J'essayerai du moins. Je ne te promets rien. » Il ne me promet rien!

V. — Cette enflure!

P. — J'ai failli éclater de rire.

V. — Il fallait.

P. — J'aurais au moins pu lui répondre : « Ne t'en fais pas pour moi. »

V. — Ou mieux : « Moi non plus, je ne te promets rien! » Il faut que tu apprennes à dire non, toi aussi. Donne-toi la liberté de choisir ce que tu vis. Tu n'arrêtes pas de subir, malheureuse et consentante.

P. — Il faut à tout prix que je me reprenne. Je ne suis pas satisfaite de lui, en ce moment. Ni de moi, je dois reconnaître. Plus je montre mon attachement, plus il prend du champ...

V. — Il porte bien son nom, Duchamp!

P. — Plus je perds confiance, plus j'aggrave ma soumission. Je ne m'en sors pas. J'ai l'impression de

169

retomber en enfance. Je me mets dans des états que j'avais oubliés. Sentiment de fragilité, besoin de sécurité, désir de dépendance, peur de l'abandon.

V. — La passion, Ginette...

P. — Ce matin, je le réveille avec une question fort intime et fort précise à propos de nos bacchanales de la veille. « Tu aimes ça ? » je m'enquiers, inquiète. Pas de réponse. J'insiste. « Ce n'est pas très important », laisse-t-il tomber d'une voix lasse. Je me retourne vers le mur et je pleure.

V. — Tu aurais mieux fait de le virer, en lui signifiant : « C'est très important, au contraire ! Car le cul, moi j'aime ça ! Hors de mon lit, si ce qu'on y fait n'a pas d'intérêt ! »

P. — Au lieu de ça, j'ai continué à renifler et au petit déjeuner, j'ai imploré, misérable, « la paix ». Et lui, supérieur, « Pourquoi ? On n'est pas en guerre. » Moi, de plus en plus écrasée : « Oui, puisque tu m'as blessée. » Je me sentais cloaqueuse. J'avais honte, comme chaque fois que, mendiante d'amour, je le sollicite.

V. — Je vois là trois demandes. D'abord : « Tu aimes ça ? » : tu réclames son approbation. Ensuite, tu pleures : tu quémandes assistance. Enfin tu proposes la paix : tu implores son pardon. Par tes sollicitations successives, tu lui signifies ton aliénation. Normal qu'il te piétine. Tu n'arrêtes pas de te coucher devant lui. Debout, Ginette. Tu es belle, sois digne ! Il veut te faire mordre la poussière. Si tu continues, tu finiras par lui servir la soupe...

42

Véronique — Canon, ta collection. Une des plus audacieuses que tu aies jamais dessinées. Des plus achevées, en même temps. Clin d'œil et coup de patte. Humour et maîtrise. C'est simple : j'ai envie de tout. Je te préviens, l'été prochain je ne porterai que du Barbara Rosenfeld. Je ne suis pas la seule à avoir flashé dessus. Tu t'en es rendu compte. La salle a déliré quand, à la fin, tu es sortie sur le podium, propulsée par tes mannequins. Tu étais émouvante. Simplissime, avec ta petite brosse bleue sur la tête, assortie à ton jean 501. Juste quelques drapés noirs en corsage qui rappelaient le thème de ta collection. Très applaudie, Ginette ! Bravo !

Barbara — Le seul qui ne soit pas venu me voir dans la cabine après le défilé : Laszlo. Le soir, gueule plus ravinée qu'à l'accoutumée, il m'a reproché de ne pas avoir daigné lui jeter un regard, du haut du podium.

V. — Comme si tu pouvais seulement l'apercevoir, sous les projecteurs !

172

B. — De ne pas être descendue le chercher dans la salle.

V. — Comme si tu pouvais te dégager de la foule des journalistes qui t'encerclait...

B. — Il m'a accusée d'avoir la grosse tête. De me prendre pour une star. Il m'a jeté à la figure ma réussite, mon fric.

V. — Comme si c'était une tare !

B. — Tout ce que j'ai de positif, il m'en fait grief.

V. — Evidemment, ton succès est une insulte pour lui.

B. — Il ne m'est pas tombé du ciel. Je l'ai arraché.

V. — Il t'en veut d'être ce que tu es. Quand il t'a rencontrée, tu étais une styliste en devenir. Six ans après tu es une modéliste confirmée. Dans la mode, tu t'es fait un nom, une place, un style, un marché. On t'admire, on t'envie, on te recherche, on te critique. On te conteste, donc on te constate. Tu existes. Sa signature à lui apparaît où, en architecture ? Elle ne figure nulle part. Elle est déséquilibrée, votre relation. Et elle le sera de plus en plus. Il y aura toujours un écart crucial entre vous. Ce n'est pas important pour quelqu'un qui a une personnalité, de l'étoffe, du poids, une réalité propre, quelle qu'elle soit. Lui, ça le remet totalement en question. Ça lui est insupportable. Il sera sans cesse en rivalité avec toi. Il installera toujours un rapport de force entre vous.

B. — Epuisant de vivre avec quelqu'un qui m'en veut d'être ce que je suis.

V. — Qui t'en veut surtout d'être ce qu'il n'est pas.

B. — Il n'était pas comme ça, au début. Je me rappelle. Il était fou de joie de mes premiers succès. Il s'en imprégnait entièrement. Mes exploits étaient les siens. Mes victoires, aussi.

V. — Il se valorisait, pardi. Il redorait son blason avec toi. Son image sociale s'en trouvait rehaussée.

B. — Je préfère encore le mec qui se valorise à travers une fille de valeur, au type qui cache bobonne et sort sa secrétaire.

V. — Ça le rassurait, aussi, sur ses propres qualités. Vivre avec un être d'élite signifiait qu'il était lui-même d'exception. Ça le confortait surtout dans son égoïsme de te voir forte et autonome. En somme, c'est lui qu'il aimait à travers toi. Sans pour autant pouvoir le supporter. Aujourd'hui, ce n'est pas ton succès, c'est son échec qu'il te reproche.

B. — Le coup du jeune émigré de l'Est poursuivi par la malédiction des deux mondes, ça va un moment. Il a eu tout le temps de faire ses preuves. Ici, il avait toutes ses chances. Du talent, de la superbe. Et puis son acclimatation à l'Ouest s'est faite dans un jardin — le mien — où il y avait plus de pétales que d'épines. Or, on n'a rien vu fleurir. Bizarre.

V. — Tu n'as qu'à l'envoyer sur les roses. Telle-

174

ment plus confortable de siester chez la Rosenfeld que de partir à la conquête de l'Ouest.

B. — Quand on passe ses journées à lire cinq quotidiens, à noircir tous les mots croisés, à jouer la Hongrie aux échecs, à remplir sa vie en vidant des bouteilles, on ne va pas loin. C'est son problème. Mais moi, je ne veux pas, je ne peux pas supporter les conséquences psychologiques et matérielles de ses ratages. Trop pesant.

V. — Il t'en veut d'en être spectatrice. Sa seule issue : te démolir à ton tour, t'entraîner dans le néant.

B. — Tu sais ce qu'il m'a sorti, quand à bout de nerfs, je l'ai provoqué : « Tu n'as qu'à en faire autant, mon vieux ! Remue-toi ! Fonce ! » Il m'a dit que jamais il n'avait pu donner professionnellement son maximum, vu qu'il avait concentré toutes ses énergies sur la réussite de sa vie personnelle avec moi !

V. — Quitte-le, Ginette. Comme ça, il deviendra un grand architecte !

43

Lorenza — Six raccrochades de suite sur mon répondeur. C'est toi qui m'as appelée ?
Véronique — Je ne coupe jamais, tu le sais, sans t'avoir laissé un petit souvenir sur ta bande.
L. — Six appels vides, c'est inhabituel. Il se passe quelque chose. C'est devenu un véritable instrument de torture, mon répondeur. Chaque fois que je rentre chez moi, je me rue sur ma boîte à messages lire sur le voyant le nombre d'appels. Zéro pour moi la plupart du temps. Le vide, l'absence, matérialisés par ce chiffre rond et rouge dans l'encadré noir. Lorsqu'un numéro s'y inscrit, c'est pire. Le souffle scié, j'interroge le médium sur lequel l'esprit est enfin descendu. Karl, es-tu là ? Le muscle cardiaque en tumulte, j'appuie sur la touche « défilement ». Ce n'est jamais sa voix qui répond. Qu'elles défilent, les autres ! Circulez, circulez, vous qui ne savez m'intéresser ! Et quand c'est l'exaspérant bip, bip qui ponctue le silence des voix anonymes, voix muettes qui n'ont pas su trouver les mots, ni le ton, voix lâcheuses qui n'ont pas voulu

jouer le jeu électronique, voix sournoises qui n'ont pas tenu à montrer leur couleur, voix boudeuses qui m'ont quittée pour ne pas m'avoir jointe, c'est l'angoisse totale. Bip, bip. Autant de questions sans réponse.

V. — Un lecteur qui t'entendrait croirait rêver. Lorenza la magnifique, la lointaine, l'inaccessible, l'imprenable comme la vue du piazzale Michelangelo, Del Lasca, la Florentine la plus admirée de Paris après celle de Leonardo, scrutant, en état de détresse absolue, son combiné ivoire et son complément indispensable pour bellissime poursuivie par des foules d'admirateurs : son répondeur-enregistreur. Inimaginable !

L. — C'est peut-être ça qui a décontenancé Karl. Il rêvait d'une Joconde blindée dans son cadre hermétique. Quand il a vu que le tableau était vivant, et qu'il pouvait même l'emporter chez lui, sous le bras, que l'image exigeait mieux qu'un regard appréciateur et un coup de chiffon sur la vitre, qu'elle changeait d'expression et d'humeur, suivant la lumière que lui renvoyaient les yeux de l'amateur, qu'elle disait la lucidité ou la naïveté, l'expérience ou la candeur, l'innocence ou le cynisme, selon l'angle de vue, qu'elle embellissait ou enlaidissait en fonction de l'amour qu'on lui portait et que cet amour se devait d'être démesuré, comme son besoin jamais comblé, il s'est dit : elle n'est pas pour moi.

177

V. — Au fond, tu aurais dû continuer de jouer les modèles de l'école florentine. C'est ainsi qu'il t'a rêvée. D'être confronté à une originale, une authentique, une réelle femme, ça l'a surpris. Il ne s'attendait pas à trouver une sublime emmerdeuse, une fragile rouleuse.

L. — Rouleuse de billes et tigresse en papier-chiffon, oui ! Que veux-tu, quand tu es bien avec un homme, tu as envie d'être toi-même. Simple, vraie. Dire ce que tu penses. Faire ce que tu sens. Te dévoiler, te déshabiller, te montrer, transparente, nue. Laisser émerger ce qu'il y a de plus généreux en toi. Te donner, pleine, entière. T'ouvrir large, disponible. Crier ton amour, ton bonheur.

V. — Eh bien, non, Ginette. Si tu oses être toi-même, tu les fais fuir. Ta vérité, ils ne sont pas mûrs pour l'entendre. Ça les affole, ça les effraye. Et puis, je suis sûre que ça ne les intéresse pas vraiment de recevoir un tel don. Ils n'ont pas le cœur assez grand pour l'accueillir. Ce qui leur est offert cesse d'être convoité. Ça ne vaut plus rien, puisque c'est donné. L'amour, ça s'achète, ça se gagne, ça se conquiert, ça se prend, ça se vole. Ça ne se reçoit pas.

L. — Rien de nouveau sous le soleil depuis le vétuste : si tu désires, fais-toi désirer...

V. — Il faut que tu le saches, si tu ne veux pas te

178

casser le nez chaque fois. La vérité passe souvent par le mensonge. Et l'innocence par la perversion. Pour baiser, Ginette, il faut biaiser !

Barbara — *Dites-moi qui vous êtes, et je vous dirai si j'y suis. Trêve de plaisanterie. Je suis absente pour quelques heures.* Mais *mon répondeur-enregistreur, interrogeable à distance, est branché sur vous. Il vous écoute.*

Véronique — *Alors, toi aussi tu t'es mise au bouche-à-oreille électronique, à l'émetteur-récepteur individuel, à la mini-radio libre du quotidien! Bravo et merci! Merci de ne pas avoir eu recours, pour dire ton absence, tout en marquant un brin de présence, au langage des besogneux du répondeur. Voix mécaniques, messages robotisés, paroles standardisées, fonctionnelles, organisées, efficaces, professionnelles. Fourre-tout à usage multiple, devant convenir aussi bien au raseur de service qu'à l'être essentiel à sa vie. Merci d'avoir opté pour la machine ludique. Un événement pareil, ça s'arrose! Et pas seulement de mots. Je vais te passer la voix de la Callas dans un air de Catalani. Ne bouge pas... Voilà. Tu vas en avoir pour ta bande magnétique!*

45

Véronique — *Vous ne m'en voudrez pas si aujourd'hui, je vous branche sur mon oreille mécanique ? En mon absence, c'est elle qui vous tiendra la jambe quelques instants. A bientôt de vive voix.*

Barbara — *Tu ne m'en voudras pas si je te pique ton message ? Je te passe la voix de Ruggero Raimondi, pour me faire pardonner.*

Barbara — *Bonjour. Vous êtes branchés sur une oreille. Une oreille qui traîne à la maison, pendant que moi je suis en vadrouille. Vous pouvez tout lui confier. Elle me le répétera. Textuo. Vous avez la parole.*

Véronique — *Franchement, tu exagères, espèce de plagiaire. Il commence à me courir notre dialogue électronique. Les répondeurs parlent aux répondeurs. On ne va pas s'en sortir. Je le débranche jusqu'à huit heures du soir. La voie est libre. Tu as intérêt à me rappeler.*

Lorenza — *C'est toi, Gaston! Non? Raoul, alors!*
Ce n'est pas ça? Mais c'est Félix! Non? Attends,
Alphonse! Bon, ça suffit. N'appelez plus. *La liste*
d'attente est close. Mon répondeur affiche complet.
Véronique — *N'en fais pas trop, Ginette. Je sais*
parfaitement que tu es seule... Et que tu es là...
Non?... Tu ne réponds pas?...
L. — Si. Tu as tout deviné. Il n'y a que pour toi que
je décroche. J'ai le blues, Véro. Je suis seule à
hurler. Seule avec ce sourd-muet qu'est devenu
mon téléphone. Je passe des heures à scruter
l'appareil impassible. De temps en temps, je soulève le combiné pour m'assurer que la tonalité est
toujours là. La voie est libre, Karl. La ligne est
ouverte. Qu'attends-tu pour m'appeler? Silence
obstiné. Coup de pied dans le ventre ivoire. Tu as
perdu la voix ou quoi? Vérification paniquée du
bon fonctionnement de l'installation. Il ne manque-
rait plus qu'elle se détraque, maintenant!
V. — Une seule bête vous manque, et tout est...

L. — Pourquoi, Véro? Pourquoi m'a-t-il larguée?
Je ne suis pas plus mal qu'une autre, non?
V. — Tu rigoles! Tu serais plutôt mieux que toute
autre. Arrête! Tu es divine. Tu mérites l'évêque de
Tours en or massif. Veux-tu savoir ce que m'a dit,
sur un ton professoral, Carmelo, quand tu es passée
à l'atelier? « Si elle avait vécu à la Renaissance,
c'est quelqu'un qu'on aurait peint. Une lumière
dans le visage, une pureté des linéaments, une
clarté de la peau, une aura qu'on aurait aimé fixer
sur toile! » Bref, il t'a trouvée fort troublante, belle
Toscane. Et Vladimir, mon ami sculpteur? Même
vision extasiée. Sauf que le cadrage différait.
« Belle gueule, Lorenza. Beau cul, surtout. » J'ai
essayé de lui rabattre l'enthousiasme : « Belle, oui,
mais malheureuse. » Rien à faire. « Malheureuse,
Lorenza? Mais elle a tout pour elle! » « Peut-être
ne le sait-elle pas », ai-je ajouté.
L. — Un cul en vaut un autre.
V. — Tu permets. Je t'ai vue une fois en string. Je
sais de quoi je parle. Tiens, j'oubliais. Patrice,
l'énarque. « Prodigieuse », il t'a trouvée. Dans sa
bouche distinguée, c'était le summum. « Quel est
l'heureux élu? » s'est-il enquis, mine de rien. Je
commence à en avoir ras les oreilles. Ça devient un
leitmotiv. La prochaine fois que j'entends :
Lorenza est terrible, je descends le mec.
L. — Il n'y a que toi qui arrives encore à me faire
sourire.

184

V. — Remarque. Je ne dois pas être trop mal non plus dans le genre. Hier soir à la Chapelle des Lombards, où j'ai amené Peggy, j'ai éclusé sept cavaliers superbes.

L. — Tu es la seule fille que je connaisse, dont l'extrême liberté du corps l'autorise à se confronter à des danseurs noirs. Tu tiens le choc, toi, pâle princesse lascive, face aux rois de la jungle. Les autres font de la peine à côté. Ta façon de te mouvoir est afro. Toute celte et aquatique que tu sois, ton corps est nègre, j'en suis sûre.

V. — Je ne me suis pas posée de la nuit. A quatre heures, je béguinais encore, lorsque ma jupe en vinyle noir a craqué de la couture jusqu'à la glissière. Je te le dis, Ginette, on est les meilleures !

L. — Tu es un drôle de numéro, toi !

V. — Exceptionnelles, on est ! C'est ça le mot : exceptionnelles ! Il faut se garer sur les bas-côtés, quand passent les rouleuses ! Attention les yeux, ça décoiffe !

L. — Faire gaffe aux chevilles. Risque d'éléphantiasis. On ne pourra plus passer nos fuseaux !

V. — Pas grave. Ils sont démodés. Par contre, il faudra s'acheter des bottines larges de l'attache.

L. — On est bien, nous ! On s'envoie des gerbes de fleurs...

V. — On se persifle aussi, copieusement.

L. — Comment expliques-tu, ma Véro, que toutes séduisantes, intelligentes, marrantes, battantes, baisantes que nous soyons, nous qui avons tout pour plaire, belles gueules, beaux culs, comme dirait ton copain, belles vies aussi, nous qui avons tout entrepris et tout réussi, nous nous retrouvions en définitive si seules. Des femmes-cadeau, des femmes privilège, des femmes-coup de chance nous sommes, pour ceux qui nous rencontrent. Ce n'est pas tous les jours qu'on en croise des comme nous. Et notre vie affective est un désert, un désastre. Que dis-tu de ça ?

V. — Que tout cela est infernal à vivre pour quelqu'un qui s'emmêle les pattes dans l'hésitation et l'échec. Je l'ai dit à Barbara, je l'ai dit à Peggy qui vivent, à des phases différentes, l'une sur sa fin, l'autre à ses débuts, la même histoire avec des hommes attachants, certes, mais qui ne font pas le poids. Je te l'ai dit aussi et je te le répète tout cru : la réussite d'une fille les fait bander et débander simultanément. Ils sont d'abord subjugués par nos avantages. Ils les contemplent, les yeux grands ouverts d'émerveillement. Puis ils s'avisent et trouvent que, décidément, on en a trop. « Tu as tout, tu es trop ! » On n'entend que ça. « Que pourrait-on encore te souhaiter. Je ne peux pas t'en apporter davantage. Je ne peux rien faire pour toi. Ta vie est faite. Tu n'as pas besoin de moi. Ça ne peut pas marcher. » Tes qualités se muent en défauts, tes atouts en handicaps. Ils t'admirent et t'exècrent. Tu es un monstre. Tu les fascines et les effrayes.

186

L. — On ne va tout de même pas se rapetisser sous prétexte qu'ils ne sont pas de taille. Rétrograder parce qu'ils n'avancent pas assez vite. S'éclipser pour ne pas leur faire de l'ombre. S'effacer pour qu'on les voie. Se nier pour qu'ils existent...

V. — La prochaine génération masculine, faut-il espérer, sera peut-être en mesure de se faire une fête de nos triomphes. Celle-ci ne s'en remet pas. C'est la débandade. Passé le premier envoûtement, si le type s'aperçoit qu'il n'assure pas, ou bien il prend la fuite. Ce qui est un moindre mal, en fin de compte. Tu l'as échappé belle avec Karl, je te signale. Ou bien, il te le fait payer. Et là tu casques un max. Il n'aura de trêve que lorsqu'il t'aura démolie. Gérard n'a pas été loin du but. J'étais en morceaux quand, dans un dernier sursaut de survie, je l'ai quitté.

48

Véronique — *Bonsoir. Vous êtes en communication avec le continent noir. Ne craignez rien, ça ne mord pas. La féminitude, ce n'est pas hostile, il ne faut pas croire. Elle ne vous veut aucun mal. Au contraire. Elle est là, douce et réceptive, pour vous entendre...*
Barbara — *Ou c'est ton répondeur, ou c'est occupé. Pas de chance avec toi! Rappelle-moi. Barbara.*
Peggy — *Pas très engageant, le noir. Je préfère la quadrichromie. A ta place, je changerais de couleur. Et de message.*

49

Véronique — Comme ça, toi aussi tu t'es branchée sur ton époque ! Au TGV où vont les choses, si tu ne suis pas, Ginette, tu es foutue. Tu avais pourtant ton décrocheur-raccrocheur livré à domicile. Ton secrétaire personnel qui centralisait tous les messages, même et surtout quand tu ne lui demandais pas. Tu n'avais pas vraiment besoin d'un répondeur...

Barbara — Tais-toi ! Il me fallait un portier de nuit d'une totale discrétion qui bloque et filtre mes appels. Une arme blanche qui me protège contre la curiosité maladive de mon compagnon. Un double rideau que je puisse tirer sur mes communications urbaines et interurbaines. Un verrou qui empêche les voix indésirables d'entrer chez moi par effraction et les oreilles indiscrètes de les capter au passage.

V. — Symboliquement, c'est intéressant. Ta prise de possession progressive du téléphone coïncide avec ton détachement de Laszlo et la reprise en main de ta vie.

B. — Très juste. Tout a commencé le jour où, en arrachant les fils de notre liaison sauvage de par les toits, j'ai mis fin aux écoutes. Un mois plus tard, j'ai poussé plus loin mon autonomie téléphonique. J'ai demandé une deuxième ligne pour mon fils qui passait des heures à obstruer la mienne. Enfin sept chiffres pour moi toute seule ! Interdiction de toucher à mon appareil à touches. Usage exclusif. Troisième pas, aussitôt franchi, j'ai branché mon numéro sur répondeur. Plus que moi qui décroche désormais. Ou mon dévoué secrétaire électronique. Je reprends l'usage de l'expression téléphonée. Sans censure, sans blocages. Une ligne à moi, enfin !

V. — Il a dû prendre ça bien, Laszlo...

B. — Ne m'en parle pas. Pour mieux me punir de mon effronterie, ce n'est pas à moi, directement, qu'il s'en est pris. Il a tout reporté sur mon fils. De façon totalement gratuite. Il lui est tombé dessus comme jamais, pour une histoire de piaule mal rangée. Drôle de souci d'ordre chez quelqu'un qui est l'incarnation même du désordre, du laisser-aller, de l'abandon. Scénario archiconnu, mais dans lequel je marche à fond chaque fois. Il attaque Nicolas. Et moi, je me retourne vers lui. Ou plutôt contre lui. C'est ce qu'il voulait. Même si l'intérêt qu'il suscite est négatif. Il m'a touchée. Il est satisfait. Tout, y compris la haine, pourvu qu'il attire mon attention. Objectif atteint. La tension tombe. Il convoque Nicolas et, d'une voix blanche, l'interroge : « Tu t'es senti agressé, toutou ? » « Pas spécialement », lui répond-il avec aplomb. « Tu vois ! » triomphe Laszlo, de parfaite mauvaise foi. « J'ai l'habitude, ajoute Nicolas ironique. Chaque fois que tu me parles, c'est pour me faire des réflexions. »

V. — Plus lucide que toi, ton fils.

B. — Moi, j'ai mis cinq ans à y voir clair.

V. — La passion est aveugle, Ginette.

B. — Son incandescence a éclipsé tout le reste.

V. — Je crois plutôt que tu n'as jamais voulu voir ce qui chez lui te répugnait. Tu as encagoulé ta lucidité. Tu refusais d'admettre que tu t'es trompée sur son compte. Rejeter Laszlo, c'était te renier toi-même. J'ai vu tout de suite ce qui n'allait pas, moi. C'est d'ailleurs ce qui m'a fait te fuir, vous fuir, du temps de Gérard. Je retrouvais chez toi, chez vous, la caricature de mon quotidien. Tous mes travers je les voyais en double.

B. — Tu aurais pu me le dire.

V. — Et si ça te plaisait de te balader une tranche de salami sur chaque orbite ? De quoi me serais-je mêlée ? Et puis, ça avait l'air de circuler, quelque part, entre vous. J'ai attendu que tu fasses ton petit boulot toute seule. Que le raisin mûrisse. Maintenant que tu as mangé tous les bons grains et que tu ne vois plus que les mauvais, maintenant que tu n'as plus les yeux de l'amour et que tu l'aperçois comme je le distinguais dès le début, maintenant que moi je m'étais habituée à lui et que je commençais à l'entrevoir à travers tes propres prunelles, tu veux le quitter. Tu es fatigante !

B. — Lorsque j'ai réalisé qu'il n'était pas celui que je croyais, j'ai cru que je le changerais. J'ai imploré, exigé, reproché, patienté, boudé, tempêté. J'ai tout essayé. J'ai échoué. Folie de croire que tu peux changer un homme. Le modeler à ton image. Tu peux l'altérer en surface, pour un laps déterminé et au prix d'énergies herculéennes. Tu le retrouves tel quel au bout. Demander à quelqu'un de faire un effort c'est lui réclamer l'impossible. Autant le sommer de cesser d'être lui-même. En fait, ce n'est pas lui que j'ai transformé. C'est moi. Lasse, j'ai fini par accepter l'inacceptable.

V. — Ecoute-moi, Barbara. Tu ne rencontreras jamais l'homme à tes yeux parfait. Je veux dire quelqu'un qui réponde à la totalité de tes désirs. Alors...

B. — Je sais. Ça ne sert à rien de réprouver, de critiquer. Savoir, il faut. Et agir en conséquence. Ne jamais fermer les yeux. Et apprendre à fermer sa gueule, pour ne l'ouvrir qu'à bon escient. Voir et se taire. Jusqu'à ce que...

V. — Tu analyses parfaitement ce qui vous sépare et aussi ce qui vous unit, toi et Laszlo. Ce qui chez lui te charme et ce qui te répugne. Mais tu ne peux pas trier. Ce n'est pas un sac de lentilles. Ou tu l'acceptes globalement comme il est, le bon et le mauvais, le frais et le pourri. Ou tu le refuses en bloc. Tu ne peux pas disséquer, désosser, décortiquer. J'en prends, j'en laisse. Il faut avaler ton poisson avec les arêtes. De deux choses l'une. Ou bien elles passent et se dissolvent dans la chair blanche. Ou bien elles se plantent dans tes muqueuses et tu craches tout. Sans hésiter. Sinon tu t'étrangles.

50

Peggy — Véronique ?

Véronique — Qui la demande ?

P. — Tu ne me reconnais plus ?

V. — Oh, pardonne-moi, Peggy. Je viens de me coincer une boucle d'oreille dans le pavillon avec le combiné. Mais tu n'as pas ton timbre habituel. Tu as les cordes nouées, on dirait. Et ton larynx, aussi bouché que mon conduit auditif, tout à l'heure. Je me trompe ou tu pleures ?

P. — J'ai piqué une crise historique, hier...

V. — Historique ou hystérique ?

P. — J'étais pas mal secouée par le comportement récent d'Olivier. Je n'ai pas relevé sur le moment son « Je ne te promets rien », et je ne suis pas revenue dessus lorsque, quarante-huit heures après, il a reparu. Je suis capable d'avaler sans moufter. Tu ne mesures d'ailleurs pas le pouvoir du mutisme. Plus tu te tais, plus l'autre questionne, s'affole, se panique. Tu ne lui laisses aucune prise, il ne peut pas s'agripper à tes mots, perd pied, se noie dans l'incertitude. Rester silencieuse est une force. Sans

194

compter que ça te donne l'air digne, noble. L'allure, la classe. L'autre peut tout imaginer. Mystère. Je sais me taire, moi. Mais un temps seulement. Je ne tiens jamais longtemps bouche cousue. Au bout d'un moment, j'étouffe. Il faut que ça sorte. Mais l'heure de la crise est imprévisible. Rien, absolument rien n'annonce l'irruption des premiers mots projectiles. Aucun signe avant-coureur ne permet de détecter leur venue. La scène se déclenche à l'improviste. Un frottement, la seconde qui précède, une étincelle, une secousse et c'est parti. Comme si on venait de me craquer une allumette sous le pied. J'explose. Je dégurgite mon trop-plein dans le désordre, l'émotion, la colère, le chagrin. Impressionnant, mais pas grandiose. Ça sort bavard, indigent. Je m'en rends compte et j'en rajoute. Les sanglots redoublent. Les invectives pleuvent. Où veux-je en venir ? Les mots surgissent incontrôlables, foncent tête baissée, sifflent comme des balles. Mots qui blessent, qui déchirent, qui déchiquètent. Mots qui tuent. Je me sens glisser, déraper. Je prends de la vitesse, m'auto-alimente en énergie démente. Où vont-ils me précipiter ces épithètes, ces gestes d'enfer ? Hier soir, la séquence se jouait entre la table non encore desservie qu'Olivier venait de quitter, excédé, et la baignoire où il tentait de s'abstraire à mon délire volcanique. Un mot aurait suffi pour que tout s'arrête. Un mot verveine-menthe, un mot lait-au-miel, un mot sirop-contre-les-quintes. Je l'aurais avalé en silence, comme une petite fille, j'aurais soufflé un bon coup dans le grand mouchoir de papa, et je me serais endormie, apaisée. Au lieu de ça, Olivier se met à siffloter dans son bain. Cuisant, l'affront. Je vois rouge. Ou plutôt orange. Je saisis ma somptueuse salade californienne au maïs et huit autres ingrédients — je te filerai la recette — et je la renverse dans la baignoire.

V. — Ah, ça! Je n'y aurais pas pensé! Toi au moins, tu te renouvelles dans le genre. Je me rappelle quand tu avais mis le feu au lit... Et quand tu avais découpé son pantalon de smoking en confetti... Avec le saladier dans la baignoire, ça devait baigner dans l'huile!

P. — Olivier bondit hors de l'eau et m'empoigne. Je m'écroule, à bout de forces. Je halète, perds mon souffle, m'étrangle réellement. Olivier s'inquiète : « Veux-tu que j'appelle SOS médecins? » L'hystérique gisante se transforme alors en retardée vagissante : « Mummy! I want Mummy! »

V. — Voilà qu'elle appelle sa maman! Ça tè mène où, des scènes pareilles? Tu peux me dire?

P. — C'est drôle. Je vis chaque fois une sorte de dédoublement. Il y a deux filles en moi. Une Peggy suicidaire qui fonce, tous freins lâchés, contre un mur. Et une deuxième qui la regarde faire, narquoise et navrée et qui tente de la retenir. Ce n'est pas vrai! Tu comptes aller loin, comme ça? Arrête,

196

my god ! Olivier va se tailler pour de bon, tout à l'heure. Et toi, tu vas te retrouver avec une tête comme un scaphandrier. Insortable pendant quarante-huit heures, même avec un kilo de poudre dessus. Quarante-huit heures foutues. Rien à faire. Peggy number one poursuit sa course démentielle. Va-t-elle s'arrêter ? Tant qu'Olivier continue d'appuyer du poids de ses mots sur l'accélérateur, d'alimenter de ses réponses la carburation de cet engin infernal, impossible de la stopper. Pour que le processus s'arrête net, il faudrait qu'il change radicalement de ton. Qu'il prodigue soudain tendresse et douceur à cette forcenée qui lui tombe dessus. Impensable.

V. — Autrement dit, par besoin démesuré d'amour, tu déclenches un déchaînement de haine. Tu fonces dans la direction diamétralement opposée à celle de ton cœur, pour voir s'il va venir te rattraper. Tu fuis en dévastant tout sur ton passage, jusqu'à ce qu'il réponde à tes signaux de détresse. Tu ne lui épargnes aucun excès, pour qu'enfin il te cajole.

P. — Il faut savoir arrêter une scène, j'en ai conscience. Mais une fois déclenchée, il n'y a que lui qui puisse le faire. J'ai beau être à la fois spectatrice et actrice, je suis incapable de baisser le rideau en plein drame. Il me faut un happy-end, et ça ne peut venir que de lui. Quand je me suis mise à implorer « Mummy, mummy » il m'a secouée comme un prunier. Il hausse le ton à nouveau, je lève ma main sur lui, lui sur moi et redescend la sienne plus rapidement que la mienne. Le feu à la joue et la tête soudain refroidie, je le regarde, médusée. Il me serre dans ses bras, me lèche la joue meurtrie. « C'est trop inepte, baby Peggy. Que nous arrive-t-il ? Arrêtons. » Mes larmes ont le goût de sa salive. Il bande comme un pendu.

V. — Toujours ton foutu besoin de preuves. Tu fais tes caprices pour attirer sa tendresse. Tu prêches la haine pour savoir l'amour. Et comme sa réaction est à l'opposé de celle escomptée, tu en remets. Tu repousses les limites de plus en plus loin. Un jour, ça risque de mal tourner.

P. — Tu as raison. On a tous un grain qui sommeille. Si tu l'arroses et si tu le fertilises, il a des chances de germer. L'été dernier, un samedi, je gare ma voiture sur la place de la Bastille, devant un kiosque, pour m'acheter *Libé*. Et qui vois-je, arpentant les terrasses des pizzerias et haranguant les foules attablées et hilares, d'une voix qui n'avait plus rien d'humain, un râle abominable de bête blessée ? Une femme encore jeune, assez belle, droite, élancée, racée, claire de l'œil et mouvementée du cheveu, fière du port de tête et décidée du pas. Je m'approche et je reconnais sais-tu qui ? La caissière de La Parisienne qui se trouve entre mon appart et ton atelier.

V. — Oui, je vois qui c'est. Une Italienne...

198

P. — De Vérone, je crois. On échange chaque fois quelques mots. Elle est attentive, souriante. Normalissime d'apparence. Eh bien, de la voir dérailler ce samedi-là sur la place, les yeux vitreux, la voix rauque, ça m'a foutu un choc. J'ai su par des voisins qu'elle a toute sa raison les jours ouvrables et qu'elle débloque un week-end sur deux.

V. — Que disait-elle ?

P. — Elle y allait d'un délire anti-arabe. « Il n'y en a que pour eux... On se met à genoux devant... Les voilà déjà à la Madeleine... Bientôt ils descendront les Champs-Elysées...» Ça a duré une bonne demi-heure. Puis, brusquement, elle s'est éloignée d'un pas pressé. Tu la connais, je me dis. Tu devrais l'approcher, lui parler. Je la rejoins au coin d'une rue. « Bonjour... » « Bonjour », répond-elle de son sourire habituel. « Ça va ? Vous êtes un peu fatiguée, peut-être ? Vous avez besoin de quelque chose ? » A nouveau son regard fixe et sa voix altérée. « Je ne suis pas fatiguée ! Je n'ai besoin de rien ! » Et la voilà repartie dans son délire : » Vous êtes avec eux, vous aussi ! Dites-le ! » Et elle tourne les talons, hostile.

V. — Tu l'as revue, depuis ?

P. — Oui. Lundi je suis retournée à La Parisienne m'acheter une tablette prétexte de chocolat amer. Elle était derrière sa caisse. Calme, gentille. Comme si rien ne s'était passé. Pas l'ombre d'un trouble n'a voilé ses yeux quand je lui ai tendu mon billet.

V. — Insensé.

P. — Attention, Peggy, me suis-je dit, après ma scène de cette nuit. Il suffit d'un rien pour que ça bascule. Il ne faut pas pousser trop loin sur les terrains glissants. Ça risque de t'entraîner sur des pentes vertigineuses. De te précipiter là d'où tu ne peux plus revenir. Chaque crise me met au plus mal. Avec moi. Avec Olivier. Je ne sais plus comment rattraper après. J'ai honte. Je voudrais disparaître, me faire oublier. Effacer les traces de mes déflagrations sur moi, sur lui.

V. — Il n'a rien à t'envier, lui. S'il te jette tes caprices à la gueule, tu n'as qu'à le renvoyer à sa névrose maniaco-dépressive, aux montagnes russes de ses états d'âme. Toi non plus, tu n'es pas linéaire, tu n'as qu'à lui faire remarquer. Toi aussi, tu es instable, contradictoire. Toi aussi, tu as des moments de chute. Tu ne me plais pas à toutes les altitudes, mais je t'accepte avec tes hauts et tes bas. Il m'arrive comme à tout le monde d'avoir des moments de flip. Je ne les aime pas. Mais ce n'est pas la peine d'en profiter pour m'enfoncer davantage.

P. — C'est vrai ce que tu disais tout à l'heure. Je n'arrête pas de réclamer des preuves incessantes d'attachement. J'ai besoin d'être constamment rassurée. Non pas par rapport à lui. J'ai une confiance

200

totale. Par rapport à moi. Ce n'est pas d'Olivier que j'ai peur. C'est de moi que je ne suis pas sûre. V.— Tu ne crois pas qu'il a besoin de preuves lui aussi ? Tes scènes, en quelque sorte, le sécurisent. P. — Tu as raison. Sa façon de pirater la reconnaissance féminine, quelle qu'elle soit, n'est-ce pas une recherche de preuves, ça ? Sa manière de forcer, la bouche en cœur, un sourire inconnu. De violer, l'œil en paillettes, un regard anonyme. Celui de la marchande d'esquimaux, de la guichetière des plis recommandés, de la serveuse du bistrot, de la voisine de table. « Jolie, cette ceinture élastique ! » « Joli, ce chemisier ajouré ! » « Joli ce bleu délavé ! » « Jolie, cette marguerite à l'oreille ! » Toutes « joliiies » par accessoire interposé, pourvu qu'elles lui rendent la monnaie du compliment. Qu'elles l'aiment à tout prix. Une seconde, c'est tout. Il y va de son identité, de son ontologie, de son être. Sinon, néant. Rage de plaire, frénésie de séduire, désir de se trouver, de se prouver dans la passante. Le plus insipide des boudins se sentant ainsi inespérément enjolivé, s'illumine de tendresse infinie et de reconnaissance éperdue. On l'aime c'est sûr. La fille est prête à tout quitter pour lui sur-le-champ, kiosque et guichet, à renverser la table et à rendre son tablier. Il n'en demande pas tant. C'était juste pour vérifier. Ça marche. Il en a la preuve. Aussitôt oublieux de celle qui vient de la lui fournir, il continue son chemin. Agaçant à la longue...

V. — Pathétique ! Remarque, il faut bien qu'il se rassure dans d'autres regards. Le tien est dévalué. Il ne vaut plus rien. Alternativement au beau fixe ou à l'orage volcanique, il ne cesse de lui prouver ton adoration. Et la preuve, comme disait je ne sais plus qui, fatigue la vérité.

51

Lorenza — *Hiberner. C'est encore ce qu'il y a de mieux à faire par ce temps. Mais si vous tenez à tout prix à briser la glace, libre à vous. Mon répondeur est là pour ça.*

Véronique — *Ça n'a pas l'air de chauffer terrible chez la belle Del Lasca. Un bon aphrodite-grog au gingembre, ça te dirait ?*

52

Véronique — Alors, Ginette, à part toi, qu'est-ce que tu branles ?

Lorenza — Oh, toujours pareil. Une idée fixe, une image cristallisée, un souvenir obsédant, une pensée figée, une question unique. Pourquoi ? Je n'arrive pas à m'en défaire.

V. — Le veux-tu seulement ? Dix-sept jours tout feu tout flamme et dix-sept semaines glaciaires à tenter de maintenir une combustion qui s'éteint et de préserver une chaleur qui s'évade de toutes parts. Eh, Ginette, on ne va pas y passer l'année ! Son phallus en silex tu peux le léguer au musée de l'Homme.

L. — C'est dur, Véro. Cette absence me colle au corps, au cœur. Je n'y peux rien. Ça me taraude, ça me ronge, ça me dévore. Ça me rend cinglée. Ce silence de plomb me tape sur la tête. La première semaine je me suis enfoncé une tonne de boules Quies dans les oreilles pour ne pas l'entendre. Je ne me levais, ni ne me lavais plus. Abattement. Prostration. Sommeil chimique et veilles alcoolisées. Chambre des vacations. Front moite et pieds gelés sous ma couette. Absentéisme mental. Désertion de la vie. Les journées passaient sans que je m'en aperçoive. Matin et soir. Soir et matin. Puis j'ai fini par m'extraire de ma torpeur. Je me suis remise à répondre au téléphone : que des emmerdeurs. A ouvrir mon courrier : que des factures. J'ai recommencé péniblement à écrire.

V. — Sur Karl?

L. — Jamais sur ce qui m'est proche. Impossible. Ce qui me touche de trop près me confond. L'émotion trouble mon encre, embue mon stylo. Les mots fondent dans la fournaise du vécu immédiat. Je ne peux coucher sur feuille que ce qui m'est déjà lointain. Il me faut de la distance, du recul pour parler au plus près de moi-même. Il faut que j'aie tout évacué avant de pouvoir le restituer, organisé, à d'autres. Les jours s'écoulent en même temps que mes flacons vert de Chine. Avec effort. Avec douleur. Mais ils s'écoulent. Mon enclos qu'il a si fortement bousculé ne m'est plus insupportable. Il se réchauffe, s'éclaire à nouveau. Je m'y tiens assise, sinon debout. De longues heures à ma table, qui se repeuple à nouveau de mes fantômes. A six heures, avec la nuit, tombe mon store, et mon désespoir avec. C'est la dégringolade. Je hais le noir. J'exècre le silence. Je passe des nuits à errer, somnambule, dans ce lieu hanté. Ou alors, je me couche à neuf heures, comme une vieille fille, avec

205

un verre de lait tiède, un livre qui me tombe des mains, une télé soporifique. Ça ne m'était jamais arrivé. Je vais finir par prendre le pli.

V. — Tu te vois trop, Ginette. Tu t'écoutes trop. Il faut que tu te largues un peu pour te retrouver. Arrête de te terrer. Sors. Vois des gens.

L. — Seule ? J'aurais l'air de quoi ?

V. — Tu aurais l'air de toi. Tu crois que tu étais mieux avec Karl ? Ou avec Serge ?

L. — C'est nouveau pour moi. Je n'ai jamais vécu seule. J'ai toujours été entourée, fêtée, gâtée par la vie, par les hommes. Tiens ça va faire quatre mois que je ne fais plus l'amour.

V. — Ça commence à faire...

L. — Je suis partie pour une longue traversée en solitaire.

V. — Jamais si bien servie que par...

L. — Tu l'as dit ! Là, au moins tu n'investis rien...

V. — Tu ne perds pas de plumes, même pas de duvet !

L. — Emotion nulle et efficacité maximale !

V. — Pas de gestes inutiles, pas de fausses manœuvres... Tu ne peux pas te louper !

L. — Tu évites de te ramasser, c'est déjà ça !

V. — Tu n'y passes pas une année de ta vie... Un mec baise avec une fille, le lendemain il n'y pense plus. Une fille baise avec un mec, elle en prend pour trois ans. Ça tombe comme une condamnation. Ce sont les sentiments qui nous perdront,

Ginette. C'est là, dans l'alvéole affective, que se loge notre talon...

L. — Moi qui me croyais forte, invulnérable, invincible !

V. — Tarzan passe sur son trapèze en lianes, t'embarque pour un tour, te lâche dans le vide...

L. — Et je me retrouve en morceaux.

V. — Je ne m'en fais pas pour toi. Les gens qui aiment la vie se recollent plus vite que les autres. D'être seule, ça n'a jamais tué personne. Toutes mes copines, ou presque, vivent ainsi. Et s'en portent très bien, merci. Elles ne comptent que sur elles et se passent très bien de protecteurs, de tuteurs, de censeurs. A-t-on toujours besoin d'un homme chez soi ? Question. Ma réponse, tu la connais. Ma solitude m'est légère, plaisante. Une nécessité, voire un luxe. Je suis bien avec moi, tu sais ? Peur et ennui, connais pas. Tout m'est possible, tout m'est permis. J'ai le sentiment d'une fantastique disponibilité.

L. — On ne parle pas de la même chose, Véro. Ta solitude, tu l'as choisie. La mienne m'est imposée. C'est celle de l'abandon, de l'attente. Totalement différente. J'ai horreur qu'on m'oublie. Je ne le supporte pas. Car moi, je n'oublie rien.

V. — Pas si bête, Tarzan. Se sachant limité dans ses acrobaties, il s'est dépêché, son numéro terminé, d'ôter son slip panthère pour se costumer d'absence. C'est fou, ce que ça va bien à ceux qui

207

manquent d'étoffe. L'éloignement leur donne de la prestance, de la présence. La perspective les grandit. Il n'aurait pas voltigé longtemps, Karl, sous tes yeux de madone. Il aurait fini par se planter. Il a su se retirer à temps. Sous les applaudissements. Bien calculé. Tôt ou tard, sa proximité t'aurait éloignée. Sa distance, du coup, te rapproche. Par le manque, par le vide, il a su s'imposer. Il n'a jamais autant existé que dans ton attente.

L. — C'est vrai. Eloignement et désir se confondent. Dès qu'il a tourné le dos, je l'ai voulu.

V. — L'amour, Ginette, n'est qu'absence. Le reste, c'est de l'illusionnisme...

Véronique — *Au risque de vous décevoir cruellement, je dois vous dire que je ne suis pas là. Ne désespérez pas, ce n'est que pour peu de temps. En attendant le rarissime plaisir d'écouter ma voix suave en direct, vous pouvez enregistrer la vôtre, en différé, sur ce répondeur.*

Barbara — *Rarissime, c'est un fait. Plaisir...*

Peggy — *Pas envie de faire des phrases. Saturée du différé. Je ne fais que ça pour la télé. Mettre ma voix en boîte. Alors, au téléphone, du direct, please!*

Véronique — Toujours d'humeur capricieuse, baby Peggy ? Encore temps instable avec risque de turbulences au baromètre de ta maison de poupée ?

Peggy — Je ne me suis pas encore remise de la tempête de l'autre nuit. Je suis mal dans mes vernis. Mal dans mes pilous. Je me trouve grosse, laide, vieille. Petite, n'en parlons pas. J'ai l'impression d'avoir rapetissé de dix centimètres.

V. — Vingt-neuf ans, un mètre soixante, quarante-deux kilos, seins impubères, visage de porcelaine... Tu as raison. Tu es bonne pour la casse.

P. — J'en suis au point que, lorsqu'un homme me regarde, je baisse les paupières. Non pas par modestie. Pour dérober à son regard cette petite chose répulsive que je me sens devenir.

V. — Tu débloques. En ce moment, je n'entends que des compliments sur la petite Américaine qui...

P. — Les hommes sont aveugles.

V. — J'ignore si c'est le travail de sape d'Olivier, mais tu perds ta confiance en toi, ma ravissante. Je te sens anxieuse ces derniers temps.

P. — Ce n'est pas nouveau. J'ai toujours douté de moi. Malgré mes airs désinvoltes, je trimbale une insécurité de fond. Une vieille fêlure qui n'est pas près de se calcifier. Je donne le change, je sais. Les apparences sont sauves. J'ai de l'aplomb, du répondant. Mais il suffit d'une contrariété pour que je replonge au fond de mon iceberg de timidité et de complexes.

V. — Comment se peut-il, Peggy, que tu sois si monstrueusement culottée, si audacieusement baroudeuse dans ton métier, et que dans ta vie personnelle tu perdes à ce point tes moyens?

P. — Je ne supporte pas qu'on me dise non. Ça me remet globalement en question. Olivier se rétracte dans sa coquille et j'interprète immédiatement contre moi son repli.

V. — Même quand il en sort, tu ne cesses de t'inquiéter. Tu te scrutes, tu te surveilles, tu te guettes dans son regard. Tu te poses, à travers son comportement, des milliards de questions sur toi. Tu l'obliges sans arrêt à te rassurer, alors que toi, tu le mets en pièces une fois par semaine.

P. — C'est vrai. Et si je n'obtiens pas la réponse attendue, je pose la même question tous azimuts. On riait l'autre jour de la drague curative que pratique Olivier. Moi, je fais de l'allumage thérapeutique. De la pyromanie préventive. Si le feu prend, ça va. Je pars tranquille. Je ne crois pas t'en avoir parlé. Le matin où Olivier m'a fait une tête

211

comme ça au sujet d'un rendez-vous raté avec un certain Jean-Marie...

V. — Que tu avais pris pour une nana, ah! ah!

P. — Eh bien, toi tu ne perds rien pour attendre, lui ai-je sifflé dans l'ascenseur nommé dépit. Rentrée chez moi, je me suis souvenue d'une phrase laissée sur mon répondeur par un confrère du *Nouvel Obs* rencontré en reportage. « Si je peux t'être utile, et même agréable, n'hésite pas... » Je n'ai pas hésité. J'ai appelé. Et ce qui devait arriver, arriva.

V. — Le pied gauche, le prîtes-vous?

P. — Même pas. Nul, ce fut...

V. — Dur de la feuille et mou de la branche?

P. — Pas du tout. A la limite, j'aurais trouvé ça touchant. Bander est à la portée de toutes les bourses. Un type qui défaille sous le coup de la trop vive émotion que tu lui inspires peut être émouvant. Ce que d'autres considèrent comme un bide, moi, je suis prête à le prendre pour un hommage. Non. L'échec avec mon grand reporter est d'un tout autre ordre. On ne s'est pas rencontrés. C'est tout. Et entièrement de ma faute. J'étais ailleurs. Pour te dire, j'ai fait l'amour avec une boucle d'oreille à la main en me demandant, pendant toute la durée des ébats, si j'allais la poser, au risque de l'égarer dans le noir de ses draps, ou la garder serrée dans mon poing, inutilisable pour d'autres jeux. Tu vois à quel point j'étais présente! Je n'aurais même pas dû pousser l'expérience jusque-là. De le voir craquer complètement pour moi aurait dû me suffire. J'avais envie d'une coupe de champagne glacé en apéritif. Pas d'un repas complet. A la limite, je n'avais pas faim du tout.

V. — Ça t'avance à quoi, ce genre d'expérience ?

P. — Ça te va bien, la libertine !

V. — Ce n'est pas sur le plan moral que je te réprouve. C'est ton besoin de vérifier constamment ton image dans les vitrines de la séduction qui m'alarme. Il faut que tu t'en libères. Et que les marques de reconnaissance, tu les trouves ailleurs que dans les hommes.

P. — Professionnellement, je n'ai rien à prouver. Je me suis affirmée avec panache. Mon talent est reconnu. J'ai atteint le top niveau. A mon âge, ce n'est pas si courant. Ça devrait me réconforter. Eh bien, pas du tout. Je relativise mon succès à juste titre. Je sais que je suis sur la crête d'une vague qui finira par se briser. J'ai conscience d'être fragile, éphémère. Il suffit que je loupe la lame suivante, pour que je disparaisse. Et puis j'ai toujours été incapable de me prendre au sérieux. Je mesure le pouvoir que me donne ma temporaire notoriété. De la mousse. Et sous la mousse, le rocher. Sentimentalement, je ne suis pas à plaindre non plus. Je vis une histoire passionnée et passionnante. Avec un cinglé comme moi, que je ne peux m'empêcher de tourmenter et qui me le rend bien, que je harcèle de questions dont il n'a pas la réponse. Total : insatis-faction chronique.

V. — La sécurité dont tu as besoin, il faudrait que tu la recherches ailleurs que dans la gent masculine. Que ce soient tes puissants employeurs, tes fidèles téléspectateurs ou tes fervents adorateurs. Il faudrait que tu la trouves en toi. Dans l'amour que tu te portes. Sois pleine de toi. Tu as trop tendance à te vider de ce que tu es. A te perdre en eux. Aime-toi et le ciel t'aimera. Il est évident qu'un homme, quel qu'il soit, n'arrivera jamais à revaloriser ton image imparfaite. Olivier moins que tout autre. Parce que si toi tu ne t'aimes qu'à moitié, lui alors ne s'aime pas du tout. Et un homme qui se déteste ne peut rien t'offrir de gratifiant. Il ne voit rien, il n'entend rien. Il rejette tout ce qui lui veut du bien. Pas de regard, pas d'ouïe. Il n'a de langue que pour dire la haine qu'il a du monde en général et de lui en particulier. Il n'est pas en état de parler d'amour. Hors de portée du discours amoureux. Pire qu'une horde de Wisigoths, un homme qui se maudit. Il détruit tout ce qu'il caresse. Il ne te rend pas heureuse et tu ne peux rien pour son bonheur. L'hédonisme est une disposition de l'esprit. Une aptitude, une attitude mentale. Son mal d'être lui sera toujours un handicap.

P. — Il le sait, et il en souffre. Il m'a dit un jour : « Comment peux-tu m'aimer, moi qui m'aime si peu... » On est bien assortis, tous les deux !

55

Barbara — J'ai le moral aux talons, ce matin. La seule vue de Laszlo, l'œil halluciné, la joue excavée, la bouche amère, le teint calciné, comme défiguré par l'imminence de je ne sais quelle menace, m'est une source d'angoisse insupportable. Son visage crucifié m'incrimine en permanence. Sa blessure névrotique s'aggrave. Elle me poigne. Me poignarde. Je souffre autant que lui.

Véronique — Il est fou de toi, Ginette.

B. — J'ai aimé la face éraflée de ce barbare malade de passion. J'ai été émue par son côté perdu, déraciné et par l'extraordinaire énergie qu'il puisait de son exil. J'ai été fascinée par son terrorisme créateur, ses extravagances provocatrices. Séduite par l'originalité de son approche de tout problème et par la fantaisie des solutions qu'il inventait, toujours à l'écart des autoroutes du confort et de la paresse. Puis il a déraillé. Un an qu'il débloque.

V. — Ça a toujours été le cas, Ginette. Tu es la seule à ne pas t'en être aperçue. Sa passion? De toutes ses folies, la plus folle. Tu devrais le savoir. On apprend ça à l'école.

B. — Je m'aperçois que d'effeuiller quotidiennement les passionnément et les à la folie, c'est invivable. Je me contenterais amplement du beaucoup, voire du peu.

V. — Va pour le pas du tout et n'en parlons plus ! Tu es drôle. Tu entretiens avec Laszlo des rapports passionnels, alors que tu n'es plus passionnée par lui. Sauve-toi vite, marguerite, avant d'y perdre tous tes pétales.

B. — Surtout que j'ai l'impression de me laisser envahir par son poison. Sa démence me guette, moi aussi. Je patauge dans...

V. — Le pathogène. Méfie-toi. La névrose du couple est une infection galopante. Tu ne peux la contenir. Pas de remède, à part l'amputation, qui puisse la barrer. Elle enfle, déborde, submerge toute ta vie.

B. — Je m'aperçois que toute communication entre nous devient impossible. Ça ne circule plus. Il y a un court-jus quelque part. Tout échange n'est plus que rencontre de courants contraires. Les plombs sautent rien qu'à se regarder. La décharge est telle, lorsqu'on s'interpelle, qu'on tombe chaque fois électrocutés. Et on se relève juste pour enfoncer un peu plus loin les doigts dans la prise.

V. — Isole-toi et écris-lui. C'est moins dangereux.

B. — J'ai essayé. A plusieurs reprises. Tirades féroces, cruelles mises au point ordonnées par une plume implacable. Jamais il ne m'a répondu. Là aussi, défaillance. Blocage d'une dynamique qui fonctionnait malgré tout entre nous. Du temps où nous étions, pour ainsi dire, en fusion, ça n'allait pas non plus sans éclats. Ça chauffait parfois très fort. Nos disputes atteignaient des températures vertigineuses. Entrechoquement de blocs en liqué-faction dans un cratère. Grondements, détonations terrifiantes. Montée de laves, déferlements de lar-mes. Puis le séisme s'apaisait, les laves refroidis-saient et les larmes séchaient. « Vous êtes bien ensemble », me disaient les copines. « Oui, mais ce qu'on s'engueule. « Vous êtes vivants, au moins », ajoutaient-elles. Pour être vivants, nous l'étions. Comme des volcans en activité. Tellement vivants qu'on pouvait se demander lequel des deux, à l'issue de nos éruptions simultanées, le resterait. Mais l'impétuosité de nos scènes gardait un aspect de vérité, de santé même. Baiser sur un volcan était un jeu excitant. Nous étions complices, malgré nos affrontements. Maintenant la violence de nos heurts a quelque chose d'irréel, de délirant. On décroche, on décolle pour un rien, on perd pied, on ne sait plus où on va.

V. — Je peux te le dire, moi. Au meurtre. A force de vous entre-dévorer, il ne restera plus rien. L'un de vous deux y passera. Il écrabouillera l'autre, ou sera écrabouillé par lui. A moins que vous implosiez en couple. Moi, j'en ai déjà fait mon deuil, Ginette. Requiem pour une passion.

Véronique — *Je ne ferai pas la sourde oreille, je vous le promets, si, de votre côté, vous ne faites pas la fine bouche devant mon répondeur.*
Barbara — *Tu as tout intérêt. Pour une fois, j'ai une histoire incongrue à te raconter...*

57

Véronique — Alors, cette incongruité ?

Barbara — Te souviens-tu de quelle humeur j'étais ce matin ?

V. — Contrite et dolente. Je commence à m'y faire...

B. — Affligeante, je reconnais.

V. — Depuis un an que tu m'entretiens de ta débâcle avec Laszlo, je vois d'ici les commissures de tes lèvres s'effondrer, les plis adjacents s'accuser, le relief de tes joues s'affaisser, l'ovale de ta face se brouiller. L'architecture ascendante de ton visage en prend un coup bas. Tes traits fruités, qu'on aurait dit aspirés vers le haut, changent d'orientation. Tes amandes grises, tes pommelettes irisées, ta prune juteuse vont bientôt tomber, mûries avant la saison.

B. — Je te trouve hyper-dure...

V. — J'exagère. Mais l'effondrement du renoncement est dans ta tête déjà ! Si tu continues à ressasser ton vieux feuilleton sans réagir, bientôt il transparaîtra sur ton ellipse parfaite.

219

B. — Bon. Ce matin donc, j'étais plus ou moins telle que tu me décris, moralement du moins, plus, pour arranger le portrait, un épi récalcitrant au milieu de ma coupe para que j'avais essayé de mater à coups de Pento, non pas à l'aide de mon peigne, introuvable, mais d'une fourchette, quand je me suis rendue, en mater dolorosa, au lycée de Nicolas. Premier trimestre médiocre, début en sixième laissant à désirer, premiers pas incertains dans le secondaire. J'allais y regarder de plus près. Le rendez-vous est pris avec le porte-parole patenté du corps professoral chargé de mon petit, le prof principal. « Onze heures trente dans le hall sous la tapisserie », me propose, d'une voix avenante, ledit professeur, enseignant d'histoire-géo. J'arrive dix minutes en retard, à cause de mon épi maudit. Il m'attend, souriant. Le genre écolo sympa. La trentaine soixante-huitarde prolongée, boucles mi-longues sur calvitie imminente, plus très élancé et pas encore empâté sous son pull flasque tricoté main et son vaste pantalon Adolphe Lafont. Sabots et veste bougnat pour compléter le rupestre tableau. Il est cool, libéral, compréhensif, ouvert-au-dialogue, près-des-jeunes, c'est écrit sur son visage. Nous prenons place, imbus de nos rôles respectifs, sous la tapisserie, dans deux fauteuils séparés par une plante verte. « Nicolas, me dit-il, est un garçon délicieux. Vif, sensible, imaginatif. Mais en classe, il n'a pas l'air vraiment concerné. Il traverse les cours la tête ailleurs... » Interrogation réciproque sur le comment éveiller son intérêt, comment lui insuffler énergie et volonté. Résolutions communes sur le renforcement de notre vigilance respective. Nous nous levons simultanément, parent d'élève et professeur responsables, pour prendre congé. Tu me croiras ou pas, Véro, que vois-je pointer, insolente et incongrue à l'intérieur de son confortable futal? Une proéminence qui me saute aux yeux, sans même que j'aie eu à les baisser !

V. — Ce n'est pas possible !

B. — J'ai cru mal voir. Il faut que je vérifie, me dis-je, en échangeant les dernières politesses. Sans modifier mon expression parent d'élève, mon regard pique en plongée, balaye rapidement l'espace dans cette zone médiane de turbulences, happe le promontoire au passage et reprend immédiatement de l'altitude. Aucun doute. Son Adolphe Lafont est démesurément tendu vers l'avant. Il faut à tout prix abréger, avant de plus amples manifestations de sympathie. Je passe lentement derrière la plante verte paravent, de sorte qu'il n'y ait plus que nos bustes, parfaitement convenables, qui communiquent. Je sens le fou rire monter, incompressible. Surtout rester digne. Trop préoccupée de ne pas perdre contenance pour observer le trouble de ce jeune homme saisi inopinément par le désir dans le hall du lycée ! « Au revoir, monsieur. » « Mes hommages, madame »...

V. — Quels hommages !

Véronique — *Cette fois ça y est. L'année s'achève sur un grondement de guerre et un rythme de rap. Lequel des deux aura le dessus ? L'arme ou la danse ? A vous de décider. Mon choix est fait. Je pars, pour l'heure, faire le mur à Berlin et je rentre le trente et un faire la fête avec vous. Si vous me laissez un mot sur cette fin de bande, bien entendu.*

Lorenza — *« Pane, amore e differenza », c'est ce que Lorenza te souhaite, pour ta nouvelle année.*

Peggy — *Excellente idée. Je vais me faire offrir un répondeur pour les fêtes. Plus expéditif, pour dispatcher mes Season Greetings, que de noircir ma traditionnelle centaine de cartes de vœux.*

Barbara — *Les années quatre-vingt, c'est certain, ont été et seront les années des pantins. Pour vous mettre dans le jeu en guise de vœux, je vous laisse en compagnie d'un pantin de génie. J'ai nommé le blues-man maghrébin Rachid Bahri...*

59

Lorenza — *Ah, ah, ah, ah, ah... Ne vous inquiétez pas... C'est mon rire Opéra! C'est de vous entendre qui me met en joie! Mais c'est peut-être très sérieux ce que vous avez à me dire là.* Dans ce cas, n'hésitez surtout pas. *Ça vous évitera de me rappeler, et de réentendre mes éclats!*

Véronique — *Ce rire ne me dit rien qui vaille. De plus je te soupçonne...*

L. — D'être là. Et de n'avoir jamais été aussi bas.

V. — Qu'avez-vous toutes, en cette période, à vous épancher téléphoniquement sur vos amours gelées? Vous avez la rumination complaisante, la délectation morose! Vous passez l'hiver à cultiver la mélancolie. A dorloter le chagrin. A vous entendre, je ne sais plus si vous souffrez de trop désirer ou si vous désirez trop souffrir. Tu ne vas pas me faire croire qu'une historiette de dix-sept jours...

L. — Justement. Rien de plus spoliant qu'un amour tronqué. J'aime aller jusqu'au bout de ce que j'entreprends. Quitte à en revenir. Me jeter dans la vie. Et tant pis si je me ramasse. Là, j'ai l'impression d'être passée à côté de la fête. Je traîne la nostalgie d'une histoire qui n'a jamais vécu et qui n'en est pas morte. La preuve, puisque je souffre! C'est pire qu'une déception, un regret. Ecœurant, le goût de l'inachevé. J'essaye d'expulser ça de moi. Mes vomissements, mes diarrhées me vident de ma substance. Pas de mon obsession.

V. — Tu passes des milliers d'heures à y penser, des centaines à en parler, comment veux-tu oublier? L. — J'essaye d'évacuer par la parole. D'isoler le mal. D'en faire un objet observable, mesurable, analysable, dissécable. Une entité séparée de moi. C'est ça. En le détachant de moi, j'espère me détacher de lui. Ah, si je pouvais l'extraire complètement de mes pensées. En finir avec cette confusion moi-lui, lui-moi, cette fusion suffocante. J'y arrive par moments. Mais ça ne dure jamais. La crampe du regret revient. Cette tarentule abjecte. Cette morsure qui...

V. — Qui ne te lâchera pas tant que tu resteras croupie, en position fœtale, en l'attente d'un coup de fil. Décroche ton téléphone et déplie-toi, éclate-toi!

L. — Je sais. J'y suis accrochée comme à une bouée de sauvetage. Je peux passer des heures suspendue au bout du fil. C'est encore ce qui me maintient à la surface. Agrippage de panique. Saisie d'angoisse. Prise de rage. J'en conviens. J'occupe la ligne pour combler le manque. Jusqu'à l'overdose. Quand ça ne va pas, j'appelle et je rappelle. Insatiable. Un, deux, trois, dix coups de téléphone. Une, deux, trois, dix prises. Je n'en ai jamais assez. Le besoin crée le besoin. Insatisfaite, toujours. Il faut sans arrêt que je recommence. Que je parle, je parle. Mon désir de me vider n'est jamais rempli. Je crois avoir tout sorti, je raccroche, et le mal m'envahit aussitôt.

V. — Une défoncée du téléphone, voilà ce que tu es.

L. — A cette différence près, qu'avec la drogue, tu absorbes. Avec le téléphone, tu rejettes.

V. — Tu ingurgites, aussi.

L. — Quand tu divagues, les mots de ton interlocuteur, tu les entends à peine. Tu les avales mais tu ne les assimiles pas. Il n'y a que toi que tu écoutes. Cela dit, Véro, si tu as une bonne histoire à me raconter, je ne demande que ça. Je dois être assommante avec mes nasillardes cantilènes...

V. — Comme je les vis toutes légèrement, mes drôles d'aventures, elles ne peuvent être qu'hilarantes. Pour moi du moins. Laquelle te narrer ? Celle de Vladimir, mon sculpteur sur pâte qui travaille la farine délayée, la pétrit de ses doigts, la roule en boudin, l'assemble en autoportraits, et la cuit dans un four de boulanger, et qui, chaque fois que, moi, je mets la main dans sa pâte molle, la pétris de mes caresses et l'enfourne dans mon ventre trop chaud,

se plaint que sa sculpture durcie lui brûle... Non ?
Tu ne trouves pas ça irrésistible ?

L. — Ouais, ouais...

V. — Bon. Celle de Frédéric, alors, la star de l'info
télévisée qui a plastronné pendant tout un dîner et
qui a commis l'imprudence de susurrer à une oreille
voisine : « Cette petite Varech doit être aussi
insipide et bourrative que sa peinture. Un vrai
fromage blanc. » Celui-là, me suis-je juré, je vais le
moucher. Non sans lui avoir d'abord collé un rhume
de cerveau dont il se souviendra longtemps. Suave,
je le convie à souper dans mon atelier. Flatté, il
accepte le tête-à-tête, ignorant le chaud et froid que
je lui réserve. Je recouvre de draps toutes mes toiles
et je me glisse dans une robe squaw en chamois
blanc, savamment lacérée et effrangée. Il arrive, la
bouche enfarinée. Décidément, il tient à être dans
le ton de la soirée. Flots de musique tropicale et
d'alcool de mescal. J'entreprends la danse du scalp
autour de lui. Chaque fois que je le frôle, je lui
arrache...

L. — Une touffe de cheveux...

V. — Non. Pitié pour sa calvitie. Une pièce de son
habillement. Il se laisse faire médusé, accompa-
gnant chaque dépouille d'un petit rire guttural. Il
s'échauffe à mesure que je le dévêts. J'accélère, de
peur qu'il prenne inopinément feu. Arrivée aux
chaussettes, je stoppe le déshabillage, le considère
de bas en haut, et lui jette son futal à la tête :

227

« Vous avez l'air encore plus fat nu que vêtu. »
J'enfile ma fourrure et, avant de claquer ma porte,
je lui lance : « Si vous avez faim, il y a du fromage
blanc au réfrigérateur ! »

L. — Et lui ?

V. — Je l'ai planté là, la mine congestionnée, la
calvitie en désordre. Quand je suis rentrée, une
heure plus tard, il avait filé, la queue basse.

L. — Mmmm...

V. — Tiens, je vais te raconter la dernière de...
D'une copine dont je tairai le nom, secret téléphonique, qui m'a sorti, comme ça dans la conversation : « Ah non, on ne me fera jamais avaler ça ! »
J'éclate de rire. « Tu ne veux tout de même pas
mourir sans connaître le goût que ça a ! » « Je sais,
proteste-t-elle. Je me suis documentée sur la question. Douceâtre, glaireux... » « On ne peut pas dire
que ce soit du nectar céleste, je lui réponds,
mais... » « Raison de plus pour ne pas y goûter »,
coupe-t-elle. « Mais, j'ajoute, c'est hyper-nour-
rissant. » « J'aurais trop peur que ça me reste en
travers de la gorge. » La pauvrette. Je ris de plus en
plus. « Tu n'es pas obligée d'en faire ton ordinaire.
Comme crème de beauté, en tous les cas, je te le
recommande. Excellent. Il faudrait, pour bien
faire, s'en étaler tous les jours et sur tout le corps.
Et surtout, comme le recommandent les dermatos,
changer souvent de produit ! » Ça ne l'a pas
convaincue. Toi non plus ?

L. — Si, si...

V. — Bon. Ecoute celle-là. Elle te concerne. Je suis partie à Berlin avec Fabrice, mon éditeur d'art. Temps polaire, bise boréale, température arctique. Le plus clair de mon séjour je l'ai passé sous un duvet prussien, pelotonnée contre lui. « Tu aimerais, je suis sûre, avoir une jolie bouillotte de chaque côté ! » Il prend au sérieux ma plaisanterie. « Pourquoi ne proposes-tu pas à ton adorable amie Lorenza de venir nous rejoindre ? On serait bien comme ça, tous les trois... » Je le regarde, interdite. Il reprend : « Tu ne vas pas me dire que vous n'avez jamais dormi ensemble, toutes les deux ! » Je m'écarte. « Sous le même toit, souvent. Mais jamais dans le même lit ! » Il insiste. « Je ne peux pas y croire. A vous entendre parler au téléphone, si légères d'apparence et si graves, si rieuses et si tendres, si complices toujours, je peux difficilement imaginer qu'il n'y ait pas, entre vous, autre chose qu'une chaste amitié... »

L. — Que lui as-tu répondu ?

V. — Qu'il fantasmait comme un obsédé. Ça a dû le travailler rude, parce que, une fois à Paris, il a remis ça sur son tapis haute laine. On regardait un Hitchcock sur son magnétoscope. Il embusque une main dans mes cheveux, en glisse une autre le long de mes jambes. « Parle-moi de ton dîner, hier soir. Lorenza était là ? Vous deviez être somptueuses, toutes les deux. Toi, toute lisse, elle mousseuse.

229

L'une cendrée avec de la poudre d'or dans les yeux, l'autre mordorée avec des prunelles de jade. Deux œuvres d'art, une celte et une étrusque, que je réunirais volontiers dans mon musée secret... »

L. — Ce que ça peut les intriguer, les troubler, les amitiés féminines ! Ils n'arrivent pas à concevoir comment l'ombre de Sapho ne se profile pas dans nos épanchements...

V. — Ces considérations mises à part, si Fabrice t'intéresse, tu as le champ libre.

L. — Cinquante ans, il sort de ma tranche d'âge. Et puis un homme qui entretient une love affair avec une amie s'exclut automatiquement de mon champ de séduction. Ça le désérotise d'emblée. Pourquoi ? Tu n'en veux plus ?

V. — J'ai ramassé mon casque de moto et je l'ai planté là, avec son cinéma de minuit, son musée imaginaire, et son fantasme dans son caleçon.

60

Peggy — *Le fond de l'air est froid, ne trouvez-vous pas ? En attendant des jours meilleurs, je vous suggère de vous asseoir sur votre radiateur et de faire joujou avec mon répondeur. Parlez-lui avec... chaleur.*

Véronique — *Alors, toi aussi tu étrennes, avec ton appareil égoïste, le plaisir de n'être là pour personne sans bouger de chez toi, d'être touchée sans être dérangée...*

P. — De dormir une heure de plus, d'écrire un commentaire d'affilée, de me prélasser dans mon bain sans sursauter, de remplir ma feuille d'impôts sans recommencer l'addition dix fois, de réussir mes spare-ribs sans les laisser cramer. Il est branché en permanence depuis qu'on me l'a installé. Trop tentant. Je m'amuse comme un môme à mettre en boîte les voix.

V. — Tu as l'air d'avoir repris ton envol, toi. Tu avais du plomb dans l'aile ces derniers jours.

P. — C'est vrai, je plane. Il suffit qu'Olivier se détende pour que, moi, je me déploie. De la même façon que quand il plonge, je m'écrase et que, chaque fois qu'il se relève, je prends de l'altitude. Il faudra t'y faire. J'aime ces oiseaux-là. J'aime les barjos, les fêlés, les inflammables, les funambules, les séducteurs, les saltimbanques, les aventuriers, les baroudeurs, les méditerranéens.

V. — Les fêtes furent fastes, si j'en crois tes gazouillis.

P. — A un détail près. Le 25 décembre Olivier est allé découper la dinde et hacher la bûche chez son ex-épouse et ses deux fillettes. « Tu souhaiteras un joyeux Noël à Caroline et à Stéphanie et tu leur diras qu'il y a plein de paquets pour elles sous mon sapin. » « Et à Christiane ? » m'interroge-t-il. « A Christiane, quoi ? » « Tu ne lui adresses pas tes vœux ? » « Je n'y avais pas pensé. » C'est vrai, l'idée de coucher la mère de ses deux filles sur mes cartes étoilées ne m'était pas venue. Ni l'envie, sans doute. Pourquoi me serais-je contrainte au vide et au froid d'une formule de politesse ? Je ne lui dois rien, après tout. Ce n'est ni ma mère, ni ma grand-mère, ni ma sœur, ni ma cousine, ni ma copine. Je ne suis pas de sa famille. Elle n'est pas de ma bande. Aucune affinité. Aucune hostilité non plus. Si secrètement elle me maudit et si Olivier incons-ciemment culpabilise à son égard, ce n'est pas mon problème. Je ne lui ai rien volé, moi. Je n'ai pris d'Olivier que ce qui était libre déjà. Et quand, trois mois après notre rencontre, il m'a annoncé sa décision de divorcer, ce que j'ai trouvé plutôt clean, parfaitement net de sa part, je lui ai dit : « Je présume que tu as bien réfléchi. J'espère en tout cas que ce n'est pas pour moi, ni contre elle que tu le fais. Mais pour toi. »

V. — Je sais, Ginette. Tu me l'as déjà dit.

P. — Quand je trouve de belles formules, moi, j'aime les répéter. Te souviens-tu comment j'avais nommé sa femme avant qu'il divorce ?

V. — Mais oui. Son filet...

P. — Toujours tendue sous son acrobate de mari, Don Juan éphémère, voltigeur sans risques. Toujours prête à accueillir son funambule au cas où il se casserait la gueule avec la partenaire du moment. Elle portait bien son surnom. Te rappelles-tu ce que j'avais offert à Olivier, par provocation, pour son premier anniversaire fêté avec moi ?

V. — Oui, un trapèze. Et moi un slip panthère de chez Tati !

P. — Sous-entendu : « Et maintenant, beau trapéziste, montre-nous ce que tu sais faire ! » Et que lui avais-je écrit, quand il était allé rejoindre, une semaine, à l'île de Ré, sa femme et ses filles ?

V. — Ça, j'ai oublié.

P. — « Répare bien les mailles de ton filet, bel acrobate. Car sous peu, tu en auras besoin. » Il était rentré dare-dare à Paris et m'avait annoncé sa décision de se produire désormais sans filet. Ce qui a été fait. N'empêche que le vide, en dessous, le

233

panique par moments. Il faut qu'il mette pied à terre de temps à autre et qu'il aille se réconforter auprès de son ancien filet. Lui raconter sa vie, la mienne. Lui imposer le même partage qu'il essaye en vain de me faire accepter. Il ne comprend pas qu'il la torture, en entretenant l'ambiguïté. Qu'un morceau de moi s'en va dans ses indiscrétions. Que la sauvegarde de mon identité passe par le silence...

V. — Ça te va bien ! S'il devait se sentir dépossédé par tout ce que tu me racontes, il ne s'appartiendrait plus, le pauvre homme. Cela dit, il éprouvera toujours le besoin psychanalytique d'aller retrouver maman.

P. — Il y a de ça. C'est elle qui l'a fait, lui comme ses filles. Elle qui, permissive, a accepté dix ans de frasques. Elle qui, grandeur d'âme, abnégation, sacrifice, a toujours attendu son retour prodigue. Quelles que soient les qualités de cette femme admirable...

V. — Nulle, tu veux dire ! Elle n'a jamais vécu qu'en fonction d'Olivier. Elle n'existe pas.

P. — Fût-elle la déesse mère, ce n'est pas la mienne. Je n'aurai jamais l'amour filial qu'il lui porte. Il ne me fera jamais entrer dans son giron.

V. — Au fond, ce qu'il voudrait, c'est que tu avalises ses choix antérieurs et que tu entérines son actuelle ambiguïté. Que tu endosses sa culpabilité, quoi.

P. — Cette complicité-là, moi je la refuse. C'est son

passé, pas le mien. Il ne me le fera pas partager. Ça ne m'intéresse, ni ne me concerne, en aucune manière.

V. — Sois plus cool. C'est sa mère, Christiane. Et toi, tu n'as qu'à la considérer comme ta belle-mère...

P. — Ce n'est pas parce qu'elle a été sa régulière pendant dix ans que je dois l'apprécier et la révérer. Je n'ai aucune aversion envers elle, ne crois pas. Ni aucune sympathie, c'est vrai. Et ça, depuis la soirée où... Mais j'ai dû te raconter ça, déjà.

V. — Je n'en ai pas le souvenir.

P. — C'était il y a six mois. Olivier m'avait invitée à une party chez un producteur de télévision. Le grand jeu de la soirée avait consisté à démanteler, les unes après les autres, les trois chaînes, et ceux qui les polluent. Une seule émission avait trouvé grâce auprès de MM. et Mmes les censeurs, « Les Nouvelles Lettres Persanes » sur la France actuelle, filmées par une petite Américaine, rappelez-moi son nom, pour une chaîne USA et revendues à la Télévision française. « Ce n'est pas la série de la saison, avait jugé un critique des plus acerbes. C'est la série de l'année ! » Je savourais, incognito, ce petit-lait servi, sans le savoir, par cette redoutable assemblée. Christiane, monteuse, en était, et s'était bien gardée de se prononcer. Rieur, Olivier avait fini par me présenter : « C'est elle, Peggy McKee, la petite Américaine. C'est elle, l'auteur des " Nouvelles Lettres Persanes ''.» C'en était trop. Christiane, qui n'avait pas bronché de la soirée, au moment de prendre congé, coince Olivier contre un mur. Je conversais avec un groupe de réalisateurs. Je n'entends pas ce qu'elle dit. Seule la voix d'Olivier me parvient : « Dis-le à Peggy ! Je comprends, mais pourquoi tu n'en parles pas avec elle ? » Dos tourné, elle continue à s'exalter. Je dresse l'oreille et j'entends : « Ce n'est pas une émission de femme ! N'importe quel homme aurait su filmer ça comme ça ! Ce n'est pas parce qu'elle fait dans le strass et la paillette que...» Ça me suffit. Je ne veux pas en savoir davantage. L'institutrice venait de sortir son crayon rouge et corrigeait rageusement la copie de l'élève trop douée qui lui confisquait sa décennale autorité. Non seulement cette salope de yankee ensorcelait Olivier par le cul, voilà maintenant qu'elle le piratait par la tête...

V. — Il ne t'en a jamais soufflé mot, lui ?

P. — Si, le soir même, dans la voiture. Il en était sincèrement navré. « Ça m'avait tout l'air d'un verdict », s'excusait-il pour elle. Je l'ai coupé : « Ce n'est pas grave, honey. Il y a des gens qui créent. Et d'autres qui démolissent. On n'y peut rien. Il y aura toujours des frustrés de l'expression. Ce ne sont pas ceux-là qui nous empêcheront d'avancer. »

V. — Tu causes bien, Ginette. Là-dessus je te quitte. Et bonne année-bonne santé à belle-maman ! N'oublie pas !

61

Barbara — *Bonjour. Ça va ? Vous vous sentez bien ?*
Pas terrible ? Bon, alors, déshabillez-vous. Atten-
tion... Ne respirez plus. Respirez. Et dès que la
musique s'arrêtera, parlez !
Véronique — *Pas mal, celui-là. Tu es en progrès,*
Ginette.
V. — *Allô, docteur ? Vous n'êtes jamais là ! C'est un*
scandale ! Vos malades de téléphonite aiguë vont
finir par clamser...

62

Barbara — Ne t'avais-je pas dit que je partais pour Londres, présenter ma collection ?

Véronique — Ah, non. Tu es rentrée quand ?

B. — Il y a quarante-huit heures.

V. — Et tu ne me rappelles pas ?

B. — Ecoute, Véro. Il m'est arrivé une drôle d'histoire.

V. — Tu as rencontré quelqu'un...

B. — Un sourire curieux, d'abord, sur le perron de l'hôtel. Puis au bar, quelques mots qui pétillent dans mon whisky-Perrier.

V. — En anglais ?

B. — En français. J'ai su par la suite que ce modèle soixante, révisé quatre-vingts, écrivait des textes pour un groupe rock hexagonal qui enregistre actuellement dans un studio londonien. Dans les salons, après le défilé, parmi les centaines de regards, le sien. Juste, calme, direct. Qui me suit partout. Troublant à force d'insistance. Toutes ces mains, tous ces cous tendus de mondanités l'empêchent d'en dire davantage. Mais le silence recouvre

238

une intensité d'émotions indicibles. Un non-dit étouffé, qui en dit plus long et plus vrai que la plus complète des formulations, s'installe entre lui et moi.

V. — Un non-dit nommé désir...

B. — Il fallait qu'il se dise, à la fin. Et il s'est dit...

V. — Voilà une bonne nouvelle !

B. — En une seule fois. Et de la manière la plus joyeuse qu'il soit. Nos corps légers, étoilés, ont parlé toute la nuit. Avides de s'entendre, de s'interroger, de se répondre, de se comprendre. Moment de vérité où on touche à l'essentiel. A la vie. Tout, ils se sont dit. Au point qu'au matin, ils n'avaient plus rien à se dire. Sinon à se répéter. A se faire la conversation. Il fallait la clore en beauté. Pour moi, elle s'était déjà tarie au réveil. Je partais le soir. Je lui ai donné une journée de survie. Nous déjeunons chez un Indien. « Je ne pense pas, lui dis-je, qu'on se reverra... » J'avale mon sorbet à la mangue en savourant quelques instants de silence glacé qui le font chavirer. « ... avant mon départ », finis-je par ajouter. Il n'entend que la première partie de ma phrase. Regard égaré : « Alors, adieu... »

V. — Romantique, ton chanteur rock !

B. — Pas chanteur. Auteur. Quelques minutes, puis la deuxième partie de ma phrase lui revient en écho. Il s'illumine d'espoir : « Je peux te rappeler, alors ? Ce soir ? A Paris ? » Je rentre exténuée, branche mon répondeur et me glisse illico sous ma

239

couette. Laszlo n'est pas rentré. Parfait. Je vais pouvoir me détendre. Tu parles! La nuit me recouvre à peine, duveteuse, que déjà il rapplique. Je l'entends. Il se douche, longuement, puis se couche. Il plaque son corps mouillé contre le mien. Je bondis à l'autre extrémité du lit. Il allume. Je me retourne et pousse un hurlement : il a la boule à zéro.

V. — Encore! Ça devient répétitif. Ça le prend à chacune de vos pseudo-ruptures.

B. — Cinq fois, en deux ans, il a rasé ce qui lui reste de séduction. Il met à nu, chaque fois, son amertume et sa haine. J'ai beau être avertie. Je ne m'y ferai jamais. Son goût du destructif, son culte du négatif se chronicisent.

V. — Un an et demi de malheur sans nuages...

B. — Un an et demi, oui, que les mots et les gestes du jour ne prolongent plus ceux de la nuit. Voilà maintenant qu'ils les liquident. Il ne va plus rien nous rester.

V. — Ça fait trop longtemps que ça part en morceaux. Plus aucune chance que ça se remette, Ginette.

B. — J'ai senti, la nuit de mon retour de Londres, pour la première fois, l'odeur putride que dégagent nos mots fielleux. Son haleine pestilentielle. Mon goût pourri dans la bouche. Morbide, tout ça. Ça sent la décomposition. Ça pue la mort. J'étais dans cet état d'écœurement quand, à six heures du

240

matin, le téléphone a sonné. J'ai hésité entre le moite de la couette et le froid de la loggia. J'ai laissé le répondeur faire son boulot. Je n'ai écouté le message que plus tard, dans la matinée. « La musique s'arrête et c'est Frédéric qui parle... Pour te dire... Qu'il est cinq heures à Londres... Que je ne dors toujours pas... Que je pense à toi... Ah, les mots ! Barbara, on se reverra ? » Depuis, il m'appelle toutes les deux heures.

V. — Tu vas le revoir ?

B. — Je ne pense pas. Une chose est certaine, en tout cas. Mon désir en autocombustion dans un cocon, mon désir que j'ai étouffé six ans sous un édredon, s'est échappé. Fissuré le cocon. Aéré l'édredon. Voilà qu'il flotte à nouveau. Tous azimuts. Il ne se posera désormais que pour s'envoler encore et encore.

Lorenza —

« *Ancora tu* »
   Encore toi
« *Non mi sorprende, lo sai* »
   Ça ne me surprend pas, tu sais
« *Ancora tu* »
   Encore toi
« *Ma non dovevano vederci più...* »
   Mais on ne devait se voir plus jamais...
Véronique — *Oui c'est encore moi*
   Pas celui que tu attends
   Oui c'est encore moi
   Si tu es là réponds...
L. — Evidemment, je suis là. J'affiche complet sur une bande magnétique déserte. Je chante le débordement, tandis que je pleure la sécheresse.
V. — Au cas où ce serait lui qui...
L. — Ce n'est jamais lui. Ce ne sera jamais lui. A moins, me suis-je dit soudain cette nuit, à moins que ce soit moi! Moi, qui prenne la direction des opérations. Et tout d'abord l'initiative. Sortir, il me faut, de l'isoloir où je me suis enfermée.

V. — Du mouroir...

L. — Dynamiter la couche de silence sous laquelle je l'ai laissé m'ensevelir. « Je vais trouver une formule », m'avait dit Karl, ne sachant plus comment alléger une conversation téléphonique qui s'appesantissait, et m'ôtant du coup toute velléité d'intervention. Et moi, stupide, j'ai attendu, moribonde, que mon sauveur trouve l'équation magique qui allait me réinsuffler vie. Formule, avait-il dit? Si ce n'est pas lui, c'est moi qui la trouverai. Bonne ou mauvaise. Je me casserai le cou, me briserai les reins, me fendrai le cœur, peu importe. Mais au moins je ne m'userai pas dans un surplace mortifère. Aller simple pour bond en avant. Ou en arrière. Je verrai bien. Il me faut à tout prix le billet. J'ai blanchi ma nuit à noircir, dans ma tête, lettre sur lettre.

V. — Verdir, plutôt...

L. — Je les ai toutes faites. Le cri d'amour monomaniaque obsessionnel : « Karl, Karl, Karl, Karl », signé Lorenza. Le signal de détresse : « J'ai froid, j'ai peur, j'ai besoin de toi. » La revendication : « J'ai droit à une vraie rupture. Je suis tout à fait apte à entendre la vérité. Pourquoi ne me la dis-tu pas? » L'humour désinvolte : « Ton nouveau genre, mystérieux et lointain, ne te va pas au teint. Si tu reprends l'ancien, préviens. » La glu, visqueuse et tenace : « Sache que malgré mon immense peine, je te suis toujours infiniment proche. » L'accusatrice accusée : « Je te croyais curieux, inventif. Et je te découvre buté, fermé. Comment ai-je pu me tromper à ce point ? » La femelle ventre à terre : « Siffle-moi, je ramperai... » Et toutes, je les ai mentalement déchirées. Poubelle. Pas de lettre. En lui écrivant, je me dévalue, je me déprécie, je me solde aux yeux de celui qui n'a pas voulu mettre le prix fort. Ce qui ne serait pas un si mauvais calcul, après tout... Si je suis trop chère pour lui, s'il ne peut pas engager dans cette affaire une somme trop importante de lui-même...

V. — Les mecs sont si radins, Ginette...

L. — Du coup, je redeviens accessible. Si je lui tends la main avec des mots conciliants au bout, la dépense lui ferait peut-être moins peur. Donc bafouille. Mais laquelle ?

V. — Aucune, en tout cas, des cinq, cinquante, cinq cents que tu as griffonnées dans le noir.

L. — Je lui en ai donc envoyé une sixième. Ou une soixantième ou une six-centième. La voici : « Je t'ai écrit cinq lettres flash. Five easy letters. Laquelle veux-tu que je t'envoie ? »

64

Peggy — Ici la rubrique feuilleton...

Véronique — Pas de résumé des chapitres précédents, s'il te plaît ! Je les connais par cœur !

P. — Je suis verte, Véro.

V. — Il n'est pas rouge et noir ton mélo inédit avec Olivier. Il serait plutôt rose et vert...

P. — Ce soir, il y avait cinéma au programme. A l'heure où on baisse les strapontins, il m'appelle pour me dire...

V. — Qu'il a un pied cloué...

P. — Même pas. Qu'il fait froid, qu'il fait mouillé, qu'il fait las, qu'il fait vanné. Un vrai temps de crise, quoi. Qu'il ne sortira pas de chez lui, ni pour un fauteuil velouté, ni...

V. — Pour ton lit satiné.

P. — « Demain », me propose-t-il mollement. J'éclate. « Non, je n'irai pas au cinéma demain ! Ni après-demain ! Je n'irai plus jamais au cinéma avec toi ! » Ce qui a eu pour effet de déclencher un orage téléphonique qui grondait au loin depuis un moment.

V. — Ecoute, Ginette. Tu ne vas pas me décrire par le menu chaque coup de tonnerre de votre tumultueuse liaison...

P. — Je n'en avais pas l'intention. J'en viens immédiatement à la conclusion. Olivier m'impose sa loi martiale. Egoïste, malthusienne. « Toi chez toi, moi chez moi. Et on se verra quand bon me semblera. » Eloignement géographique. Espacement des rencontres. « Tu me connais, me donne-t-il comme seule explication, j'ai mes démons. » « Si, toi, tu as tes démons, moi, j'ai les miens », je tempête !

V. — Et s'il a envie d'être seul ?

P. — Et si je n'ai pas envie d'accepter ? La première personne qu'il évacue, quand il merdoie, c'est moi !

V. — Normal. Quand il a une sale gueule, il ne tient pas à te la montrer. Il ne peut tout de même pas te faire son numéro de voltige vingt-quatre heures sur vingt-quatre. Quand son maquillage de trapéziste fout le camp, il préfère que tu ne le voies pas. Il ne se supporte pas costumé de ses seules angoisses. Et, filet ou pas, il ne t'accepte pas en spectatrice.

P. — L'angoisse du trapéziste au moment du saut de la mort...

V. — Si tu le vois tout le temps, il est bien forcé d'être vrai, par moments. Donc à terre, aussi. Piteux, parfois. Comme tout le monde.

P. — Il n'y a pas que ça.

V. — Il faut que tu en conviennes, Ginette. Vivre

246

avec toi, ce n'est pas du hamac. Tu le veux en permanence sur la corde raide. Jamais de relâche avec Peggy. Il y a une telle tension dans vos rapports qu'il a besoin, de temps en temps, de se détendre.

P. — C'est ce qu'il dit. Il lui faut l'espace et le temps pour faire le point. Pour rêver. Pour créer.

V. — Pour se retrouver, lui. Pour se préserver, aussi. Quand ça craint trop pour son identité, il faut qu'il t'échappe. Vital. Tout ce qui n'est pas lui le menace.

P. — C'est simple, Véro. Moi, quand je suis bien avec quelqu'un, je n'ai pas envie d'être seule.

V. — Ce n'est pas avec toi qu'il n'est pas bien, tu ne comprends pas. C'est avec lui. Olivier est un mutilé de l'affectif. Un infirme du sentiment. Il est incapable de se donner. Il a peur, en se livrant à toi, de glisser de lui-même.

P. — Ça manque de générosité, son business. Envers moi, envers lui-même. En me rationnant, il s'impose aussi des restrictions. Comment peut-il se priver à ce point de ma présence ? Ecoute, Véro, avec lui, j'ai toujours l'impression de voguer entre deux îlots de plaisir. Pas de ponts entre les îlots. La mer. Calme, parfois. Crispée, souvent. Agitée, la plupart du temps. La mer, partout. La mer, jusqu'où ? Quand je le quitte, je ne vois jamais l'autre rive. Me laisser couler tout de suite ? Ou ramer jusqu'à épuisement ? Je rame, chaque fois. Je rame,

247

et soudain, en face, l'île. Claire, ensoleillée, rassurante. Elle est bien là. Elle a toujours été là. Pourquoi en avoir douté ? Je ris de mes terreurs. Une île pour deux. Je me laisse aller, apaisée. Puis, à nouveau, la terre se dérobe, et moi je dérive. La haute mer, entre deux escales insulaires, ça va un moment. J'ai besoin de terre ferme, maintenant.

V. — Il le pressent et il s'en défend. Toi, tu aspires à la consolidation du couple. Lui, il redoute sa propre destruction. S'il se laisse prendre à la vie à deux telle que tu l'entends, il va se sentir possédé. Tu n'auras rien à y gagner.

P. — Je les trouve ringardes vos professions de foi anticouple. Il n'y a rien qui m'horrifie davantage que le moralisme à rebours.

V. — Je suis devenue une renégate, tu le sais, après avoir été une dévote. La religion du système binaire aura toujours ses fanatiques. Moi, on ne m'y reprendra plus. Mais à mon sens, les réticences d'Olivier ne sont pas dirigées contre votre duo. C'est lui qu'il ne supporte pas dans le couple.

P. — Ni dans le célibat. Il est extrêmement contradictoire. Il veut une chose et son contraire. Etre ici et ailleurs. Il affirme qu'il veut rester seul. Et chaque fois qu'on dort séparément, il dit qu'il a l'impression de coucher avec sa mort. Moi, je vis notre histoire comme une dynamique. Pas comme une contrainte. Sa panique, je la trouve grotesque. Il n'a vraiment pas de quoi s'affoler. Je suis trop

248

soucieuse de ma liberté pour ne pas respecter la sienne. J'aime respirer autant que lui. Je refuse le quotidien, l'accoutumance, la monotonie. Mais je hais le manque. Je ne le tolère pas. J'ai besoin de continuité, de profondeur. Je voudrais qu'on soit plus à l'écoute l'un de l'autre. J'ai envie de pousser plus loin la connaissance d'Olivier. Et la mienne à travers lui. De partager davantage émotions, découvertes. J'exige beaucoup, je sais. Parce que je donne énormément.

V. — Et lui, il organise la rareté. Pour mieux se garder. Il crée le manque. Pour mieux te tenir. Pas totalement innocentes, ses rétractions.

P. — Je suis d'autant plus demandeuse qu'il m'en donne moins. Plus il s'éloigne, plus je cavale derrière, plus je le fais fuir, plus mon angoisse augmente, plus il a prise sur moi, plus...

V. — Et la boucle est bouclée. Avec toi dedans. En te mettant en position d'attente permanente, il alimente ta fixette et affirme son pouvoir. Un expert en communication, ton Olivier. C'est lui, qui, pour avoir recours à ces expédients, se sent en état de dépendance. Et il arrive, en raréfiant ses prestations, à t'y installer à ton tour. Une fois renversées les positions, il n'a plus qu'à passer relever les compteurs.

65

Véronique — *Oui, c'est le virus de Véro Varech que vous avez au bout du fil. J'ai tout essayé. Gouttes, sirop, suppositoires, inhalations, pulvérisations. Rien n'y fait. Si vous connaissez un remède efficace pour le foudroyer, mon répondeur est tout prêt à l'enregistrer.*

Lorenza — *Je suis plus atteinte que toi, si tu savais... Du nouveau! Vite, appelle-moi.*

Barbara — *Tu n'attraperais pas de refroidissements, si tu te découvrais moins...*

66

Lorenza — *Les tagliatelle ai tre formaggi, vous aimez? Bon. Dans ce cas, à vos casseroles! Faites fondre 100 g de beurre avec un petit pot de crème. Ajoutez 50 g de gorgonzola en petits morceaux. Puis, quand celui-ci sera liquéfié, 50 g de fontina en fines lamelles et enfin 180 g de parmigiano râpé. Versez le tout sur les pâtes, mélangez et passez au four pour gratiner. Voilà. Buon appetito. Si vous désirez ajouter votre grain de sel sur ce répondeur, libre à vous.*

Véronique — *Tu me mets en appétit et après, tu me laisses saliver sur ta machine. Si tu es plus près d'elle que de ta cuisine...*

L. — Allô!

V. — J'en étais sûre. Alors, quoi de neuf?

L. — J'en suis encore toute retournée, Véro. Hier matin, quand mon énigmatique pneumatique est parti, je me suis sentie mieux. Mordra-t-il, mordra-t-il pas au jeu-test? Advienne que voudra. Le soir, je suis sortie avec Serge.

V. — Il a reparu, celui-là?

L. — Il n'a jamais vraiment disparu. Il m'appelle

régulièrement. Mais j'ai toujours refusé de le voir. Ou plutôt qu'il me voie dans cet état de délabrement. Hier, j'allais moins mal. J'ai donc accepté de dîner avec lui. Tendre tête-à-tête. Souriant épilogue d'un roman achevé. Nous décidons de terminer la soirée au Palace écouter la fin du concert de *Sophie et ses malheurs.* Je n'ai pas tenu plus de vingt minutes. Ma réclusion m'a rendue sauvage. Nous partons avant les rappels. Serge me précède, dans le noir. Lorsque nous débouchons sur la lumière du bar du premier, il s'arrête, et moi derrière lui. Un photographe, appareil plaqué contre son visage, recule pour mieux cadrer un oiseau de nuit que je ne reconnais pas. Les modes tournent si vite. L'opération dure quelques minutes. Un pas en arrière, et il appuie. Un autre pas, il règle et il shoote. Nous attendons, pour ne pas être dans le champ, la fin de la séance. Arrivé à ma hauteur, il décolle son Olympus et tourne sa tête vers moi. J'ai cru mourir.

V. — C'était Karl !

L. — Je l'ai reconnu sans vraiment réaliser. Son regard félin, son rire plissé, là, à trente centimètres de moi ! C'était trop. J'ai senti que je ne tiendrais pas. Serge poursuit. Comme un zombie je m'apprête à le suivre, lorsque Karl m'attrape par les épaules et, tu ne sais pas ce qu'il fait, cet imbécile ? Il m'embrasse sur les deux joues. Mondainement.

V. — Il n'allait pas te sauter dessus !

L. — Comme si de rien n'était. Moi, sans voix, sans jambes, je poursuis ma marche aveugle. Je me demande encore comment je suis arrivée en bas de l'escalier. Les genoux en coton, le cœur en yo-yo. Serge m'attendait à la sortie. Ma pâleur, mon tremblement, il ne les a pas vus.

V. — Tu fais bien les choses, toi. Le matin tu lui écris, le soir tu le rencontres. Bravo ! Il ne t'a rien dit ?

L. — Sur le moment, je n'ai rien entendu. Rentrée chez moi, une phrase m'est revenue. Une banalité du genre : « A bientôt, on s'appelle... »

V. — Je te préfère en tout cas quand ça chahute que quand ça pleurniche !

67

Barbara — Maintenant que je sens le moment venu, j'hésite. Je sais que je suis en mesure de sauter. Mais sur le point de le faire, je m'immobilise.

Véronique — Nous, on n'arrête pas de fulminer, de ruminer. Je vais le quitter! Ça peut durer des millénaires. Eux, c'est subitement qu'ils décident de mettre fin à une histoire. Le processus de dégradation progresse lentement chez les filles. Chez les mecs, c'est du jour au lendemain qu'il s'installe.

B. — J'ai peur de me tromper, Véro. Peur de le regretter.

V. — Tu as peur d'être seule, oui!

B. — Tu te trompes. Ce qui me tourmente, ce n'est nullement la solitude. C'est une interrogation. Obsédante. Est-ce un réflexe de vie ou un instinct de mort, que de couper avec Laszlo? Un désir impétueux de préservation ou une sourde volonté de destruction? Ce n'est pas clair. L'alternance contradictoire de mes réponses me paralyse. Quand je le vois, si accablant, si contraignant, si étouffant, je me dis que l'homme de ma vie ressemble prodigieusement à celui de ma mort. Plus question de sauver notre couple. Plutôt me sauver moi-même. Et quand je suis sur le point de le quitter, c'est le Laszlo que j'ai aimé, et que j'aime toujours quelque part, que j'aperçois. J'ai alors le sentiment que je m'apprête à assassiner quelque chose d'encore vivant.

V. — Pas de naissance sans mort, Ginette. Pas de création sans démolition.

B. — L'idée du plus jamais me glace, malgré tout. Celle du encore et toujours, aussi. Je ne sais plus. C'est mon corps qui, le dernier, a parlé. Quand l'autre nuit Laszlo s'est collé à moi tout mouillé, j'ai eu un irrépressible mouvement de répulsion. A partir de là tout s'est précipité. Car, dans ma tête, il y a longtemps que la séparation est consommée.

V. — Tu n'en finis pas de rompre, depuis deux ans. Excuse-moi, mais tu n'es plus crédible. Je t'ai écoutée, réconfortée, plainte, conseillée, secouée, brutalisée. Je ne t'ai jamais caché ce que j'en pensais. Tu es drôle. Tu comprends parfaitement et tu agis à l'opposé. Tu écoutes tout, mais tu n'assimiles rien. A ce stade, je ne peux plus rien pour toi. Je vais être dure. Mais le mieux que je puisse faire, c'est de te laisser. Ne m'appelle plus. C'est inutile. A toi, toi seule de t'en sortir. Ou d'y rester ad vitam aeternam. Salut.

68

Peggy — Trois coups de fil d'Olivier sur mon répondeur, hier. Après cinq jours de mutisme. « Ici l'angoisse... Je suis bien au pays de la grande sérénité ? La terre est déserte ? Tant pis je me replie. » And so on... Pour quoi était-ce, crois-tu ?
Véronique — Pour le cul !
P. — Penses-tu ! Pour la littérature ! Je l'ai laissé se casser trois fois le nez sur l'appareil et ce matin, n'y tenant plus, je l'ai appelé. Plus dramatico que jamais. Voix sépulcrale. Il ne me parle que boulot. Affres de la création, douleurs de la gestation. Je connais. Tout à coup, j'éclate : « Olivier, que se passe-t-il entre nous ? » « Tu ne vois pas que je n'ai pas la tête à ça ? Je travaille, moi ! Je te rappelle dans une heure. Mon commentaire terminé. » Voilà que je dérange le grand homme !
V. — Une femme qui travaille, si on l'interrompt, elle n'en fait jamais un drame. Un homme, si on l'importune tandis qu'il s'avise de refaire le monde, attention ! Je travaille moi !
P. — Et moi je m'amuse, c'est bien connu. Bonne

256

pâte, je raccroche et j'attends. Pas une heure. Douze. Long enfantement, dont il me livre enfin le fruit. Là, c'est moi qu'il surprend en pleine écriture. Je ne relève même pas.

V. — Tu n'es qu'une femme, Ginette. Quand ils se regardent écrire, ceux-là !

P. — Il me lit son texte, en y mettant l'emphase. Arrivé aux trois quarts, j'ai la malencontreuse idée de lui faire répéter un mot que je n'ai pas compris. « Veux-tu que je reprenne du début ? » J'ai une émotion. « Non, non. C'est parfait. Continue. » Il insiste. « Si, si, tu saisiras mieux. » J'ai droit à une deuxième lecture. Plus flexueuse, plus intimiste. Puis au rare privilège d'avoir à donner mon avis.

V. — Plus insigne que de te faire sauter !

P. — S'il nous entendait, il nous tuerait !

V. — Tu ne riais pas comme ça, il y a vingt-quatre heures !

P. — Un mot de lui, et me revoilà pacifiée.

V. — Tu es ainsi faite, Ginette...

P. — Je retrouve mon centre de gravité. Je me rassemble. Je me recompose. Rien ne me déstabilise davantage que le silence. Pour moi, c'est l'oubli, le vide, le néant. Je me retrouve déboussolée, flottante, ne sachant plus à quelle bouée m'agripper. C'est comme ça, depuis que je me suis embarquée avec Olivier. Il me met complètement à l'envers. Quand on navigue en eau douce, je ne peux m'empêcher de rester sur le qui-vive, guettant

257

les signes d'orage. Quand on chaloupe en pleine tempête sur des eaux océanes, je me débrouille pour prendre toutes les vagues en pleine gueule. V. — Tu ne lui donnes jamais le temps de se remettre d'aplomb, quand il a le mal de mer. Respecte son silence. Il est curatif. Tu ne laisses souffler personne, quand tu paniques. J'en sais quelque chose. Tu agis comme si, pour toi, le temps n'existait pas. Il n'y a que l'immédiat qui t'obnubile. Tu accordes trop d'importance aux faits, aux climats de l'instant. Tu t'attaches à un détail, tu le grossis et l'horizon s'obscurcit. Jamais tu ne regardes plus loin, jamais tu ne comptes avec la durée. Moi, je me dis toujours : j'ai le temps, j'ai toute ma vie. Et si ce n'est pas avec lui, ce sera avec un autre. Celui qui gagne est celui qui a le temps. Toi, tu vas au massacre, avec ton impatience.

P. — Oui, mais en attendant qu'il guérisse, moi je dépéris.

V. — Une vraie éponge. Tu t'imbibes de son mal, au lieu de le laisser mariner. Ça finira par t'entamer en profondeur. Ne te laisse pas imprégner par sa mélancolie. Tu as assez de la tienne.

P. — Dans le genre buvard, il n'est pas mieux. Il suffit d'un mot de moi plus haut que l'autre, d'un sourire en biais, d'un regard de travers, pour qu'à son tour il plonge. Pour bien faire, il faudrait que je contrôle, que je jugule mes réactions. Que je n'exhale rien de vivant. Que je sois inodore, incolore, insipide, ignifuge.

V. — A vous deux, vous pourriez participer au concours du meilleur absorbant...

P. — Tu ne te laisses pas entamer, toi. J'admire ta façon de transiter entre les hommes, sans jamais t'appesantir.

V. — Moi, c'est ultrasimple. Je te l'ai dit dix mille fois. Je prends ce qui me plaît. Je laisse ce qui me déplaît. Je n'attends jamais rien d'eux. Je ne compte que sur moi. Avec ça, je roule tranquille. Tu me tires la gueule ? Je t'éclate de rire au nez. Ça les décontenance. Si je les prends au sérieux, ils recommencent sans arrêt. Tu me parles sur ce ton ? Je raccroche. Quand tu seras déridé, tu me rappelleras. Ils rappellent toujours, ne t'en fais pas. Tu m'engueules ? Ciao, le macho. Je te laisse en plan. Tu me cherches des noises avant une sortie ? J'annule. Tu n'es pas content ? Ce n'est pas grave. Moi je passerai quand même une bonne soirée. Tu es de mauvais poil ? Tire-toi. Tu reviendras quand tu seras de meilleure humeur. Tu es là ? Enchantée. Tu n'es pas là. Pareillement ravie. Tu ne viens pas ce soir ? Epatant. On ne se voit que dans une semaine ? Parfait. Je glisse sur tout. Et le jour où la dose est trop forte, je les vire. De l'air !

P. — Moi, je ne tiendrais pas le coup à ne vivre que de légèreté et d'éphémère. Je ne pourrais pas me contenter de meringues et d'îles flottantes. Ce n'est pas de la nourriture, ça.

V. — Quand je prends le large, je continue d'exister toute seule. Pas besoin d'eux pour me sustenter.

P. — Moi, au contraire je me consume.

V. — Tu as trop tendance à le considérer comme essentiel, ton Olivier. Arrête d'aller vers lui. Avec ton dévouement, ta fayoterie, tes attentes, tes plaintes. Laisse-le venir à toi. Tu lui colles comme un timbre sur une enveloppe. Chaque fois que tu vas le chercher, tu lui signifies ta peur. Il faut que tu t'appartiennes davantage.

P. — La différence, entre toi et moi, c'est que toi tu t'en fous. Tu baises beaucoup, Véro, mais tu aimes peu.

V. — La passion, Ginette, il faut se contenter de l'inspirer. Sinon, elle te rend le quotidien tragique. Et la tragédie, quotidienne. C'est la calamité des calamités.

P. — Quand je suis amoureuse, je donne sans compter. Très mauvaise gestionnaire de mes sentiments. Toujours tendre et soumise.

V. — Je sais être tendre, aussi. Mais jamais soumise. Je me donne également. Mais je ne m'abandonne pas. Les hommes ne sont pas des planches de salut.

P. — Moi, il faut que je m'embarque pour de bon. Sinon, ça ne m'intéresse pas.

V. — Tu peux toujours monter à bord en te tenant prête à sauter à tout moment. Et sans perdre de vue le bateau de sauvetage. Si tu tiens à toi, distancie, Ginette, diversifie. Sinon tu perdras tout dans le naufrage.

P. — Distancie, distancie. Facile à dire...

V. — Il faut que tu te donnes les moyens d'échapper à la fixette. Pour garder tes distances, garde ton humour, garde ta superbe, garde ta séduction. S'il te laisse des vides dans ta vie, remplis-les autrement. Recharge tes batteries ailleurs. Transforme en positif ce que tu vis actuellement en négatif. Tu verras bien. Si le régime qu'il t'impose te convient, tu l'aménages. S'il ne te convient pas, tu trouves une autre solution.

P. — Je ne vais quand même pas aller contre mon désir...

V. — Tu peux y prendre goût. Et gagner sur tous les tableaux. T'appartenir et le posséder, puisque tu y tiens. N'oublie pas qu'Olivier marche à la dynamique du stress. Il ne réagit que s'il se sent acculé.

P. — C'est juste. Il ne se sent vivre qu'en situation de rupture. Tu sais quels avaient été ses vœux du nouvel an ? « Je nous souhaite beaucoup d'inconfort. »

V. — Il aime le risque ? Mets-le en danger. Tu n'es intéressante qu'inquiétante. Inquiète, tu le fais débander. Ce n'est pas avec tes yeux éplorés et tes lèvres tremblantes que tu l'exciteras. Le jeu de la séduction, avec lui, consiste à le désécuriser. S'il se sent en perte de vitesse, il saura pédaler, crois-moi. Lui aussi doit te mériter.

P. — J'aurais tellement aimé naître garce. J'envie les chiennes, les insupportables, les odieuses, les emmerderesses, les chieuses. Tout le contraire de ce que je suis, malgré les apparences. Tu ne veux pas me donner des cours de rattrapage ? M'aider à me défaire de mon indécrottable innocence. De ma naïveté, de ma fraîcheur à la con.

V. — Garde ta fraîcheur, Ginette, mais sois plus maligne. Ma garcerie n'est pas vraiment dans ma nature. Je m'y contrains. Sinon, je sais que je serais perdue. C'est aberrant, mais c'est comme ça. Pour mieux leur plaire, je m'ingénie à leur déplaire. J'alterne apparitions et disparitions, cruautés et tendresses, attentes et surprises, mufleries et gentillesses, attention et indifférence. Un cocktail infaillible. Toujours gratuites, mes méchancetés. Et inattendues, mes douceurs. Je les mets mal. Aussitôt après, je les mets bien. Quand ils sont bien, je les remets mal. Bien, mal, mal, bien. Ça marche, tu ne peux pas savoir. Ça crée un besoin de toi. Ils ne peuvent plus s'en passer. L'amour vache, c'est fou ce qu'ils aiment ça. Tu mènes le jeu comme tu l'entends. Quand même inouï qu'à trente ans, on en soit encore à se demander ce qui marche, ce qui prend. N'a-t-on donc rien appris jusqu'ici ?

262

P. — Sur le plan sentimental, rien. Mon âge affectif, d'après le test du *Nouvel Obs*, seize ans !

V. — Il veut de l'inconfort ? Tu aurais tort de te gêner !

P. — Mon but n'est quand même pas de l'avoir à mes bottes...

V. — C'est l'un ou l'autre, Ginette. Lui aux tiennes, ou toi aux siennes. L'équilibre dans la passion est irréalisable. Il y en a toujours un qui a le dessus. Pas celui qui a peur, je te le garantis. Celui qui risque.

P. — Tu n'as jamais peur, toi ?

V. — Si. Mais pas de les perdre. De me perdre. Mon instinct de conservation, depuis Gérard, s'est bien musclé.

69

Lorenza — Zitto! Buono, disgraziato! Non vedi che sto telefonando?

Véronique — Pardon?

L. — Excuse-moi, j'engueule mon chat qui s'entortille dans le câble...

V. — Et il comprend, ton quadrupède, quand tu lui causes étranger?

L. — Pour moi, un chat ne peut parler qu'italien.

V. — Joli port de voix, ce matin! Il y a des lunes que je ne t'ai pas entendue triller de la sorte!

L. — Tu me croiras si tu voudras. Hier soir, je me laisse encore entraîner par Serge dans une fête étrangement narcissique. Une occasion, après tout, de les rouler à nouveau en tutu et bas résille, après des mois de claustration. Loft high-tech, tout en carrelages et grillages. Modernité hygiénique et égotisme forcené. Miroirs, objectifs, caméras, vidéos partout. De quoi se prendre les pieds dans les fils à chaque pas, en se mirant. Images, images. Trop préoccupés dans l'auto-contemplation, tous ces figurants, pour communiquer. Vanité, quand tu nous tiens... Fête esthétique et froide où rien ne passe... où rien ne se passe. Au moment de tourner les talons je me fige, pétrifiée. Qu'aperçois-je au fond de ce hangar stérile ? V. — Je devine. Décidément ! L. — Cette fois, ce n'est pas comme la dernière. Ce soir, je suis à mon top, comme si je sortais d'un écrin. Divine apparition. Sauvage et asymétrique. Une épaule dénudée et une hanche drapée. Géométrie en folie de noirs et blancs qui s'entrecroisent. Je me laisse porter par la vague sociale. Je reconnais tout le monde, du coup. Je passe de l'un à l'autre, crinière au vent et toutes dents dehors. Compliments au champagne. Bouchées de futilités. Un mutant me baise la main. Et celle de Serge dans la foulée. La taille et la rugosité de cette dernière qui se dérobe doivent le surprendre. Il lève les yeux et, rose de confusion, s'excuse : « Je perds les pédales. » Serge ne résiste pas : « Je crois au contraire que vous les prenez ! » Moi, je ne perds par Karl de vue. Il a dû m'apercevoir à son tour. Je le sens tendu, mal à l'aise. Il cherche du renfort. Moi, j'ai l'air d'assurer extérieurement. Mais intérieurement, je mouille. Pas encore le moment de l'approcher. Me calmer d'abord. Reprendre mon souffle. Ne rien laisser paraître de mon trouble. L'aborder en gagneuse. Triomphante sans ostentation. Sûre de ma séduction, de ma valeur, de mon autorité, de ma beauté. Pleine. Compacte. Le succès va au succès, c'est bien connu. Ou du moins, à la conscience qu'on en a. Croire en moi, pour qu'à son tour il y croie. Je m'éloigne, pour mieux choisir et le lieu et le moment. Je traverse la foule dans l'autre sens et m'agrippe affectueusement à un vieux copain qui se demande ce qui lui arrive. Ne t'occupe pas, vieux. Ris, enlace-moi et danse. Ouf, ça va mieux. De bras en bras, de joue en joue, j'arrive jusqu'à lui. Je l'aborde, provocante : « Alors, Karl ? » Lui, gêné : « Alors... rien. » J'éclate de rire. « Bref ! » Je lui tourne le dos et continue mon cinéma. C'est lui qui s'approche. Pas étincelant, le mec. Deux côtes cassées en jouant au foot. Fêtes tragiques à Biarritz, en famille. Reportages. Routine. Pas très exaltant le bilan de ses six derniers mois. S'il connaissait le mien ! « Et toi, ça a l'air d'aller... » « Impeccable ! » Je n'ai même pas à forcer, j'irradie. Sans réplique, il se met à feuilleter un livre de graphisme. Je lui ferme brusquement le livre entre les mains et sans le lâcher des miennes, je plante mes prunelles de jade dans ses yeux plissés. « Karl, dis-moi, que s'est-il passé ? » Que n'aurait-il pas donné pour, à ce moment précis, disparaître. Un long silence. Puis, d'une voix étranglée : « Une panique noire. » « A cause de toi ou de moi ? » « De toi ! » Je ris en mentant et mens en riant. « C'est bien la première fois qu'un homme me dit que je lui fais peur ! » Pivotant légèrement, cambrant mes reins, en équilibre sur un talon, de

266

ma toison rejetée, je frôle son visage. « Dommage. Tu es peut-être passé à côté de quelque chose d'important. » Lui, concentré : « Tu n'es pas la seule à me l'avoir dit. Jamais je ne me suis posé autant de questions à propos d'une femme. » Quand sa réponse me parvient, comme un souffle, je suis déjà loin.

70

Véronique — *Absente. Reviens de suite. La loge est fermée. La concierge est dans l'escalier. Veuillez laisser votre colis sur le paillasson, et votre message sur ce répondeur.*

Lorenza — *Dans le genre histoires-de-concierge, j'en ai encore une pas mal...*

Peggy — *Ce que tu peux être crispante ! J'ai les nerfs qui frisent !*

71

Lorenza — *Non, la Signora elle est pas là. Oui, la Signora elle est sortie. Non, j'sais pas quand elle rentre. Oui, oui, elle est à Paris. Non, non, elle a pas dit où elle allait. Il y a une communication à lui faire ? Bon, alors, attendez. Je prends un crayon, un papier et j'écris. Parlez. Lentamente per favore.*

Véronique — *Si la Signora veut bien daigner...*

L. — La voilà, la voilà. Attends, je m'assois. Je te conseille d'en faire autant. Hier matin, donc, je venais de raccrocher après t'avoir raconté cette soirée inattendue. Je n'ai pas le temps de rebrancher le répondeur que mon téléphone sonne, à nouveau. « Allô, ici Steiner. Karl. » Quelques secondes avant de faire coïncider ce nom-prénom, avec la voix et la personne au bout du fil. Déphasement total. Impossible mise au point. Puis d'un coup, je passe du flou au net, et c'est la stupeur. Silence de mon côté. Silence du sien.

V. — De surprise en surprise !

L. — Promptement, je m'en remets. C'est moi qui attaque. Banalités sur ton aigu et rythme enjoué.

Esbroufe. Pirouettes. Artifices. Je ne sais trop comment, on en vient à parler misogynie. « Je sais bien que tu es misogyne, je minaude. La preuve : tu ne m'aimes plus ! » Voix basse : « Ne crois pas ça ! » De bon mot en réflexion, de fou rire en palpitation, je me retrouve le soir chez lui. En invitée. « Je n'ai rien contre la lumière électrique », je m'entends répondre quand il m'invite à dîner. Me voici, seule et unique. Belle, détendue, souriante. Moi, comme une princesse, une flûte à la main. Lui, qui s'affaire, un tablier de cuisinier sur son pantalon violet. Du séjour à la cuisine, du bar américain à l'installation stéréo. J. J. Cale, champagne rosé, feu de cheminée, nappe cirée noire, bougies mauves. Tout est parfait. Du bouquet de violettes sur la table, à la cuisson des salsifis à l'étouffée. Je rêve, ce n'est pas possible, je rêve ! « Lorenza, ma magnifique. Lorenza, ma grande. Lorenza, ta plume, ta personnalité, ton originalité... » Je rêve, de toute évidence.

V. — Ça ne m'étonnerait pas de toi...

L. — Puis sa chambre, toute noire. « Lorenza... Lorenza... Lorenza... Je me sens si bien... »

V. — Et toi, tu as replongé, naturellement.

L. — Il y avait deux voix en moi. L'une qui l'appelait de toutes ses forces. Karl. Karl. L'autre qui, tout aussi impétueusement, le repoussait. Tu n'es pas pour moi. Je ne suis pas pour toi. Il faut arrêter. C'est la deuxième qui a fini par avoir le dessus. M'arracher du noir. Ne pas rater ma sortie. En prendre l'initiative. Subitement, comme un caprice. Sauvage que de se lever en pleine nuit, mais tant pis. Me rhabiller. Décidée, désinvolte, dégagée. Répondre évasivement s'il me fixe un rendez-vous. Et surtout ne rien demander. Partir, sans laisser d'adresse. Mon plan, je l'ai soigneusement exécuté. J'ai su, en claquant la porte, qu'il n'y aurait plus jamais de lendemain matin. Je l'ai su, sans vraiment le comprendre. L'éternelle question est toujours posée. Pourquoi. Point d'interrogation.

72

Peggy — Un mot qui ne m'a pas plu au téléphone. Je saute dans un taxi. En huit minutes je suis chez lui, à Montparnasse. A une seconde près, je le manquais. Il sortait. Hors de lui. Prunelles en fièvre et cheveux en guerre. J'aurais dû amener un extincteur. J'arrivais avec un lance-flammes. « Monte dans ma voiture », ordonne-t-il. Il prend la direction de Saint-Paul. Durant tout le trajet, lui de profil, moi de face, nous nous affrontons. Arrivés devant chez moi, la violence de ce qui se vit à l'intérieur de sa Volkswagen décapotée est telle qu'une dizaine de passants s'attroupent. Il hurle, je sanglote.

Véronique — Quand apprendras-tu à parler sérieusement sans aspersions d'eau ? On ne peut rien te dire sans que tu mélodramatises.

P. — Je lui casse mon sac sur la tête. Il attrape mes deux poignets et me les presse contre la cage thoracique. Un car de police s'arrête. C'est à moi que s'adressent les flics. « Vous avez besoin d'aide, mademoiselle ? » « Non, merci. Ça ira. » Ils s'éloi-

272

gnent. Je sors éreintée. Il claque la portière et démarre. Je reste un quart d'heure sur place, hébétée.

V. — Tes histoires sont toujours d'une maigreur... Elles ne valent même pas un coup de fil, je t'assure.

P. — Il faut que je te dise tout de même le pourquoi de cette scène automobile. Pas insignifiant, cette fois. Je dirais même rédhibitoire. Conflit ouvert de pouvoir entre Olivier et moi. Lutte pour le leadership. Je t'avais parlé de notre projet commun d'émission.

V. — Oui. Les euro-couples, le marché commun du mariage, l'ouverture des frontières familiales. Votre enfant chéri.

P. — Nous l'avons conçu ensemble, tu es bien d'accord ? Nous étions deux à le présenter, deux à le défendre devant le directeur des programmes de sa chaîne. Au moment de signer le contrat, tiens-toi bien, il n'y en avait plus qu'un. Olivier.

V. — Comment ça ?

P. — Le protectionnisme-corporatisme français m'interdisant, en tant qu'Américaine non homologuée, de signer et de coréaliser ce projet, Olivier s'est vu intituler unique auteur et seul réalisateur du projet.

V. — Et il a accepté ?

P. — Ça n'a pas fait un pli. Il s'est abrité derrière le bouclier syndical pour m'évincer. Il ne m'a parlé que conventions, réglementations, grilles. Il m'a

273

sorti sa langue de bois, lui qui l'a si flexueuse. Tu me connais. J'ai pris feu. « Rien à foutre des conventions effectives ! Et nos accords affectifs, alors ? Les procédures télévisuelles sont une chose. Nos dispositions personnelles, une autre ! Et puis les règles sont faites pour ne pas être respectées ! » Sans compter, j'y ai pensé plus tard, que le blocage des syndicats n'est pas systématique. Que leur vigilance sourcilleuse peut être amadouée. Que, justificatifs à l'appui — mon statut de correspondante d'une chaîne américaine à Paris et la revente de mes émissions à la télévision française — il y aurait peut-être moyen d'accorder les règlements aux individus, et pas le contraire. Que, de toute façon, quelle que soit la rigidité de la corporation, la décision est laissée à la discrétion de chaque chaîne. Et qu'il en existe deux autres qui n'ont pas été sollicitées. Lui, tout cela, il le savait parfaitement. Pourquoi n'a-t-il pas essayé d'arranger les choses ?

V. — Parce que, tu l'as dit toi-même, l'occasion était trop belle d'affirmer sa suprématie. Tu avais un avantage sur lui. Il vient de prouver le contraire. Il a les textes pour lui. Tu lui faisais de l'ombre. Voilà qu'il prend toute la place sur le contrat. Sa signature efface la tienne. Il a tellement besoin d'exister qu'il n'a pas pu résister.

P. — Et moi, ratatinée par sa signature, j'ai dû monter sur des échasses. J'ai dû justifier, revendi-

274

quer. Employer des arguments que je n'aime pas.
« Et moi, je suis qui ? Et moi, je vaux quoi ? »
Quand on m'enfonce, je relève la tête. Ça fait des
vagues, je préfère te dire. C'est lui qui m'a obligée à
affirmer, haut et fort, ce que je représente. Ça ne
lui a pas plu, évidemment.

V. — Votre conflit est venu authentifier chez lui un
mal innommable, réveiller une angoisse inavoua-
ble. Celle de son statut par rapport à toi. Qu'il la
refuse ou pas, c'est la réalité. Il faut qu'il le sache, il
faut qu'il l'admette. Tu es ce que tu es. Tu vaux ce
que tu vaux. Ça n'enlève rien à sa valeur et ça ne
met pas son existence en péril. S'il s'interdit d'être
lucide, vous serez en bagarre perpétuelle. Toujours
à vous disputer le prix de la plus grosse quéquette.

P. — En voulant se faire grand sur le papier, il s'est
montré petit.

V. — Cette fois, c'est mal barré, Ginette. Il s'est vu
minable dans tes yeux. Il ne réapparaîtra pas de
sitôt.

Lorenza — Qu'y a-t-il en nous, Véro, qui les fait fuir ?

Véronique — Ne quitte pas, je remets le disque, Ginette. Toujours le même. Rayé à force. Tu n'as pas encore compris ? Ils ne-se-sentent-pas-à-la-hauteur. Ils-savent-qu'ils-ne-font-pas-le-poids.

L. — Ce serait trop simple. Il doit y avoir autre chose. Je n'arrive pas à trouver. Je ne cesse de tourner autour de cette histoire avec mes pourquoi, sans pouvoir pénétrer le secret de cet échec. Je ne peux pas rester comme ça, à la périphérie d'une explication. Je veux en finir avec mes questions. J'ai un trousseau de clefs entre les mains. Il me faut la bonne. Même si la clef est rouillée, même si elle est inutilisable, il me la faut. Quitte à la jeter aussitôt. Ouvrir grande, une fois pour toutes, la porte de la vérité. Entendre ce qui va me délivrer de cette obsession. Voir clair enfin. Savoir. Tu ne veux pas m'aider ?

V. — Je veux bien, mais comment ?

L. — En faisant parler Karl.

V. — Je ne le connais pas, moi !

L. — Justement. Tu pourrais le convoquer chez toi sous un quelconque prétexte professionnel. Un devis pour des repros de tes toiles, par exemple...

V. — Du blanc sur blanc ? C'est imphotographiable. Du mur que je viens de réaliser à Limoges, plutôt...

L. — Parfait. Tu l'appellerais de ma part. Une fois chez toi, tu t'arrangerais pour le mettre à l'aise...

V. — Je lui ferais boire un coup de vin blanc sec... Je le roulerais dans la farine... Ce n'est pas ce qui manque, chez moi...

L. — Tu créerais une atmosphère de sympathie, de confiance...

V. — Je le noierais dans un pétillement de paroles, de rires au riesling...

L. — A l'asti spumante ! Je t'en fais parvenir une caisse ! Tu dévierais l'entretien sur moi, et, subrepticement, tu lui extirperais ses confidences...

V. — Sans garantie.

L. — Je te sais diabolique et perverse. Tu y arriveras.

V. — C'est trop drôle ! Oh, oui, on fait ça !

L. — Ah, ce que je donnerais pour me transformer en mouche, ce jour-là ! Et si tu enregistrais ?

V. — J'ai une idée...

L. — Moi aussi. Je suis sûre que c'est la même. Vas-y.

V. — Tu n'as qu'à être là, toi aussi. Planquée

quelque part. Sous le canapé, derrière les rideaux, dans une plante verte...

L. — Je sais. Sous un drap. A quelques mètres de vous. En gisante debout. Il n'y verra que du blanc. Il n'ira jamais soulever le drap.

V. — Le coup qu'on va lui jouer ! A quatre-vingts berges, quand on sera deux petites vieilles décaties, on en rira encore !

L. — Arrête ! Je suis pliée en quatre ! Je n'en peux plus ! A la limite je ne sais même plus pourquoi on le convoque, le zigoto. Je suis surexcitée. Le jeu l'emporte sur l'enjeu de l'entretien. Même si je dois en pleurer, on aura bien ri !

V. — OK. Vendu. File-moi son numéro.

Véronique — Tu n'es pas sur répondeur ?
Lorenza — Depuis que je sais qu'il ne m'appellera plus, la ligne est libre.
V. — Comment le sais-tu ?
L. — Intuition profonde. Alors tu l'as eu ?
V. — Plus facilement que je ne pensais. Il a mordu à l'hameçon. Rendez-vous vendredi à 18 heures à mon atelier. Tâche d'être là une demi-heure avant. On fera des essais de voix.

Peggy — Ce qui me perdra, Véro, c'est que je ne sais parler qu'avec mon cœur. Dans l'humidité et le tremblement. Poupée qui mouille, qui pleure, qui rit, qui ferme les yeux quand il la couche, qui dit : Olivier quand il la touche, mais qui jamais ne dit : Non, non, non. Non et non !

Véronique — Moi, c'est à belles dents que je m'exprime. Dures et tranchantes. Je mords, pour ne pas être mordue. Je leur jette des mots saignants. Je suis d'une clairvoyance implacable, quand je me mets à leur parler vraiment. D'une lucidité qui passe pour du cynisme. Ça les ébranle complètement. Je n'y peux rien. C'est comme ça. Ça sort presque malgré moi. C'est dans un état quasi second que je les mets en pièces et que je leur redresse le portrait. Quand j'ai fini, en général, ils ont disparu. Ouste. Au suivant !

P. — J'aimerais avoir ton aplomb. Assener à Olivier ses quatre vérités. Depuis qu'on s'est quittés, l'autre soir, je n'ai pas arrêté de le mettre à plat. Comme lorsqu'on démonte un pantalon pour le remonter. Je relève tous les trous, les déchirures, les usures, les étriquages, les faux plis, les mauvaises finitions. Pour l'évacuer, je pense à lui sous l'angle le plus ringard. Ça aide!

V. — Ça te décape un mec!

P. — Ses lourdeurs quand tout lui pèse et qu'il ne fait pas le poids. Ses états d'âme, dont il fait un drame. Ses fatigues d'avoir à mettre un pied devant l'autre, lui qui est revenu de tout sans jamais être allé nulle part. Ses délires du fiasco quand il se pose en looser et en maudit. Ses angoisses conséquentes et ses gueules assorties. Ses moralismes vieux bab avec ses lois anticouple et anticonfort. Ses comptes à régler avec lui-même et qu'il règle avec moi. Enough!

V. — Je peux t'aider, Ginette. Il est bon pour un sacré coup de lessive, Olivier, ce matin. J'ajouterai ses complexes professionnels qui font de lui, sans qu'il le soit réellement, un personnage méchamment minable. Ou minablement méchant.

P. — Même si méconnu, tu ne peux tout de même pas nier son talent!

V. — Si talent il y avait, à son âge, ça se saurait. Dans tous nos métiers, qui sont publics, si tu n'es pas reconnu, c'est suspect.

P. — Quelle importance? On peut exister ailleurs que dans la réussite professionnelle.

V. — Parle pour toi, Ginette. Pour lui, c'est quatre-vingt-dix pour cent de sa vie. Si ton éclat offusque le sien, il faudra bien que, pour émerger, il t'enfonce.

P. — Toute ma vie, je serai donc condamnée à payer la facture de ma réussite ?

V. — Ecoute. Tu as un besoin immodéré qu'on t'aime et qu'on te le prouve. Celui qui te le prouvera le plus, tu l'aimeras le mieux. Pour déclencher de grandes démonstrations de passion, il faut que tu impressionnes. Comme les plus impressionnables sont ceux qui ne t'égalent pas, c'est de ceux-là que tu tombes amoureuse. Et là tout se complique. Car tes admirateurs éperdus, tu veux les admirer, à ton tour. Tu ne les supportes pas médiocres. Tu as besoin qu'ils t'en imposent. Qu'ont-ils à t'offrir pour te convaincre de leur importance ? Le manque. Olivier a parfaitement su te mettre en état de dépendance. Avec cette histoire corporatiste de syndicats, il vient de se voir fournir l'occasion de t'éliminer tout net. Il n'allait pas s'en priver !

76

Véronique — Tu mets longtemps à répondre !
J'allais raccrocher.

Peggy — Je vais t'expliquer. Tout ce qu'on s'est dit
hier sur Olivier, j'ai envie de le lui balancer. Tout
cru. Hors de question que je lui écrive, naturellement, ou que je lui téléphone. Il faut que ce soit lui
qui appelle. Ce qu'il va entendre alors, le malheu-
reux, il n'en a pas la plus pâle idée. Pour ne pas être
prise au dépourvu, j'ai préparé un texte en trois
exemplaires, que j'ai punaisé à côté de mes trois
postes. Près de mon lit, sur mon bureau et sur la
moquette du séjour. Chaque fois que le téléphone
retentit, je me relis mon réquisitoire à toute allure,
avant de décrocher. J'ai beau l'avoir dactylographié
et avoir cerclé au marker rose-fluo les mots les plus
cinglants, il faut chaque fois que je révise. Cette
nuit, ça a sonné. Le temps de réaliser que c'était
bien le téléphone, d'allumer, de me frotter les yeux,
de relire le texte, la sonnerie s'est arrêtée. J'ai
repiqué au fond de mon lit, quand ça a re-sonné.

J'ai décroché. Silence. « Allô... Allô... » Pas de réponse.

V. — Il dit quoi, ton monologue ?

P. — Il dépasse ma pensée, mais, pour une fois, ça ne lui fera pas de mal d'entendre ça ! « Je t'ai souvent observé, Olivier. Chaque fois que tu t'es trouvé confronté à quelque chose qui te dépassait, quelque chose de trop grand, de trop beau, de trop nouveau, tu l'as dénigré. C'était ta façon de l'appréhender. En négatif. Ta défense, c'était le refus. Tu rejetais en bloc ce que tu ne pouvais intégrer. Ce que tu ne savais dominer, tu le démolissais. Tu ne savais exister que contre. Tu m'as niée dans mon désir, dans ma folie, dans ma passion. Voilà maintenant que tu viens de m'anéantir dans mon travail. Sans doute étais-je trop grande, trop belle, trop nouvelle pour toi. »

V. — Pas mal. Mais tu n'iras jamais au bout de ta tirade...

Véronique — *Pas de chance. Vous appelez trop tard. Ou trop tôt. Je suis déjà sortie. Et pas encore rentrée. On finira peut-être par se joindre si, de votre jolie voix, vous me mettez sur la voie.*
Lorenza — *Nuit blanche, Véro. Et flashes noirs. Je te livre le dernier. Il m'a saisie au petit matin, avec la première clarté glaciale qui filtrait du store. Une lettre dont il ne se remettra pas. Il en haïra les femmes pour le restant de ses jours. « Bravo Karl. Tu t'es surpassé. Joli numéro de coq à ma meilleure amie. Un peu longuet tout de même. Trois heures pour dire quoi ? » Et là, je lui livre ses trois ou quatre phrases clés. Je poursuis : « Non, elle ne m'a rien répété. J'ai tout entendu. En direct. Eh, oui. Nous étions trois hier soir. Deux en tout cas, à avoir bien ri ! » Signé : « Lorenza for never. »*

Véronique — On aurait l'air de quoi, Ginette, s'il lisait ça !

Lorenza — De s'être bien foutues de sa gueule !

V. — Déchire cette lettre. Tu n'en sortirais pas grandie. Une fille qui passe trois heures planquée sous un drap, excuse-moi ! C'est lui qui se tordrait. Jamais il ne faut livrer aux hommes les secrets de nos stratégies et de nos stratagèmes de sorcières. Tu voulais ta claque. Tu l'as eue. Ça suffit, maintenant. Ne lui envoie plus rien. Basta !

L. — J'en ai gardé toute la nuit la brûlure au visage. Il fallait que les choses soient dites. J'avais besoin d'entendre, de sa bouche, ce que, de ma vie, je n'ai jamais entendu de plus cruel.

V. — Il est des mots qu'il vaut mieux ne jamais écouter.

L. — Ils m'ont frappée comme le boomerang. J'ai cru trépasser sur le moment. J'ai survécu. Ils se sont déjà éloignés de moi. Ils ne me touchent plus. A leur place, marmoréenne lucidité, clairvoyance boréale. Même si intolérable, je préfère de loin cette douleur ponctuelle à l'élancement du doute qui m'a taraudée, en continuum, six mois durant.

V. — Un homme est incapable de dire à une femme : « Je ne t'aime plus », ou « Je ne t'ai jamais aimée », ou mieux : « Je ne m'aime pas avec toi. » Nous, on n'a pas peur de prononcer des paroles définitives. Même quand elles ne sont pas vraies. Rien que pour voir.

L. — Ça a pourtant commencé comme une farce-attrape ! Rien n'était sérieux. Ni la musique papier peint destinée à meubler d'éventuels silences gênés et surtout à couvrir tout bruit qui aurait pu s'échapper d'en dessous mes drapures. Ni les bulles de mon asti spumante suceptible d'en faire jaillir d'autres, qui enfermeraient, une fois pour toutes, ce dialogue roman-photo. Ni mon fou rire ni mon hoquet, contre lesquels tu m'avais équipée d'une serviette-éponge pour étouffer l'un, et d'une goutte de vinaigre sur un sucre pour étrangler l'autre. Seul mon trac était authentique. Pourquoi ce trac ? Qu'allais-je apprendre, que je ne savais déjà ? Tu m'as offert de la bière, pour me calmer. Surtout pas ! Je me faisais assez de mousse comme ça. Un coup de vodka et on est passées aux essais. Quand tu t'es mise sur la pointe du canapé, et moi au fond de l'atelier, derrière les cartons à dessin, en fantôme voilé...

V. — J'ai failli pisser de rire !

L. — Moi, je ne te dis pas ! Il avait du retard, ce

287

con. On s'est descendu, en se bidonnant, la moitié de la bouteille. Quand il a sonné, l'excitation était à son comble. Dernier coup de vodka, et, armée de mon sucre et de ma serviette, je me suis précipitée...

V. — En renversant un vase de fleurs au passage...

L. — Sous ma sculpturale cachette. Un imprévu : la diarrhée ! On avait pensé à tout, sauf à ça. Menaçante, elle me laboure les entrailles avec des grondements sismiques. Trop tard. Il faudra faire avec. Déjà me parviennent vos politesses amidonnées, vos pirouettes stylistiques, vos rires artificiels, vos bouchons de spumante. Attention, Lorenza. Oublie ton ventre et ouvre tes oreilles. Car, de votre côté, le scénario se bouscule. Il était convenu que vous parleriez d'abord boulot, que tu lui ferais faire une visite guidée de l'atelier en passant au large de mon coin, et que ce n'est qu'à la fin que tu me jetterais sur le tapis. Je suis arrivée plus vite que prévu. Me voilà d'emblée au milieu de ton atelier. Au centre de votre conversation. Quand j'ai entendu mon nom, j'ai failli m'évanouir.

V. — Qu'a-t-il dit d'aussi insoutenable, après tout ? Que tu lui étais défendue, en somme. On le savait. « Je n'étais pas à l'aise avec elle... C'était l'égérie d'un certain milieu... Tout le monde lui courait après... Elle vivait avec quelqu'un... Ça ne veut rien dire, je sais, mais on m'avait prévenu qu'il me tuerait... On ne passait pas inaperçus, quand on

sortait ensemble... Tout le monde la connaissait...
J'allais m'engager dans une histoire invivable...
J'étais dépassé... L'amour d'une star, italienne de
surcroît, c'était trop pour moi...»
L. — Le pauvre! Mais tu oublies le principal. « Elle
ne me plaisait pas assez! Elle ne me faisait pas
bander!» Il a dit ça, oui ou non?
V. — Tu ne veux tout de même pas que je te
traduise. Tu as compris, j'espère. Elle était trop
verte, Lorenza. Il fallait sauter trop haut pour
t'attraper. Il n'était pas de taille. Court sur pattes,
ton homme-singe.
L. — Il a eu un silence, quand tu lui as soutenu que
la rumeur publique disait qu'il était fou de moi.
V. — Il a souri, condescendant, et il a secoué la
tête, navré. « Je l'ai cru un moment, a-t-il concédé,
à voix basse. Un moment seulement. Quand je l'ai
vue la première fois à Fiumicino, je l'ai trouvée
splendide. Je l'ai revue à Francfort, somptueuse.
Puis à la télévision, une diva. A Nogent, quand je
l'ai retrouvée, je n'en revenais pas. J'ai interrompu
mes vacances pour aller la chercher à Roissy.
C'était un coup. Impensable. Mais rien de plus
qu'un coup.» Et il a vite fait de s'apercevoir que
c'était lui qui n'était pas, qui ne serait jamais dans
ce coup-là.
L. — Une question encore. Quand il t'a dit : « Je
vais t'avouer quelque chose que tu ne répéteras
pas...»

V. — Et que j'ai protesté, indignée : « Tu me connais pas. Je suis une tombe ! Plus silencieuse encore que celles de mes cimetières toilés... »

L. — Qu'a-t-il dit ?

V. — Arrête, Ginette. Ça ne te suffit pas ?

L. — Je veux tout savoir.

V. — Je ne vois pas ce que ça ajoute. Il a dit : « Eh bien, Lorenza, je l'avais comme ça ! » Et il t'a soupesée, dans le creux de sa main, comme quelques grammes de poussière. Puis il prit un air cynique, pour dire : « Son côté fleur bleue, c'était touchant. »

L. — Comment se peut-il, Véro, que ce que j'ai vécu, moi, en rouge vif, il l'ait peint de la couleur stupide des fleurs craintives ?

V. — Ni rouge, ni bleu, son fruit défendu. Je te l'ai dit. Il était trop vert.

L. — Ça m'apprendra à offrir, divin élixir, tout ce qui me sourd du cœur ! Le prochain qui entendra mes je-t'aime n'est pas près d'être conçu !

V. — Quelle santé, tout de même, pour rester trois heures debout sous un drap à entendre pareilles inepties !

L. — Je transpirais sous le coton. Je serrais les dents, les poings. Qu'il s'en aille ! Je ne veux plus l'entendre ! Et voilà qu'il éclate de rire. Que sa voix change. Qu'il s'anime. Qu'il se raconte. Qu'il s'exalte. Qu'il fait le beau. Qu'il t'invite à dîner...

290

V. — Trop d'asti. Je ne pouvais plus m'en dépêtrer...

L. — J'ai vu le moment où je balancerais tout, drap et serviette au milieu du local. Je ne sais ce qui m'a retenue. J'ai même failli me mettre en marche, raide comme la justice, apparition hiératique, fantôme drapé, traverser l'atelier à pas lents, passer irréelle devant vous et disparaître à jamais...

V. — Tu aurais dû! Il en serait tombé dru!

79

Véronique — J'ai été brusque l'autre jour. Tu ne m'en veux pas, Ginette ? Mais dans ta descente en roue libre avec Laszlo, je n'avais plus les moyens de te retenir.

Barbara — Tu n'auras plus à le faire. J'ai réussi, seule, un freinage radical et une magistrale marche arrière. Je m'en suis sortie.

V. — Quoi, tu l'as quitté ?

B. — Il y a quinze jours déjà ! Dorénavant, plus de rupture dans l'air chez Barbara, quand tu l'appelleras. Bel et bien consommée, la coupure. Cette fois, c'est la bonne. Je te le jure. Ou plutôt la mauvaise.

V. — Vu le personnage, ça n'a pas dû être sans risques...

B. — C'était un soir comme un autre. Il m'a agressée une fois de plus. Une fois de trop. Il ne savait pas que ce serait la dernière. Moi, oui.

V. — Physiquement ?

B. — Non, verbalement. J'étais coupable, ce soir-là, de ne pas l'avoir aperçu au Salon du Prêt-à-porter. Il faut dire que je ne l'avais pas beaucoup cherché. « Où étais-tu ? Tu te cachais ! » Ma riposte a été d'une violence inégalée. J'en ai été la première surprise. Tout m'est monté d'un coup et je le lui ai jeté en pleine gueule. Le condensé de deux ans de nos conversations téléphoniques. Je ne lui ai rien épargné.

V. — Il doit me chérir...

B. — Tu n'y es pour rien. C'est avec moi que je n'ai cessé de dialoguer. Tu le sais. Cela a eu pour effet de le pousser efficacement vers la sortie. De le chasser en lui laissant l'impression que c'était lui qui se barrait. Il a ramassé ses clés...

V. — Tes clés !

B. — Et il a claqué la porte. Il était minuit. Je ne l'ai pas revu depuis.

V. — Tiens bon, Ginette. Il va revenir à la charge. Sans toi, il est perdu. Et toi, tu ne le perdras pas si facilement.

B. — C'est ce que je me suis dit. Il va falloir que tu sois ferme, Barbara. Que tu ne cèdes, ni à tes bouffées d'angoisse, ni à ses offensives de tendresse.

V. — Jusqu'ici, c'est toujours toi qui as craqué.

B. — Que de fois, alors que je pensais l'avoir viré pour de bon, j'ai eu ce sursaut qui m'arrachait du sommeil, cette crampe au ventre, cette montée de sanglots, cette panique noire. Il n'est pas là ! Que de fois, à ce moment précis, j'ai composé les sept chiffres fatidiques et prononcé les deux mots de ma nouvelle condamnation : « Laszlo, reviens. » Une nuit où je n'avais pas eu de réponse, j'ai enfilé mon loden à même ma peau glacée et, pieds nus dans mes demi-pointes, je suis descendue dans la rue mouillée, j'ai longé les deux immeubles qui nous séparent et monté tremblante les quatre étages de son agence. J'ai trouvé un homme désespéré. Bien plus atteint que je ne pensais. J'ai ouvert mon loden et me suis pressée, en larmes, contre lui. « Laszlo, reviens. » Et on repartait chaque fois jusqu'au prochain arrêt. Plus de ça. Terminé. Pendant ces quinze jours, j'ai réussi à ne pas appeler. Pas de Véro au bout du fil pour me soutenir. Ça a été dur. Mais je n'ai pas flanché.

V. — Tu vois, mon lâchage n'a pas été négatif. Tu as trouvé en toi, seule, l'indispensable résolution.

B. — J'étais contente de moi. Et vigilante néanmoins. Attention, Barbara, il ne faut pas que tu te laisses piéger maintenant par les côtés touchants de Laszlo qui ne vont pas tarder à refluer. Il va tenter de te reprendre en douceur. Il est persuadé que, comme toujours, tu vas fondre sur place au premier geste senti. Il faut qu'il se casse la tête contre le mur de ma détermination. Ça n'a pas manqué. Au bout de huit jours, à quatre heures du matin : « Allô... C'est moi... » Silence. Moi, la voix encore amollie de sommeil : « Tu m'appelles pourquoi ? » « Je pensais que ça te ferait plaisir. » Je me redresse dans mon lit, dans le noir. Ma voix durcit : « Plai-

294

sir ? Tu plaisantes !» Lui, toute tendresse débordante : « On va vivre en paix, toi et moi, Barbara...» J'allume et je scande dans le téléphone : « Tu ne comprends pas que c'est fini, Laszlo. FINI.» Je suis d'une froideur implacable : « Il faut d'ailleurs qu'on se voie pour régler les modalités de notre séparation.» « Quelles modalités ?» « C'est simple. Tu reprends tes affaires et tu me rends mes clés.» Ça claque. Laszlo s'abrite derrière des détails si usés qu'ils s'effilochent. « Je ne veux plus discuter de ça. C'est sur un problème de fond que s'est faite la coupure.» « Le fond, c'est l'amour », proteste-t-il. Il est pathétique. Et cynique. Il sait que je suis programmée pour craquer au prononcé de ce mot fatal. Il en use avec autant de science que de sincérité. Cette fois, il ne m'aura pas. Ce que je vais lui dire, maintenant, a du mal à sortir. Je me fais violence. « Justement. Chez moi il n'y a plus d'amour.» « Tu es un monstre !» hurle-t-il. « Ecoute-moi bien, Laszlo. Tu peux essayer la tendresse, la violence. Tu peux être odieux, adorable, aigre, mielleux. Tu peux m'agresser, me supplier. Cette fois, c'est définitif.»

V. — Y a-t-il cru ?

B. — Il va bien finir par y croire. Parce que moi j'y crois.

V. — C'était sa première tentative. Il y en aura d'autres. Il ne va pas renoncer comme ça. Il est toujours fou de toi.

B. — C'est ce que j'ai pensé. Il va tenter l'impossible. Jouer le tout pour le tout. Il va remuer des chaînes de montagnes, détourner des océans, m'offrir des trésors. Coucher nu sur mon paillasson, exécuter des triples sauts périlleux sous mes fenêtres, engorger ma boîte aux lettres, me fleurir par camions pour me dire le feu de sa passion et la froideur polaire qui s'est abattue sur sa vie.

V. — Au fond, tu n'attendais que ça. Epatez-moi, Benoît !

B. — Je redoutais le spectaculaire. Le souffle qui emporte tout. L'élan qui fait peau neuve. Je craignais ses imprévisibles assauts, ses incursions régénératrices. Je n'ai rien vu venir.

V. — Tu es déçue, je suis sûre, par son manque d'ardeur.

B. — A la limite. Je suis étonnée qu'il se soit si facilement résigné.

V. — Méfie-toi. Il essaiera de t'avoir autrement. Par des moyens plus pervers.

80

Lorenza — Une question, Véro. Après, on n'en parle plus. N'as-tu pas eu le sentiment que Karl avait une idée qui lui broutait la nuque, l'autre soir ? Qu'ayant pris pour avances tes gracieusetés pour le mettre en confiance et lui extorquer ses confidences, il s'est dit : Pourquoi pas ? Et que pour s'assurer toutes ses chances avec toi, il n'a rien trouvé de plus élégant que de dénigrer ses sentiments pour moi ? Sur la fin, j'en ai eu la nette impression. Je bouillonnais sous mon drap. Non, mais ! Il ne va pas draguer ma plus chère amie, maintenant ! Il ne respecte rien, celui-là. C'en est indécent ! Je le hais de toutes mes forces ! Voilà qu'il récidive. Qu'il lui fait le même numéro qu'à moi. Qu'il lui prodigue tout ce dont il m'a d'abord comblée, puis brutalement spoliée. Et que moi, je me prends ma deuxième baffe de la soirée ! Comme si la première ne me suffisait pas ! C'est insoutenable, fulminais-je, ruisselante de rage, drapée de colère, dans ma cachette. Je ne crois pas me tromper...

Véronique — Je vais te dire quelque chose qui va te faire de la peine, Ginette. Au point où tu en es, il vaut mieux que tu le saches. Son insistance, quand je l'ai raccompagné à la porte de l'atelier, pour m'emmener dîner le soir même, ne prêtait pas à équivoque. Et si j'avais encore des doutes, ce matin, au téléphone, il les a totalement dissipés. C'est clair. Karl n'est qu'un vulgaire petit sauteur.

L. — Il t'a donc appelée. Le salaud !

V. — A neuf heures du matin. Il a été, comment te dire, pressant. Et le mot est faible. Il m'a interprété sa sarabande de la passion foudroyante. Il n'y a que toi, Ginette, qui puisses danser sur cet air-là. Tu connais mon acidité, pour peu qu'on m'appuie sur le presse-citron. Tout en me contorsionnant sur mon siège, je lui en ai assené des superdures. J'ai été d'une ironie acerbe. « Tu as une voix si sensuelle », me susurrait-il, sourd à mes sarcasmes. « Et toi, un accent de camionneur. » Je l'ai mis à mal plusieurs fois. « Non, résolument, tu es trop primitif pour moi. Je n'aime que les intellos retors et pervers... » Ou encore : « Tu ne corresponds pas à mes canons esthétiques. Trop de matière rouge et pas assez de grise... » Rien n'y faisait. « Ce serait géant toi et moi. Géant, j'en suis certain », insistait-il. « De mon côté, sûrement, riais-je. Du tien, j'en doute. Tu n'es pas l'affaire du mois, d'après les estimations les plus récentes. » Jamais je n'ai été aussi persiflante. Ce n'est pas possible, je vais être punie ! Lui, il ingurgitait toutes mes odieusetés. Il me suppliait : « Ne me laisse pas comme ça. Je t'en prie, cède... » J'étais à bout d'arguments. « Te rends-tu compte dans quelle situation tu me mets, par rapport à Lorenza ? » « Lorenza, Lorenza ! Tu n'as que ce nom-là à la bouche ! »

L. — Je ne comprends plus rien. Qu'as-tu de plus que moi, à la fin ? Suis-je vraiment à jeter, ou quoi ?

V. — N'essaye pas de comparer. Serais-tu dix mille fois mieux que moi, j'ai un avantage sur toi, Ginette. C'est que moi, je m'en tape. Pour ce type de mec, tu n'es intéressante qu'inaccessible. Offerte, tu lui fous les jetons. Tu l'as perdu, et tu t'es perdue, en te livrant à lui.

L. — Ecoute, Véro. De deux choses l'une. Ou bien tu en as envie et, dans ce cas, tu le prends pour ce qu'il est : un coup médiocre...

V. — Il ne m'intéresse pas, comment veux-tu que je te le psalmodie ?

L. — Ou alors, la perfidie féminine n'ayant pas de limites, sois perfide à ma place. Tu l'as sous la main, fais-lui en voir. Avec les compliments de l'auteur. Je connais ta garcerie. Rends-lui, par le ridicule, le mal qu'il m'a fait. Venge-moi à grands renforts de fous rires. Condamne-le à la misogynie à vie. Qu'il ne puisse plus toucher une femme pour le restant de ses nuits.

V. — Que pourrait-on lui inventer ?

L. — Dans la lignée de tes blagues castratrices, tu vas bien pouvoir lui en confectionner une sur mesure !

Véronique — *C'est ma voix que vous entendez. Mais c'est mon répondeur qui vous écoute. Tout ce que vous allez lui dire sera rapporté. Textuo. Alors, attention !*

Peggy — *Petit rapporteur, va !*

Barbara — *Vite, rappelle-moi. Et surtout, annonce-toi. Pour les raisons que tu devines, je suis en permanence sur répondeur. Il a fallu, pour m'en sortir indemne, que je mette mon téléphone en quarantaine. Efficace, comme barrière sanitaire, cet engin !*

Barbara — *A peine arrivée, me voilà repartie.*
J'aurais pourtant bien aimé rester bavarder un
moment avec vous. Ça se fera un peu plus tard. Si
vous voulez bien m'indiquer où, quand, et qui j'aurai
à rappeler.

Véronique — *Menteuse !*

B. — Ah, c'est toi...

V. — Tu te protèges sérieux, Ginette !

B. — Laszlo me fait peur, Véro. Même sa voix me
terrorise. Il est capable de tout. Je ne pense plus au
numéro de haute séduction. C'est un homme qui
souffre. Il ne sait plus ce qu'il fait. Je crains
l'imprévisible. Quand, l'autre soir, au tabac de la
place, tu m'as dit : « Attention, tu l'as dans le
dos », je me suis retournée et, je te jure, je ne l'ai
pas reconnu. En quatre semaines il a rapetissé d'un
quart. Je ne l'ai jamais vu aussi voûté. Sa tête en
avant, comme passée à l'eau de Javel. Traits
délavés, œil trouble. Plus d'expression. Plus de
regard. Du blanc partout. Et, à l'arrière, un corps

épave, membres déglingués, allure clochardisée. Un nécessiteux, que sa misère rend dangereux.

V. — Une gargouille de Notre-Dame. L'esprit du mal qu'il te veut.

B. — Par bonheur il ne m'a pas vue. J'étais trop sous son nez.

V. — Je l'ai aperçu, hier, dans un autre café du quartier. Affalé sur la banquette, comme un cageot de salade. Prostré, bouche mi-ouverte et regard hébété. Un poisson qui se noie dans l'oxygène.

B. — Ne t'en fais pas. Il lui reste suffisamment d'énergie, encore, pour me torturer. Pendant un moment, il m'a guettée jour et nuit. Chaque fois que je sortais, il en profitait pour venir chez moi et laisser des traces flagrantes de son passage.

V. — Il ne t'a pas encore rendu tes clés?

B. — Si, mais attends. A chacune de ses visites clandestines, il emportait quelque chose à lui.

V. — Il n'a toujours pas embarqué ses affaires?

B. — Il les a reprises par doses homéopathiques. Bon prétexte pour revenir. Une fois qu'il a récupéré tous ses effets personnels, il s'est attaqué à ce qui nous était commun. Déplaisant l'effet. C'est comme s'il pénétrait dans mon intimité par effraction, saboter ce qui me reste d'intact. Comme s'il venait fouiller dans mon ventre pour arracher le plaisir qu'il m'a donné. Je le ressens comme un viol.

V. — C'est sa façon de te laisser des messages. En négatif. Par le vide. Son cadeau d'adieu, le pillage.

303

B. — Il y a trois jours, j'avais des amis à dîner. Au moment de déboucher le vin, je m'aperçois que la caisse que j'avais remontée l'après-midi de la cave avait disparu. Laszlo venait de signaler, à mes convives attablés, son dernier passage. Après avoir dîné au château laflotte et raccompagné tout le monde au palier, j'ai pris une feuille de papier bordeaux et, d'un feutre lie-de-vin, j'ai écrit en travers et en majuscules. « A TA SANTÉ! » Ce sera là mon dernier mot, me suis-je dit. Pas trop méchant, mais accusant bien le coup. Vite, je suis descendue le glisser dans sa boîte aux lettres. Il n'avait pas encore dit le sien, lui. Hier après-midi, je rentre du cinéma avec Nicolas. « Maman, viens voir, m'appelle-t-il de sa chambre. Mon présentoir de cartes postales a disparu. » A sa place, un petit amas de poussière. Je comprends illico. La tornade grise est encore passée en notre absence.

V. — Il était à Nicolas, ce présentoir?

B. — C'est Laszlo qui l'avait trouvé dans une poubelle et Nicolas qui l'avait bombé de rouge pour disposer les portraits de ses rockers favoris. Calmement, j'ai expliqué à mon fils qu'il ne fallait pas en vouloir à Laszlo. Qu'il devait aller mal pour agir de la sorte. Que le choc de la rupture lui faisait perdre la tête. Qu'il craquait, le pauvre, et qu'il faisait n'importe quoi. « Tu ne t'en es peut-être jamais rendu compte, maman, m'a-t-il sorti, mais il a toujours été comme ça. » J'ai attendu qu'il se couche pour appeler Laszlo. « Arrête tes incursions. Elles sont inadmissibles, injustifiables. Tu as pris ce qui t'appartenait. Rends-moi mes clés maintenant. Tu n'as plus rien à faire ici. Fous-moi la paix et surtout fais gaffe, ne touche pas à mon fils !» Et là, Véro, ce qu'il m'a sorti, je n'ose pas te le répéter. Ça dépasse tout entendement. Le combiné m'en est tombé des mains. Je l'ai laissé pendouiller inerte pendant un long moment, avant de trouver la force de raccrocher.

V. — Qu'a-t-il dit ?

B. — Je ne peux pas... Je ne...

V. — Ne pleure pas, Ginette ! Il a dû te balancer n'importe quoi pour...

B. — « Qu'il crève », il a dit ! C'est ça qu'il a souhaité à mon fils ! « Qu'il crève », celui qui m'est le plus cher au monde ! Il est ignoble, Véro !

V. — Crève salope, puisque tu ne m'aimes plus. C'est ça qu'il voulait te dire. Mais comme ça ne t'aurait pas mortellement blessée, il a voulu t'atteindre là où c'est le plus délicat, le plus sensible, le plus fragile. Dans la chair de ta chair. Là où ça fait le plus mal. Crève, toi et les tiens, puisque vous ne m'appartenez plus.

B. — Il agit comme s'il voulait saccager les bons souvenirs que j'aurais pu garder de lui. Piétiner, en se montrant laid, ce qui me reste de respect pour notre histoire. En se salissant, il me salit. Et notre amour passé, avec. Il ne veut vraiment rien me laisser. Même ce que je me refuse à renier.

V. — Comme il ne maîtrise plus ton présent, il s'en prend à votre passé. Il n'aura de paix que lorsqu'il aura tout sabordé. Je te ferai remarquer que ton dernier mot, c'était : « A ta santé ! » Et le sien : « Qu'il crève ! »

B. — Mon avant-dernier. J'en ai proféré un autre, depuis. Que j'ai voulu suffisamment sacrilège pour enterrer à jamais cette passion pourrie. En rentrant, hier soir, j'ai trouvé ma clé sur mon lit dépouillé du grand châle hongrois blanc brodé vif, son premier cadeau. Ma vue s'est brouillée. J'ai attrapé le combiné et tout en faisant son numéro, j'ai rassemblé tout ce que je pouvais trouver comme termes puissamment dissuasifs, pour en finir, une fois pour toutes, avec cet épilogue délirant. Ce n'est pas sa voix qui m'a répondu. Dommage. J'aurais préféré matraquer en direct. Mais celle d'un robot nasillard qui débitait des vocables input-output d'ordinateur. Comme s'il avait pris un tube de carton pour articuler, d'un débit saccadé, son message. « Ici-le-secrétaire-électronique-de-Laszlo-Molnar... » Tant pis. C'est son répondeur qui prendra. Pas de pitié pour les robots. J'ai laissé sa bande débiter son monologue décervelé et au bip, j'ai lâché la première obscénité qui m'est venue. « Merci pour la clé. Et bravo pour le châle. Mais attention, avant de t'en servir. Lave-le bien. Il en a besoin car il est amidonné au sperme de mes amants ! »

V. — J'avoue que c'est un peu raide !

B. — Il l'a bien cherché. Il a tout mis en œuvre pour que je le maudisse. C'est fait. Ça n'a pas stoppé pour autant sa cavalcade hallucinée. Depuis, il m'appelle tous les quarts d'heure pour enregistrer, sur mon répondeur, ma propre voix, proférant, encore et encore, comme un disque rayé, la phrase sacrilège.

V. — Si tu ne veux pas te laisser emporter par sa folie galopante, il ne te reste qu'une chose à faire. Une seule. Foncer aux PTT, te faire dénuméroter et inscrire sur liste rouge...

83

Véronique — Voilà l'occasion ou jamais de lui en cuisiner une gratinée. Karl m'a appelée tout à l'heure pour m'inviter à dîner. J'ai feuilleté à grand bruit mon agenda entièrement vide. « Tout est pris, lui ai-je dit nonchalamment. Il ne me reste que ce soir. Mais je n'ai pas envie de bouger. Ni de faire la cuisine. Si tu veux, tu viens et tu t'occupes de tout. » Il vient d'arriver, surexcité et surchargé de provisions. Je lui ai ouvert en survêt, une couche de crème nourrissante sur la gueule, une serviette éponge en turban, un kleenex entre chaque doigt de pieds, mon vernis à ongles à la main et je l'ai enfermé dans la cuisine. « Débrouille-toi. Tu m'appelleras quand tout sera prêt. » Il avait l'air complètement allumé. Tout à l'heure tu vas voir, il va flamber. Là, il épluche les oignons. Ça sent jusqu'ici. Il en a pour un moment. Alors, voilà ce que j'ai mijoté. Toi, tu arrives illico, dans la même tenue que moi. Je te laisserai la porte entrouverte. Il n'entendra rien. Et dès qu'il apparaîtra en poussant devant lui, fumante et odorante, la desserte nommée désir, on sera deux à l'applaudir ! Lorenza — Non, Véronique. J'ai changé d'avis. De cette histoire, j'en ai ma claque. Ça ne m'intéresse plus. Une seule faveur, te demanderai-je. Ne lui parle plus jamais de moi.

Véronique — *Que vous l'aimiez ou pas, il faudra bien passer par mon répondeur, si vous voulez que je vous rappelle. Sinon...* Allô, c'est toi, Peggy ? Je rentre à la seconde. Attends, je m'installe. Alors, tu as fini par cracher ton venin à ton offenseur offensé ?

Peggy — Tais-toi. Olivier ne m'a même pas laissé cette satisfaction. Il s'est tiré ! Je l'ai appris par la bande. Où ? Il ne l'a pas dit. Pourquoi ? Non plus. Il a tout laissé tomber. Le pro et le pri. Il a tout cassé. Notre projet, notre liaison...

V. — Et il s'est cassé. A défaut de pouvoir briser le miroir où il s'est vu petit, il lui a tourné le dos et il a disparu. Classique chez ces animaux-là. Chaque fois qu'ils se déplaisent, ils partent se cacher.

P. — Au lieu d'arranger les choses, il les aggrave !

V. — C'est précisément ce qu'il cherche.

P. — Pourquoi ? Il ne m'aime plus ?

V. — C'est lui qu'il n'aime plus, dans ton regard. Le

reflet que tu lui as renvoyé n'est pas des plus brillants.

P. — Tout de même. Un homme avec qui tu as vécu deux ans, jour pour jour, avec qui tu as fait les montagnes russes dans le même chariot et qui, parce que tu as vu sa peur, saute en marche et coupe tous les ponts, je n'arrive pas à comprendre. C'est la négation totale de l'autre...

V. — Arrête de dire ça. C'est la négation de lui. Il n'assure rien. Ni le boulot. Ni l'affectif. Ni même la rupture. A quoi sert un type bourré de talent qui renonce à réaliser? Un mec fou d'amour qui ne peut pas t'aimer?

P. — J'ai cru en lui, Véro. En ses rêves. En ses projets. Ils étaient porteurs. Je me suis laissé entraîner. Je découvre aujourd'hui que ses oniriques projections dans l'avenir lui tenaient lieu de présent. Qu'en multipliant les projets, il faisait l'économie des réalisations. Que son lyrisme n'était que fuite dans le rêve parce que le passage à l'acte le paniquait. Je me rends compte que ses emphases n'étaient qu'enflures. Et que ses exaltations masquaient son impuissance à affronter.

V. — Il fait du deltaplane en charentaises, Olivier. Il a peur de se lancer. Dès qu'il s'est aperçu que sa passion risquait de l'emporter en dehors de ses pantoufles, il a pendu ses jambes à son cou. Il est parti. Bon débarras. Je me permets maintenant de te donner un conseil impératif, Ginette. Le temps travaille pour toi. Il va finir par craquer. Ça ne fait pas un pli. S'il revient, tu vas me faire le plaisir de le renvoyer là où il sera le mieux. A son sinistre isolement.

Véronique — Mon premier coup de fil de la journée. Le téléphone ne sonne plus chez moi ces derniers temps.

Lorenza — Heureusement que tu m'as. Moi et mes fixettes. Mais je t'avertis. Ça ne va pas durer éternellement. Elles sont en voie de dissolution, actuellement.

V. — Je ne sais pas ce que j'ai. Je déprime un max. Ma fière solitude, que j'ai vécue jusqu'ici avec bonheur, m'est douloureuse maintenant.

L. — Les risques du métier, ma belle voyageuse solitaire. S'engager dans des voies embouteillées, ou des voies désaffectées. L'aiguillage au coup par coup est difficile à pratiquer.

V. — J'en ai marre d'être en transit permanent. J'ai envie de me poser. Mais où ? Et avec qui ? Je suis foncièrement seule, Ginette. Et entièrement responsable de mon état. C'est moi qui l'ai délibérément organisé. Par ma lucidité, mon insolence, ma saloperie. Partir au premier affrontement est plus simple que de rester. Et virer quelqu'un est plus commode que de composer avec lui. Je les fuis tous et les fais tous fuir.

L. — Tu as un nouvel admirateur, pourtant...

V. — Parlons-en ! En dépit du gueuleton qu'il m'avait amoureusement mitonné, Karl est parti sur sa faim ce soir-là ! Un mois en reportage en Australie. « M'aimes-tu, Véronique ? » m'a-t-il demandé, gravissime, avant son départ. « Non, lui ai-je précisé. C'est toi qui m'aimes. » « Si tu savais à quel point... » « Normal. C'est le printemps. » Il n'a rien voulu entendre, apparemment. Je reçois une carte enflammée tous les jours.

L. — Tu me les lis ?

V. — Tu y tiens vraiment ? C'est long. J'en ai une bonne quinzaine. Attends, ne bouge pas...

L. — Non, laisse tomber. Je les lis d'ici. Il fait le même trip qu'avec moi. Il aurait tort de le renouveler. Tout à fait au point. Parfaitement rodé. Ça roule tout seul. Le voilà reparti sur les chapeaux de roues comme il y a un an. Le coup de la cour au monstre sacré, façon fin de siècle. Le coup de l'absence prolongée, génératrice d'intérêt, sinon de désir. Le coup de l'épistolier emphatique et mystificateur... Avoue qu'on s'y laisse prendre.

V. — C'est vrai qu'il a l'air totalement sincère. Et entièrement décalé par rapport au réel. Je me fous de lui comme de mes lacets de baskets. Et il n'entend et ne voit rien de mon indifférence, concentré qu'il est sur son seul nombril. Entièrement accaparé par la mise en scène de son petit cinéma personnel. Il ne s'intéresse qu'à lui, finalement. Il se monte lui-même son blanc encéphalique en neige...

L. — Pour se le démonter avec le même entêtement.

V. — Il fonce tête baissée comme un bolide...

L. — Pour opérer une fulgurante machine arrière, dès qu'il réalise qu'il ne sera jamais champion formule un.

V. — Ras la motte les velléitaires, les inconsistants, les immatures, les problématiques, les torturés, les timorés, les geignards, les aigris, les agressifs...

L. — N'avons-nous que des petits mecs sur orbite, Véro ?

V. — Si tu exclus les moins de trente ans et les plus de cinquante, les mariés et les pédés...

L. — Les cons et les laids...

V. — Et tous ceux que je viens d'énumérer, ce qui fait déjà un énorme déchet, que nous reste-t-il ?

L. — Mieux vaut ne pas bouger de chez soi, se mettre de l'huile d'amandes douces dans les cheveux, des masques à la marjolaine sur la gueule et des ovules dans le vagin.

V. — Pourquoi faire ?

L. — Pour désinfecter le saint des saints. Au cas où...

V. — Mais où sont donc passés les vrais hommes, Ginette ? Ceux avec qui on a envie de vivre de

315

vraies histoires ? Ceux qui valent les colossales sommes d'énergie qu'ils mobilisent chez nous ?

L. — Ça vaudrait le coup de lancer un avis de recherche. Avec forte récompense à celui qui nous les capturerait vivants.

V. — Je te le dis franchement. Les self, les snacks et autres fast-love, les croque-messieurs en terrasse et les amuse-gueules en cocktail, les sandwichs au comptoir et les pique-niques tous azimuts, ça te détraque l'estomac, à la longue. Et ça ne te nourrit pas. De multiplier les demi-portions, ça ne te fait jamais un repas complet.

L. — Pour une dévoreuse comme toi, effectivement.

V. — Ça te va bien ! Tu sais, ça ne m'était pas encore arrivé. Inédit pour moi. Je me surprends à rêver d'un homme déjà construit, mais ouvert à cent quatre-vingt-dix degrés. Hétéro pas éthéré. Attentionné et respectueux. Qui ait de la stature et de l'envergure. Qui tienne debout tout seul, sans béquilles. Qui n'ait rien à envier, rien à prouver, rien à compenser. Sûr de lui, à l'aise, détendu. Qui te réchauffe, te protège, te gâte. A ton écoute et à tes petits soins. Du solide, du moelleux, du raffiné. Je l'ai même visualisé...

L. — La quarantaine burinée et grisonnante, costumée bleu nuit...

V. — Ou tweed-cashmere... Tu en connais des comme ça ? Moi, non. Je ne suis pas près de

316

renoncer pour autant. Je trimbale une immense nostalgie de tendresse. Un lourd manque à aimer... L. — Attention ! Tu es bonne pour t'embarquer à nouveau, toi. Très dangereux, ton état. Parce que, dans ce cas-là, tu ne choisis pas. Tu prends le premier bateau qui passe.

86

Véronique — Ta note de téléphone a dû considéra-
blement s'alléger en même temps que ton quotidien
présent. Tu n'appelles plus du tout, depuis que tu as
lourdé ton régulier.
Barbara — Personne mieux que toi ne peut comprendre ce que je vis. Tu as un an d'avance sur moi.
Tu as toujours été mon phare. Tu as dû connaître
aussi, quand tu as quitté Gérard, ce puissant appel
d'air. Cette étincelle qui t'a fait repartir, tout feu
tout flammes, avec toi-même. Scintillante, éclatante, rayonnante. Si tu me voyais, tu ne me
reconnaîtrais pas. J'avais une gueule de galérienne,
ces derniers mois. Bouche plongeante, cernes enca-
vés, peau froissée, regard atone, voix terne. Tous
mes traits obéissent à nouveau à un tropisme
opposé. Ils remontent comme par enchantement. Je
récupère mon corps et mes esprits comme après une
longue absence. Passionnantes retrouvailles. Laszlo
se dressait en écran, en barrière entre le monde et
moi. Et entre moi et moi. Voilà que je me déploie
et que le monde s'ouvre à tous les possibles.

Grisant. « Dis donc, m'a fait observer Nicolas, on dirait que tu as le fun, toi, en ce moment ! »

V. — Du roulis et du tangage dans le Faubourg ! Ça promet !

B. — « T'aimes bien cette chanson ? » m'a demandé hier mon fils. « Pas plus qu'une autre, pourquoi ? » « T'arrêtes pas de la chantonner. » « Pas spécialement parce qu'elle me plaît, je la fredonne parce que je suis gaie. » C'est vrai. Je chante quand je me lève...

B. — Et tu ris quand on te baise. Si tu t'imagines, Ginette Ginette, si tu t'imagines...

87

Peggy — Ici le service du réveil ! Ne te plains pas. J'ai manqué t'appeler hier soir en rentrant du restaurant. Il était minuit et demi. J'ai hésité. To call or not to call. Ça me démangeait. Plus je me tortillais devant le téléphone, plus les aiguilles tournaient. Au bout d'une demi-heure, j'ai renoncé. J'ai mordu le fil jusqu'au matin et dès que le soleil s'est pointé, j'ai fait ton numéro.

Véronique — C'est gentil de penser à moi si tôt... Tu as un scoop à m'annoncer ? Olivier est revenu, je parie. A genoux, en robe de bure, couvert de cendres. Et tu as baisé le repentir...

P. — Non. Je n'ai eu que sa voix. Sur répondeur. Précédée de six séries de bip-bip trahissant six raccrochades. Le septième appel les a toutes authentifiées. Je me suis passé et repassé la bande pour m'assurer que c'était bien lui. Olivier ! Celui que je n'entendais, que je n'attendais plus ! Sa voix s'est déployée dans ma chambre dans sa texture la plus fine, la plus soyeuse, la plus douce, la plus enveloppante. Je me suis enroulée dedans toute la nuit, sans bien comprendre ce qu'elle me voulait. « Tu es libre demain soir ?... Ne dis rien. Tu ne l'es plus. Puisque tu seras avec moi à Bruxelles fêter... euh... Ça, je te le dirai à ton arrivée. Je serai à ta descente du TEE à 21 h 07. J'y suis déjà. Je t'attends, ma Peggy. Viens.» Je reçois à l'instant, par express, un aller simple Paris-Bruxelles, première.

V. — Pourquoi Bruxelles ? Pour fêter quoi ?

P. — Je n'en sais rien. Nos retrouvailles. Nos fiançailles. Nos épousailles... Je dis n'importe quoi !

V. — Il aurait pu choisir un lieu plus romanesque. Attends. Bruxelles... la CEE... les euro-couples... J'y suis ! Ah, je suis bonne, Ginette, au saut du lit ! Il a dû partir là-bas négocier une coproduction de votre projet avec les communautés européennes... Où il n'y ait pas de restriction nationaliste à la réalisation...

P. — Et auquel je serais associée à part entière... Je n'y avais pas songé. Plausible.

V. — Tu vas y aller ?

P. — Si c'est uniquement pour discuter boulot, je ne bougerai pas. Ça peut attendre son retour. Et encore. Je ne suis pas sûre que ça m'intéresse. Si c'est pour se racheter et me récupérer, en m'offrant un nouveau contrat sur un plateau de platine, ce qui est honorable, j'hésite tout de même. J'aurais préféré que ce soit pour...

V. — Tes beaux yeux anisette. Tu es contradictoire,

Ginette. Vous vous quittez sur un conflit professionnel...

P. — Un train qui en cachait bien d'autres...

V. — Il invente une solution qui satisfasse tes
exigences comme les siennes, qui te séduise et qui
en même temps le valorise et le virilise, il fonce à
Bruxelles, il emporte le morceau et toi, tu fais ta
difficile...

P. — Là, on est en train de fabuler, Véro. Je ne sais
plus où j'en suis. Je ne sais plus où il en est. On a
coupé la ligne. On a perdu le contact. Un mois, il a
disparu. Trop de silence s'est installé entre nous. Je
m'y suis faite, en même temps. C'est un tampon qui
me protège. Un coussin d'air qui m'isole. J'ai peur
de le déchirer. Je suis fragile, encore. Un seul mot
m'attire dans son message...

V. — Je sais. Un pronom possessif : ma...

P. — « Ma Peggy » il m'a appelée !

V. — Et toi, tu accours, tête baissée !

88

Véronique — Je pensais avoir déprogrammé ça dans ma tête. Et voilà que ça me reprend, bordel ! Ça s'infiltre, mine de rien, dans la plus infime fêlure. Un instant d'esseulement, un moment de langueur, une seconde d'attendrissement. Et un beau jour, tu te surprends en train d'y songer à chaque minute de ta vie. Tu es cuite. Malgré ta vigilance, ça a déjà tout envahi. Tes pensées, tes rêves, ton espace, ton temps...

Lorenza — Ça porte un nom « ça ». Karl, peut-être ? Tu t'es prise à son jeu, toi aussi ! Tu es tombée amoureuse de lui ! Et moi qui enviais ton mordant, ta carapace ! Un vrai cœur de Ginette, tu peux le dire. Plus rose dragée encore que le mien. Moi, au moins, j'avais des excuses. Je ne connaissais pas ce poison doucereux. Mais toi ! Tu disposais même de l'antidote. Tu m'en as assez servi. Remarque, c'est ton problème. Ça fait des lunes que ça a cessé d'être le mien. J'ai eu ma période bleu fixe de bonheur absolu. Puis ma tempête de sable, desséchante, asphyxiante, qui a tout obstrué, mes yeux, mes oreilles, ma gorge. Plus en mesure de comprendre quoi que ce soit, abasourdie, assommée. Peu à peu, avec le vent, le sable est tombé. Il s'est même un peu tassé. Une embellie est apparue. J'ai voulu y voir tout à fait clair. Laver mon ciel de lit de ce qui lui restait d'opacité. En fait d'éclaircie, le ciel m'est tombé sur la tête. Maintenant, c'est un rideau noir que j'ai tiré sur cette histoire. Elle n'existe plus, même dans mes souvenirs. Il est des hommes dont tu peux dire, quoi qu'il soit arrivé, quoi qu'il arrive, que tu les aimeras toujours. Karl pas. Il s'est rétréci à jamais à mes yeux. Il s'est éventé comme un parfum débouché. Il ne me fait plus aucun effet. Quand j'entends parler de lui, c'est comme s'il s'agissait d'un autre. Un autre que moi, je veux dire. Il m'est devenu complètement extérieur. Il ne fait plus partie de mon existence. Un corps étranger. Plus j'en entends sur lui, plus il se détache, plus il s'éloigne. Ciao ! On appelle ça le désamour.

V. — Si tu me laissais placer ne serait-ce qu'un mot, Ginette, je te dirais que tu es folle. Oui, ravagée jusqu'à la moelle pour imaginer, ne serait-ce qu'une seconde, que j'aie pu m'intéresser à ce petit mec de chez Gamma. Quand il m'a appelée, à son retour des terres australes, précédé de trois douzaines de cartes illustrées de ses délires, il s'est étonné de ma distance. « Pourquoi ne me parles-tu pas ? » Rien à dire. Rien à branler. « C'est toi qui m'appelles. Tu as la parole. » « Tu es glaciale, Véronique. Tu me tiens un langage polaire.» «Attends, je vais faire du feu.» J'ai posé le récepteur et je suis allée asticoter les bûches de ma cheminée. Jamais eu aussi froid un mois de juin. Fascinée par les jeunes flammes, je me suis laissé absorber par de nouvelles pensées. Je n'ai plus songé un instant à mon interlocuteur abandonné à l'autre bout du fil. Quand, vingt minutes plus tard, j'ai aperçu le combiné décroché, il n'émettait plus que des bip-bip dépités!

L. — Alors, elle ressemble à quoi, ta nouvelle passion?

V. — Elle a... un beau visage parcheminé, estampillé de fossettes en Y, et des mains d'enfant comme arrêtées en pleine croissance. Elle a... un port de voix décidé et des gestes touchants de gaucherie. A moins que ce ne soit le contraire : fière allure et diction incertaine. Je me suis laissé emporter par ce typhon en me disant : tant pis. Laisse-toi aller. Ne calcule pas pour une fois. Ça ne se gère pas la passion. Et en même temps, je l'écoute fascinée quand il m'initie à la patience, au respect. «L'amour, me dit-il, est un travail délicat.» Comme il a raison! Alexandre, il s'appelle.

L. — Le conquérant..

V. — Il m'a mis la tête en fracas. Les sens en dessus dessous. «J'aimerais que tu me dises avec ta queue ce que tu me dis si bien avec tes lèvres», je lui demande, suave, en buvant ses paroles. Ou bien

325

rageuse, en me faisant tringler, je lui inverse ma proposition : « J'aimerais que tu me dises avec tes lèvres ce que tu me dis si bien avec ta queue. » « V, comme Vénus, rit-il, tu es l'homme de ma vie, Véronique ! »

L. — Ça, on ne me l'a jamais dit !

V. — A moi non plus ! Il est moi, je suis lui. Confusion totale. J'ai peur, Ginette. Peur que ça s'arrête. Peur que ça continue. Avant, dire au revoir à un homme, pour moi, c'était lui dire adieu. Dès l'instant où je le quittais, je l'oubliais. Maintenant la présence d'Alexandre me colle au corps. Je passe des heures à maquiller mon désir de fards subtilement invisibles, plus transparents encore que ceux de mes toiles, pour qu'en une minute, il les ravale. Ce soir...

L. — Je ne serai pas là pour te border, Véro. Mais le cœur y est !

89

Anonyme — *Le numéro de votre correspondant a changé. Veuillez consulter l'annuaire ou le centre de renseignements.*
Barbara — *Cuic, cuic, cuic. L'oiseau captif s'est envolé. Seul son chant est resté coincé dans la cage. Pour vous divertir et vous réconforter.*

Peggy — *Il n'y a plus de McKee au numéro que vous avez demandé. Quant à Peggy, elle a déménagé. Elle communiquera sous peu, à ceux qui auront tenté de la joindre, ses nouvelles coordonnées.*

Lorenza —
    « *Telefonami tra vent'anni* »
        Téléphone-moi dans vingt ans
    « *Io adesso non so cosa dirti* »
        Moi, maintenant je ne sais que te dire
    « *Più non so risponderti* »
        Je ne sais plus te répondre
    « *E non ho voglia di capirti...* »
        Et je n'ai pas envie de te comprendre...
Ne vous inquiétez pas! C'est Dalla qui chante.
Quant à moi, si vous me laissez un mot sur ce
répondeur, je ne mettrai pas vingt ans pour vous
rappeler.

Véronique — *Attention travaux. Travaux délicats. Ralentir le rythme de vos appels. Modérer la vitesse de votre débit. Parler doucement et tendrement. Je vous rappellerai, soyez-en sûr, avant la fin du chantier.*

Achevé d'imprimer
en mai mil neuf cent quatre-vingt-trois
sur les presses de l'Imprimerie Gagné Ltée
Louiseville - Montréal.
Imprimé au Canada

Dépôt légal: 2ᵉ trimestre 1983
Bibliothèque nationale du Québec
Bibliothèque nationale du Canada

Imprimé au Canada